Mord im Wasenmoos

Susanne Wiegleb, 1966 in Paris geboren, aufgewachsen im Rheinland, machte nach dem Abitur eine Ausbildung zur Buchhändlerin in Köln. Der Liebe und der Landschaft wegen ist sie im Allgäu sesshaft geworden. Seit mehr als einem Jahrzehnt wohnt sie mit ihrem Lebensgefährten, zwei Pferden und vielen Katzen in der Nähe von Memmingen auf einem alten Bauernhof.

SUSANNE WIEGLEB

Mord im Wasenmoos

ALLGÄU KRIMI

emons:

Bibliografische Information der Deutschen Nationalbibliothek
Die Deutsche Nationalbibliothek verzeichnet diese Publikation in der Deutschen Nationalbibliografie; detaillierte bibliografische Daten sind im Internet über http://dnb.d-nb.de abrufbar.

MIX
Papier aus verantwortungsvollen Quellen
FSC® C083411

Umschlagmotiv: photocase.com/birdys
Umschlaggestaltung: Tobias Doetsch
Gestaltung Innenteil: César Satz & Grafik GmbH, Köln
Lektorat: Dr. Hanna Stegbauer
Druck und Bindung: CPI – Clausen & Bosse, Leck
Printed in Germany 2014
ISBN 978-3-95451-384-0
Allgäu Krimi
Originalausgabe

EINS

»Nächste Ausfahrt in zweitausend Metern!«

Na endlich, dachte ich müde und schielte halb auf das Navi, die gemächlich herunterzählenden Hunderter in der Distanzanzeige. Seit dem Vormittag war ich mit dem Auto unterwegs zu Karim nach Füssen, hatte die längere, aber entspanntere Route über die A 61 und A 48 nach Frankfurt zur A 3 genommen, war von dort weiter auf die A 7 gerollt. Jetzt befand ich mich kurz vor meinem Ziel. Alleine Auto fahren war langweilig, fast noch langweiliger als alleine Zug fahren. Kurz erinnerte ich mich an meine Zugfahrt nach Oberstdorf im vergangenen Winter.

Leise lächelte ich vor mich hin, während mein Blick gleichzeitig nach rechts wanderte, wo sich das Naturschutzgebiet entlang der Autobahn hinzog, in dem Karim ein kleines Haus bewohnte. Wasenmoos. Ich fand noch immer, dass das total romantisch klang. So romantisch wie mein erster Besuch an Weihnachten nach den dramatischen Ereignissen in Oberstdorf. Und plötzlich lebte ich in einer festen Beziehung. An sich unvorstellbar, aber es fühlte sich phantastisch an.

An den meisten Wochenenden war Karim nach Bonn gekommen, da ich mich mit seiner Exfreundin Nina doch noch etwas schwertat. Nina war Mitinhaberin der Firma, und das Büro befand sich in Karims Haus. Das ergab genug Stresspotenzial.

Noch während ich sehnsüchtig auf die hohen Kiefern und sumpfigen Wiesenflächen des Wasenmoos neben der Autobahn starrte, wurde vor mir der Verkehr plötzlich dichter. Ich bremste, vor mir blinkten die ersten Warnlichter, meine Hand drückte ebenfalls auf den roten Knopf. Gleichzeitig stieg ich brachial auf die Bremse. Knapp kam ich hinter einem Luxus-Audi zum Stehen.

Mein nächster Blick zuckte zum Rückspiegel, wo unerfreulich schnell ein Lkw auf meine Stoßstange zuhielt. »Bremsen«, flüsterte ich, »mehr bremsen.«

Ich hielt den Atem an, wartete sekundenlang auf das Krachen von Blech, aber der Lkw stoppte auf den letzten Zentimetern.

Ich sah nur noch den massiven Kühlergrill im Rückspiegel und holte tief Luft. Uff.

Wir standen.

Nach einer Viertelstunde stellte ich den Motor aus und kurbelte das Fenster herunter. Im Verkehrsfunk kam kein Hinweis darauf, was sich auf der A7 kurz vor Füssen zugetragen hatte. Vom Nebenwagen schallte klassische Musik herüber, der Fahrer vor mir stand mehr auf wummernde Bässe. Und eigentlich hätte ich nur auszusteigen brauchen, über die Leitplanken klettern und zu Karim hinübergehen. Sein Haus konnte nicht weit entfernt sein, ich sah schon die Fußgängerbrücke vom Geometerweg. Aber das entsprach nicht den gängigen Verkehrsregeln.

Seufzend legte ich meinen Kopf aufs Lenkrad und schloss die Augen. Pausen nehmen, wie sie kamen. Eine Übung in Gelassenheit.

Weitere zehn Minuten später scheiterte ich an dieser Übung, denn nach wie vor ging es keinen Zentimeter voran. Genervt schaltete ich das Radio wieder an, auch wenn neben mir eine Arie ertönte. Ein bisschen Kakophonie schadet nie, dachte ich zickig.

Wahrscheinlich wartete Karim schon auf mich. Zögernd griff ich nach meinem Handy und wählte seine Nummer. Im stehenden Auto telefonieren sollte wohl erlaubt sein.

»Hi, Chrissie.« Karim klang angespannt und abwesend. »Was ist?«

Das war genau die Ansage, die man als Frischverliebte unbedingt hören wollte.

»Nix ist«, antwortete ich, während ich viele Reihen vor mir die ersten Autos anfahren sah, »ich stehe vor Füssen im Stau. Es wird später.«

»Okay, dann bis gleich.«

Und weg war er. Ganz toll.

Ich startete den Motor und wartete darauf, dass die Reihe endlich an mir war, ein paar Meter näher gen Füssen zu fahren. Tatsächlich rollte der Verkehr langsam, aber stetig weiter. Dann entdeckte ich rechts und links der Autobahn Polizeiautos in allen Größen und stellte fest, dass auch die Gegenfahrbahn leer war. Dort fuhr niemand mehr. Über uns kreisten zwei Hubschrauber.

Das sah nach einem größeren Ereignis aus, wobei ich nur einen einzigen Krankenwagen entdecken konnte. Polizisten mit Westen und Helmen hasteten neben der Autobahn durchs Gebüsch, Waffen im Anschlag. Kein Unfall? Was dann? Und wieder stand die Kolonne minutenlang, rollte wenige Meter, stand. Mir war ziemlich mulmig zumute. Ein Rest Oberstdorfer Trauma. Überall Polizei.

Nach gefühlten Stunden näherte ich mich offensichtlich dem Ende des Staus, denn hinter der Sperre floss der Verkehr wieder.

So etwas hatte ich noch nie gesehen. Die A 7 war über die gesamten vier Spuren von je einem gepanzerten Fahrzeug und tragbaren Sperren abgeriegelt. Ich reckte den Hals, um besser sehen zu können. Die vorderen Autos wurden teilweise von Polizisten durchsucht, andere winkten sie dagegen direkt durch die Sperren. Seltsam.

Leicht nervös fummelte ich in meiner Handtasche nach meinen Papieren, suchte aus dem Handschuhfach den Fahrzeugschein und legte alles neben mir auf den Beifahrersitz. Derweil lotsten zwei Polizisten einen Kastenwagen aus der Kolonne auf den Seitenstreifen. Ein Transporter und ein Kleinbus folgten. Dafür rollte meine linke Spur im gleichmäßigen Schritttempo auf die Sperren zu. Ich wappnete mich für die Polizisten, die zielstrebig auf mein Auto zuhielten. Der eine hatte eine Pistole in der Hand, der andere versuchte sich an einem beruhigenden Lächeln. Unsicher grinsend ließ ich die Fensterscheibe herunter, wohl wissend, dass es die Herren in Grün nicht mochten, wenn man die Autotür öffnete.

»Grüß Gott«, der Mann beugte sich leicht vor, »allgemeine Verkehrskontrolle. Die Fahrzeugpapiere, Personalausweis und Führerschein, bitte.«

Das Zauberwort am Ende klang nur bedingt nach dem, was es eigentlich bedeutete. Fahrig reichte ich dem Mann die gewünschten Unterlagen, schielte dabei auf die subtil bedrohliche Pistole des anderen.

»Bisschen viel Bohei für eine allgemeine Verkehrskontrolle«, sagte ich, erzielte damit aber keine nennenswerte Reaktion. Konzentriert blätterte der Polizist in meinem Fahrzeugschein herum, lugte dann aufs Nummernschild vorne und hinten.

»Sie sind allein unterwegs …«, er schaute auf meinen Perso, »… Frau Berg?«

Nicht wahr, dachte ich verärgert. Was für eine unnötige Situation. Ich könnte längst bei Karim sein, in seinem Wintergarten im Liegestuhl sitzen und einen Cappuccino schlürfen. Stattdessen hing ich hier auf der A 7 fest, weil die Herren allgemeine Verkehrskontrolle spielten und sinnentleerte Fragen stellten.

»Nein«, ich nickte zur Beifahrerseite, »sehen Sie nicht meinen Freund Harvey neben mir?«

»Den Witz habe ich heute schon mehrfach von Leuten Ihrer Altersgruppe gehört«, erwiderte der Polizist trocken. »Könnte ich bitte eine korrekte Antwort bekommen? Oder soll ich den Hasen suchen lassen? Sie dürfen gern zu meinen Kollegen auf dem Seitenstreifen fahren, wenn Sie möchten, Frau Berg.«

Ergeben hob ich die Hände. »Ich bin schon still.«

Auf dem Seitenstreifen wollte ich garantiert nicht von den Kollegen gefilzt werden, nur weil ich mal wieder mein Mundwerk nicht unter Kontrolle hatte.

»Ich bin alleine unterwegs, heute Morgen gegen halb elf in Bonn losgefahren und möchte zu meinem Freund nach Füssen.«

Er nickte freundlich und winkte den Männern an der Sperre. »Danke, Frau Berg, gute Fahrt.«

Langsam rollte ich hinter einem Golf an der Barriere vorbei. Und gab endlich wieder Gas.

Wenige Minuten später verließ ich endlich die Autobahn, fuhr auf die B 310 und bog nur wenige hundert Meter weiter rechts ab in den Moosweg, von da aus direkt in den Geometerweg. Nur einer konnte den passenden Straßennamen zum Beruf haben.

Wie immer fand ich das kleine Seitensträßchen, in dem Karims Haus lag, nicht auf Anhieb, nahm mir wie jedes Mal vor, endlich die Abzweige zu zählen. Fluchend wendete ich auf der schmalen Straße, als mir klar wurde, dass ich soeben an der richtigen Einfahrt vorbeigerollt war.

Man kam sich vor wie in Klein-Kanada. Alte Mischwaldflächen wechselten mit Sumpfwiesen und heideartigen Abschnitten. Karims Hexenhäuschen lag auf einer kleinen Wiese, versteckt abseits der Straße. Er hatte es vor einem Jahrzehnt von seiner Großmutter geerbt, die es nach dem Krieg dort mit ihrem Mann gebaut hatte.

Warum auch immer sie sich dafür entschieden hatten, so weit außerhalb der Stadt zu wohnen. Mir gefiel es supergut. Nur allein hätte ich dort nicht wohnen wollen.

Das Erste, was ich erblickte, war Ninas Cross-Polo, der vor der Tür parkte. Meine Laune sank spontan ins nächste Sumpfgebiet, wo sie sich sicherlich nur zäh wieder heraushieven ließ. Nach allem Stress fehlte die mir noch zu meinem freitäglichen Glück. Mürrisch stellte ich meinen Wagen daneben und fand das mal wieder reichlich skurril. Ex und neu. Leider kam ich nicht umhin, mich mit Nina zu arrangieren, arbeitete sie doch mit Karim hier im Haus. Partner, aber kein Paar. Nina war ebenfalls Vermessungsingenieurin. Das rang mir widerwilligen Respekt ab.

Laut knallte ich die Autotür zu und stiefelte die wenigen Schritte zur Haustür, die wie immer offen stand. Noch bevor ich einen Fuß auf die Schwelle setzen konnte, hörte ich Nina hysterisch krakeelen. Wie erstarrt blieb ich stehen, sogar mein Finger stoppte vor der Klingel, die ich eigentlich pro forma drücken wollte.

»Bist du eigentlich vollkommen hohl, Karim?«, hörte ich sie gerade brüllen. »Total bescheuert? Wie kann ein studierter Geologe in einem Schwarzbau leben? Die Grundzüge des deutschen Baurechts lernt man im ersten Semester.«

Irgendetwas schepperte, und jemand trat zusätzlich dagegen.

Schwarzbau?

Unwillkürlich wanderte mein Blick über das putzige Holzhaus mit dem wunderschönen Glasanbau. Soweit ich wusste, war ein Schwarzbau ein nicht genehmigter Bau. Aber das Haus war doch schon vor Jahrzehnten gebaut worden.

Karims Stimme drang verhalten zu mir herüber. Er schien bemüht ruhig, und mir wurde klar, dass ich hier nicht stehen und lauschen sollte. Gerade als ich einen neuen Anlauf nahm, meinen Finger auf die Klingel zu drücken, kreischte Nina wieder los. Oh mein Gott.

»Ich weiß, dass du im ersten Semester nichts als Vögeln im Sinn hattest. Daran hat sich ja auch seitdem nicht viel geändert. Aber hin und wieder solltest du dein Hirn schon einmal an seine richtige Position schieben und vor allem benutzen.«

Das war eindeutig der Zeitpunkt für eine Unterbrechung, nicht dass meine Person auch noch zur Sprache kam. Indirekt war das bereits geschehen. Heftig drückte ich meinen Finger auf die Klingel, es schrillte grässlich. Karim liebte die alte Klingel seiner Oma. Drinnen wurde es spontan still. Ich trat zögernd in den schmalen, dunkel getäfelten Flur.

»Hi!«, rief ich betont fröhlich. »Ich bin's. Scheiß Stau.«

Karim kam mir auf halbem Weg in die große Wohnküche entgegen. Er lächelte angestrengt, Nina lehnte noch immer glühend vor Wut am Türrahmen. Neidlos musste ich ihr zugestehen, dass sie auch mit rotem Kopf eine heiße Nummer war. Hochpotenziert sexy. Verblassende Winterbräune zu goldblonden Naturwellen. Mein Haar schimmerte nie so, und selbst wenn ich es mit High Heels versucht hätte, wäre ich niemals an die natürliche Länge ihrer Beine herangekommen, die schier endlos aus dem knappen Karo-Minirock herausragten. Und auch vom Rest ihres gertenschlanken, durchtrainierten Körpers brauchte ich nicht einmal zu träumen. Ganz nebenbei fehlte mir ihr Charisma. Sie war ganz anders, als ich sie mir früher vorgestellt hatte. Nicht das arme Mäuschen, das seinem Lover hinterhertelefonierte, nicht die hysterische Kuh, die Karim wegen jeder Entscheidung aus dem Urlaub anrufen musste. Nina war irgendwie stark.

»Servus, Chrissie!« Karim drückte mir einen gehetzten Kuss auf die Lippen. »Was für ein Stau?«

Ah ja, dachte ich, da hatte jemand am Telefon gut zugehört.

»Die A 7 war kurz vor Füssen in beide Richtungen gesperrt. Die Polizei hat wohl irgendetwas oder jemanden gesucht. Kam mir fast wie eine Razzia vor. Ich habe dich übrigens angerufen und dir persönlich erzählt, dass ich im Stau stehe und später komme.«

Die Zerknirschung in seinem Gesicht war echt, sodass mir meine scharfen Worte sofort leidtaten. Bei einer Wochenendbeziehung war es nicht gut, gleich mit spitzer Zunge anzureisen. Mit einem versöhnlichen Lächeln legte ich ihm meine Hand auf den Arm. Er sah müde und untypisch besorgt aus.

»Tut mir leid«, murmelte er, während Nina sarkastisch lachte und sich elegant vom Türrahmen löste. Karim schickte ihr einen giftigen Blick. Das Wochenende startete wirklich perfekt.

Mit einem lässigen Hüftschwung schob sie sich an uns vorbei, drehte sich aber an der Haustür noch einmal zu uns um. »Weißt du, Christiane«, ihr Blick war erschreckend offen, »es gab ja Zeiten, und die sind noch gar nicht so lange her, da hätte ich dich am liebsten mit Gewichten an den Füßen im Moor versenkt. Ich blonde Nuss dachte allen Ernstes, dass du mir meinen Lebensplan ruinierst. Aber …«, ein eisiger Blick streifte Karim, der noch mehr in sich zusammenfiel, »mir dämmert langsam, dass ich dir dankbar sein sollte, dass dieser halbmarokkanische Kelch« – sie wedelte abfällig zu Karim hinüber – »noch mal knapp an mir vorübergegangen ist. Der ist der wahre Ruin. Irgendwie tust du mir jetzt sogar leid. Schönes Wochenende, ihr beiden.«

Sie drehte sich um und verschwand im Gegenlicht der Sonne. Wahrlich, dachte ich erneut, ein Superstart ins Wochenende.

Noch bevor wir uns halbwegs wieder gesammelt hatten, stand Nina erneut in der Tür. Fast schwarz vor der Sonne und irgendwie bedrohlich. »Eines ist mir grad noch eingefallen, Karim.«

»Was?«

Das war der Ton, den ich zwischen den beiden mittlerweile nur zu gut kannte. Ein Wunder, dass sie es überhaupt so viele Jahre miteinander ausgehalten hatten, wobei Karim und ich auch nicht zu den Liebevollsten gehörten.

»Ich rufe von daheim aus unseren Steuerberater an, damit er die Auflösung unserer GmbH in die Wege leitet. Scheint ja eh so, als gäbe es bald keinen Firmensitz mehr. Und ich möchte mit meinem Namen nicht in diese Schwarzbau-Geschichte hineingezogen werden. Du wirst wohl neben einer neuen Bleibe auch eine neue GmbH brauchen. Ciao.«

Dieses Mal hörten wir ihren Wagen über den Kies rollen. Sie war wirklich fort. Uff.

Allerdings hatte ich von ihrer Aussage kein Wort verstanden. GmbH auflösen? Kein Firmensitz mehr? Schwarzbauten?

»Was ist eigentlich los, Karim?«

»Rotwein?« Er nickte ausweichend in Richtung Wohnküche, ich folgte ihm mit reichlich gemischten Gefühlen. »Oder lieber etwas Stärkeres?«

»Kommt auf deine Botschaft an.«

Ich trat an ihm vorbei in den Wintergarten. Hier war es wohlig warm und hell. Aufseufzend ließ ich mich in einen der Liegestühle fallen.

»Es ist weniger eine Botschaft als ein tückisches Erbe.«

Ein Rotweinkelch schwebte in mein Blickfeld, Karims Gesicht über mir wirkte wenig glücklich.

»Solange es kein türkisches ist.« Ich lachte unsicher.

»Eher ein marokkanisches. Zum Wohl, Chrissie.«

Schweigend, aber ungeduldig wartete ich darauf, dass er endlich anfangen würde zu erzählen. Stattdessen verschwand er wieder im Haus und kam kurz darauf mit einem dicken Packen Papier in den Händen wieder. Kommentarlos ließ er mir die fein säuberlich gehefteten Blätter in den Schoß fallen, während er sich selbst in den Liegestuhl neben mir hockte, die Sonnenbrille auf seine Nase fluppen ließ und offensichtlich geistig nicht mehr anwesend war.

Mein verständnisloser Blick wanderte von seinem Gesicht zu den Papieren auf meinem Schoß. Ich sah das Wappen der Stadt Füssen, einen offiziellen Briefkopf und die Überschrift »Verfügung«. Das sah seltsam beunruhigend aus. Ich schielte zu Karim hinüber, der aber demonstrativ den Waldrand fixierte.

Langsam fing ich an zu lesen, zunehmend ungläubig, dann fassungslos, mit Gedanken an die Geschichte von den Schildbürgern. Karims Haus war laut Katasterblatt aus dem Jahr 1936 eine Gartenhütte. Verwirrt starrte ich die Kopie der alten Urkunde an. Maße und Form, wie sie dort angegeben waren, passten nicht einmal ansatzweise zu dem heutigen Bau. Auch den Holzstadel konnte ich nicht finden, was vielleicht daran lag, dass ich keine Ahnung von solchen Unterlagen hatte.

»Ist das dieses Haus, Karim?« Fragend hielt ich das Blatt hoch.

Er nickte mit einem flüchtigen Blick zur Seite. »Zumindest eine Ecke der Wohnküche gehört zur Hütte von damals.«

»Eine Ecke der Wohnküche? Und der Rest?«

»Ist da«, murrte er, »aber nicht auf dem Vermessungsblatt, und wenn du dir die weiteren Seiten anschaust, dann wird dir auffallen, dass es für den Rest auch keine offizielle Baugenehmigung gibt.«

»Upps.«

Ein unangebrachtes Geräusch. Karim schob nur kurz die Brille hoch, um mich scharf anzusehen. »So kann man das auch formulieren«, zischte er.

»Ist es dir lieber, wenn ich dir wie Nina eine Szene liefere? Kannst du gern haben.«

»Hast du kein Recht zu.«

»Klar habe ich das.« Ich grinste ihn frech und zugleich versöhnlich an. »Wenn du hier obdachlos wirst, dann habe ich dich womöglich demnächst in Bonn am Hals, und ich bin mir nicht sicher, ob ich das so erstrebenswert finde.«

Er nahm die Sonnenbrille endgültig ab und griff nach seinem Weinglas. Eben ging hinter den Buchen die Sonne unter. Der Himmel färbte sich frühlingshaft zart in Blau und Rosa.

»Es ist nicht witzig, Christiane. Nach dieser Verfügung«, er schnippte gegen die Blätter auf meinem Schoß, »wird mein Haus innerhalb der nächsten zwölf Monate abgerissen. Die Kosten dafür trage ich, genauso wie die Kosten für das Verfahren. Irre, was?«

»Das ist ein Scherz, oder?« In Sachen Humor auf anderer Leute Kosten traute ich Karim so gut wie alles zu.

Er seufzte, leerte gleichzeitig sein Weinglas in einem Zug. Das entlockte mir fast ein weiteres »Upps«. Das sah ernst aus.

»Kein Scherz?«

Kopfschüttelnd stand er auf, nahm die Papiere an sich und verschwand wieder im Haus. Überrascht drehte ich mich nach ihm um. Doch er holte nur die Flasche. Rotwein war unser Traditionsgetränk am ersten Abend unseres Wiedersehens, und meistens war ich danach überzeugt, dass ich nie wieder Rotwein trinken wollte. Schweigend schenkte er uns nach.

»Nein, kein Witz, da vergeht sogar mir der Humor. Vom Spaß ganz zu schweigen. Ich habe das Haus vor mehr als zehn Jahren von meiner Oma geerbt. Du weißt schon«, er lächelte sanft, »die mit dem Marokkaner.«

Ich überlegte kurz und runzelte dann die Stirn. »Ich dachte, deine Mutter wäre Marokkanerin?«

»Ist sie auch. Mein Opa aber ebenfalls. Nach dem Krieg hängen geblieben. Vielleicht ist er auch aus der französischen Armee desertiert, um bei meiner Oma zu bleiben. Das weiß niemand so genau. – Lass uns reingehen, es wird bald kalt.«

Schweigend stapften wir mit unseren Weingläsern ins Haus zurück. Unwillkürlich betrachtete ich in der Wohnküche die Ecke mit der Bruchsteinmauer und dem offenen Kamin, wo Karim gerade mit einem langen Streichholz ein Feuer entzündete.

»Und nur diese Ecke ist tatsächlich ein Rest des alten Gartenhauses?« Ich konnte es schwer glauben. Vor allem schien es mir völlig unmöglich, dass es in unserem Staat vorkommen konnte, dass über Jahrzehnte hinweg ein Schwarzbau geduldet wurde.

Karims angefiester Blick über die Schulter war stechend.

»Sag jetzt bloß nichts Falsches, Chrissie«, giftete er. »Mein Haus ist im Wasenmoos nicht das einzige ohne Baugenehmigung. Meine Nachbarn haben es teilweise noch viel ärger getrieben, während ich bis vor wenigen Monaten nicht einmal ahnte, dass Oma und Opa Mist gebaut haben.«

»Und das im wahrsten Sinne des Wortes.« Den konnte ich mir nach seiner Steilvorlage trotzdem nicht verkneifen. Er grinste widerwillig.

»Treffer, Chrissie. – Hast du Hunger?«

»Wie immer. Was kochst du uns?«

»Nix, mir ist heute alles vergangen, ich bin nicht einmal zum Einkaufen gekommen. Aber es gibt ja einen Pizzaservice. Kochen wird in Krisenzeiten total überbewertet.«

Mit einem Zwinkern in meine Richtung wühlte er eine Speisekarte vom örtlichen Pizza-Express unter einem Stapel Zeitschriften hervor und warf sie mir auf den Tisch, pfefferte gleichzeitig ein paar Holzscheite in den Kamin. »Such dir was aus, bist eingeladen. – Was war eigentlich los auf der Autobahn?«

»So großzügig heut, Herr Miller? Und wer ruft an und bestellt?«

»Ich bin immer großzügig«, er stellte den Funkenschutz vor das Feuer und richtete sich schmunzelnd auf, »immerhin stamme ich von heißblütigen Orientalen ab, die ihren Frauen im Harem den Himmel auf Erden bereiteten. – Es ruft immer der an, der fragt. Du.«

War ja klar. Mit einem genervten Blick auf die Speisekarte kramte ich mein Handy aus der Tasche. »Das mit dem Harem hat sich gebäudemäßig demnächst aber leider erledigt, mein Pascha. Was magste haben?«

»Nudeln mit viel Käse für meine angeschlagenen Nerven und einen Salat. Such mir halt etwas aus. – Willst du mir eigentlich nicht sagen, warum auf der Autobahn Stau war?«

Überrascht schaute ich von den unendlichen Zeilen der Speisekarte auf. Meist erschien mir das mehr Masse als Klasse. So krass konnte Karims Voyeurismus doch nicht sein, dass er sogar von möglichen unschönen Zwischenfällen erzählt bekommen wollte? Zumal es keinen solchen gegeben hatte.

»Es gab weder Blut noch Tote, Karim«, erwiderte ich, »total unspektakulär, nur lästig. Die Polizei hat kurz vor der Abfahrt Füssen die Autobahn in beide Richtungen gesperrt und jedes Fahrzeug einzeln durch die Sperren gelassen. Ein paar haben sie am Straßenrand gefilzt. Die haben wohl irgendwen oder irgendwas gesucht.«

Er runzelte kurz die Stirn, dann setzte er sich zu mir an den Tisch und griff sich die Speisekarte. »Die Autobahn zu sperren ist aber schon eine drastische Maßnahme. – Ich nehme Spaghetti mit vier Sorten Käse und Tomaten mit Mozzarella. – Warst du artig, oder hast du eine Anzeige wegen Beamtenbeleidigung kassiert?«

»Artig«, erwiderte ich, während ich schon die Nummer des Pizzaservice in mein Handy tippte, »ich wollte dich nicht noch länger warten lassen. – Für mich wird es ein Risotto mit Safran und Scampi.«

»Luxusweib.«

Ich gab unsere Bestellung auf, scheiterte dann aber an einer korrekten Lagebeschreibung des Hauses, denn die Adresse reichte dem Fahrer fürs Wasenmoos nicht. Dabei hatte Karim immerhin eine richtige Adresse. Noch, dachte ich, ohne es ganz fassen zu können, dass ich in einem jahrzehntealten Schwarzbau saß.

Karim nahm mir das Handy ab und erklärte, an der wievielten Einmündung der Fahrer im Geometerweg links abbiegen musste. Das konnte dauern.

Ergeben stand ich auf und holte Besteck aus der Schublade, um trotzdem schon einmal den Tisch zu decken. Karim legte mein Handy auf den Tisch zurück.

»'ne halbe Stunde wird es mindestens dauern, bis der hier ist, bis dahin bin ich verhungert.«

Was erwartete er von einem Lieferservice, wenn er mitten in einem Moor wohnte? Während er zunehmend enttäuscht in den leeren Kühlschrank starrte, schenkte ich uns Rotwein nach und kramte eine halbe Tafel Schokolade aus meiner Handtasche.

»Süßigkeiten vor dem Essen waren uns zwar als Kindern verboten«, ich lächelte ihn liebevoll an, »aber wir sind ja jetzt groß.«

»Du bist nur älter, Chrissie, als groß würde ich dich keinesfalls bezeichnen.« Feixend knackte er eine Rippe Schokolade und schob sie sich in den Mund, wobei er das Gesicht vor Verzückung verzog.

»Schokolade macht impotent, Karim«, erklärte ich trocken.

Er prostete mir zu. »Das ist ja bei uns kein Problem, oder?«

Das waren die Momente, wo er mir in dem Maße auf die Nerven ging, wie ich ihn ansonsten liebte. Oder liebte ich genau das an ihm? Intelligenz und Intellekt waren durchaus sehr sexy. Vieles an Karim war aus meiner Sicht ausgesprochen sexy. Ich hatte eine echte Schwäche für seine Glatze und seine braunen Mandelaugen. Seine Haut hatte immer einen exotischen Schimmer, der seinen schlanken Körper aufregend betonte. Und selbst wenn seine verbalen Entgleisungen oft die Grenzen des guten Geschmacks gnadenlos überschritten, so reizte mich das ungemein.

»Nein, mit der Familienplanung können wir uns noch Zeit lassen. Erzähl mir endlich die Geschichte deiner Großeltern zu Ende.«

Für den Bruchteil einer Sekunde schlingerte sein Grinsen, bis er sicher sein konnte, dass ich einen Witz gemacht hatte.

»Haha. Superkomisch, Chrissie.«

Mit einem weiteren Stück Schokolade im Mund stand er auf und trat zum Fernseher, den er anschaltete. »Mal sehen, ob die Nachrichten deine Version vom Stau auf der A 7 bestätigen.«

»Manchmal sollte man nicht meinen«, konterte ich sarkastisch, »dass wir uns gernhaben. Unser normaler Umgangston wäre für viele Paare ein Scheidungsgrund.«

»Dafür müssten wir erst einmal heiraten, meine Süße, und du weißt ja, dass ich da nicht so wirklich drauf stehe. Außerdem habe ich dich nicht nur gern, ich hab dich lieb. So lieb, dass ich mit dir leben möchte. Magste jetzt nebenbei die Story meiner Großeltern hören oder nicht?«

»Gib's mir, Karim.« Wie immer war seine Liebeserklärung nur bedingt als solche erkennbar. Aber man lernte, damit zu leben. Bei TV Allgäu flimmerte gerade die Werbung vor den Nachrichten über den Bildschirm, während Karim den restlichen Rotwein in unsere Gläser füllte.

»Wir hätten beim Pizzaservice noch eine Flasche mitbestellen sollen«, grummelte er und schielte zu meinem Handy, das ich umgehend zu mir heranzog.

»Vergiss es«, wehrte ich ab, »dieses Mal gibt es keinen Rotweinkater. Das Wochenende ist mit der Fahrerei schon anstrengend genug.«

»Weichei.«

Ich schickte nur einen ergebenen Blick zur getäfelten Decke. Schwarzbau. In dem Moment kündigte der angenehm provinzielle Sprecher die Nachrichten an. Monsterstau auf der A 7 kurz vor dem Grenzübergang Füssen-Reutte. Unbemerkt von mir, musste ein Übertragungswagen am Straßenrand nahe den Sperren gestanden haben. Eine Stimme erzählte zu den Bildern, dass ein Großaufgebot an Polizei und Schleierfahndung Pfronten nach einem anonymen Tipp die A 7 beidseitig gesperrt hatte, um eine Schlepper- und Drogenbande zu stellen, die in regelmäßigen Abständen illegale Einwanderer und Drogen, vornehmlich aus Tschechien, über die Grenze verfrachtete. Gefunden hatten sie allerdings nichts, außer ein paar Gramm Haschisch im Caddy eines jungen Italienurlaubers. Pech gehabt. Mich hatte die Aktion fast eine Stunde gekostet.

Karim verzog überrascht die Lippen. »Und die haben echt die Autobahn gesperrt?«, hakte er nach, während er den Fernseher ausschaltete. »Und dich auch gefilzt? Schon derb. Und ich dachte, du hättest einfach nur daheim herumgetrödelt.«

»Nein, sie haben mich nicht gefilzt. Ich sehe ja auch nicht so aus, als wäre das nötig. Ich trödel auch nicht rum. Schon gar nicht, wenn ich knapp sechshundert Kilometer vor mir habe.«

»Dass du auch immer diesen Umweg fahren musst.« Dieses Mal signalisierten seine Lippen etwas wie Unmut.

Ich schloss kurz die Augen, ich war müde und sehnte mich plötzlich nach einer ganz normalen Beziehung, mit popeligem, geistlosem Blabla, liebevoll und spießig. Ohne teilhabende Exe und drohende Obdachlosigkeit. Ohne Mord und Totschlag. Irgendwo hatte ich bei meiner Partner-Bestellung einen unverzeihlichen Fehler begangen.

In diesem Moment schrillte Omas alte Klingel, und Karim sprang auf. »Abendessen!«, jodelte er, zur Haustür hastend.

Draußen entspann sich eine kurze Diskussion, ob sich dieser

Teil des Geometerweges noch in der kostenlosen Lieferzone befand oder schon fünf Euro mehr kostete, aber wie auch immer Karim das Problem löste, er stand jedenfalls nur Augenblicke später strahlend mit unserem Abendessen in der Küchentür. Immerhin.

Eilig ließ er die Styroporschale mit meinem Risotto vor mir auf den Tisch fallen. »Guten Appetit, Chrissie, auf unser Wochenende!«

Romantik pur. Was hatte ich erwartet? Während ich noch skeptisch die safrangelbe Masse in der Box betrachtete, futterte Karim sich schon durch seine vier Sorten Käse.

»Jetzt wäre dann Zeit für die Geschichte deiner Großeltern«, erklärte ich mit der ersten Gabel Risotto vor meinem Mund. Es roch eigentlich gar nicht schlecht.

»Jetzt ist grad gar keine Zeit, Chrissie«, erwiderte er mit vollem Mund, »jetzt habe ich Hunger. Aber weil du es bist, erzähle ich es dir trotzdem.«

Na ja. Ich lächelte über den Tisch in seine verschmitzt strahlenden Augen. Meine Partner-Bestellung war vielleicht nicht falsch, nur unpräzise. Das ließ sich hoffentlich mit etwas Geduld und Spucke noch ausbügeln.

»Meine Großeltern lernten sich, wie gesagt, irgendwann in den letzten Kriegstagen in Isny kennen. Mein Opa gehörte zu den französischen Einheiten, 1. Panzerdivision. Meine Oma war damals in Isny als Hausmädchen angestellt, stammte aber eigentlich hier aus Füssen. Wie die beiden hierhergekommen sind, weiß ich nicht genau, aber ich vermute, dass mein Opa desertiert ist und meine Oma einfach von ihrer Dienststelle abgehauen. Es ging ja alles drunter und drüber. Sie mussten möglichst unauffällig unterkommen. Der alte Garten samt Gartenhaus hier im Geometerweg gehörte einer Tante meiner Oma. Die beiden haben sich hier einquartiert. Meine Oma ging in der Stadt in einer Bäckerei arbeiten, mein Opa verdingte sich als Knecht auf dem ersten Hof an der Bundesstraße. Aber das erst eine gute Weile nach dem Krieg. Im Winter muss es hier schweinekalt gewesen sein. Alten Fotos nach kann die Laube nicht größer als ein paar Quadratmeter gewesen sein. Toilettenhäuschen dahinter.«

Karim stand auf und holte uns eine Flasche Wasser aus dem Kühlschrank. Ruhig goss er uns ein. Das Wasser tat gut. Mir war überm Essen, in der Wärme des Ofens, gepaart mit mehreren Gläsern Rotwein, etwas schwummrig geworden.

»Mal abgesehen von der Enge in dieser Laube«, mein Blick ging nachdenklich durch den Raum, »dürfte es auch sonst recht schwer für die beiden gewesen sein, oder? Dein Opa war doch sicher Moslem? Deine Oma katholisch? Haben die beiden geheiratet?«

Karim zuckte die Schultern, wickelte dabei konzentriert Spaghetti um seine Gabel.

»Geheiratet haben die beiden meines Wissens nie. Wäre auch nur schwer möglich gewesen, ohne dass einer von beiden konvertiert wäre. Aber mein Opa war halt immer der Mokscher, der Wilde, der Fremde. Er blieb meistens hier draußen und hat die Hütte aus- und umgebaut. Meine Oma hat alles Leben außerhalb der Laube gemanagt und das Geld beschafft. Die beiden haben die Hütte von Omas Tante dann geerbt.«

Karim schluckte die Spaghetti hinunter und spülte mit Wasser nach. »Zwei Jahre nach dem Krieg kam mein Vater zur Welt«, fuhr er mit einem Blick auf den knisternden Kamin fort, »mitten im Winter. Der Winter '47 war einer der kältesten und schneereichsten. Mein Opa hat bei der Geburt geholfen, den Jungen abgenabelt, weil die beiden keinen Arzt erreichen konnten, geschweige denn ein Krankenhaus.«

Vergeblich versuchte ich, mir die Situation vorzustellen. Keine ärztliche Versorgung, mangelnde Hygiene, Schmerzen, Blut. Draußen eisiger Winter. Die beiden mussten sehr stark gewesen sein. Ich hob mein Wasserglas. »Auf deine Großeltern!«

Wortlos hob auch Karim sein Glas. Dieser Moment seltener Eintracht zwischen Karim und mir war dem ungleichen Paar zu verdanken. Vielleicht konnte man es Familienschicksal nennen, er selbst machte sich das Leben mit einer wie mir auch nicht leichter.

Seufzend atmete Karim aus, lehnte seine Gabel abrupt gegen den Styroporrand seines Nudeltellers und trank sein Glas leer.

»Mein Vater hat eine scheiß Jugend gehabt«, fuhr er nach einer Weile fort, »Kinder können wirklich übel sein. Das Mobbing von heute ist ein Kindergeburtstag gegen das, was mein Vater überlebt hat. Deswegen ist er, sofort nachdem er die Schule beendet hatte, nach Marokko ausgewandert, wo er mehrere Jahre bei der Familie meines Opas lebte. Dort lernte er meine Mutter kennen, und die beiden kehrten nach Füssen zurück, als sie mit mir schwanger war. Und der gleiche Mist ging von vorne los. Allerdings hatte ich es doch leichter als mein Vater, ich kam nur einmal die Woche mit einem Veilchen heim anstatt täglich. Tja, und als Oma starb, da bekam ich das Haus im Wasenmoos, denn meine Eltern wollten es nicht haben. Die sind vor ein paar Jahren zurück nach Marokko gezogen. Brauchst also keine Sorgen haben, dass ich dich demnächst vorstelle. Es sei denn, du magst Urlaub in Nordafrika machen.«

So viele Sätze an einem Stück hatte ich garantiert noch nie von Karim gehört, ich lauschte atemlos. Irgendwie klang das nicht nur scheußlich, sondern auch sehr romantisch und abenteuerlich. Mit so einer Familiengeschichte konnte ich nicht einmal im Ansatz aufwarten.

»Urlaub in Nordafrika?« Mir kippte der Safranreis von meiner Gabel. Stumpf starrte ich Karim an. »Krass.«

»Da würdest du dann auch richtigen Safran zu essen bekommen und nicht diesen Fraß«, er schnippte angewidert gegen meinen Styroporteller, »und wir könnten uns im Innenhof die heißen Nächte mit hemmungslosem Sex um die Ohren schlagen.«

Ich lachte. »Womit wir die perfekte Lösung für dein derzeitiges Problem haben.«

»Wie?«

»Ist doch einfach.« Ich gabelte wieder in meinem immer pappiger und fader werdenden Reis herum. »Du könntest nach Marokko auswandern, und ich komme dich dort hin und wieder besuchen. So vermeiden wir vielleicht auch, dass du wieder irgendeinen Mordfall anziehst.«

Er schien im ersten Moment ehrlich sprachlos, was sich gigantisch anfühlte. Mein Grinsen wurde breiter, während ich mir den letzten Rest Reis in den Mund schaufelte.

»Ich will nicht nach Marokko«, haspelte er nach ewigen Sekunden, »und was meinst du damit, dass ich Morde anziehe? Du warst schließlich auch immer dabei, beim zweiten sogar eher als ich. Also, wer zieht die an?«

»Unglaublich«, konterte ich amüsiert, »man kann dich tatsächlich aus der Fassung bringen.«

»Du bringst mich dauernd aus der Fassung, Chrissie«, sagte er mit einer Grimasse. »Dank dir kann ich heute Abend schon halb über den ganzen Schlamassel lachen. Und wer weiß, wofür das alles gut ist. – Ich habe mir übrigens für morgen eine Bergwanderung überlegt, die sogar ein Flachländer wie du bewältigen kann. Wir müssen also früh ins Bett.«

ZWEI

Früh ins Bett und früh wieder heraus.

Karims »Jump«-Weckton wurde mit keinem Morgen besser. Immerhin dämmerte es draußen bereits, wie ich mit einem matten Blinzeln zum Fenster feststellte. Karim sprang neben mir aus dem Bett, es wackelte heftig. Es gab Momente, wo ich Ninas Meinung über Karim ein wenig verstehen konnte. Ich schloss die Augen und rollte mich zur Seite. Wobei mir Ninas Telefonton einfiel, der »Titanic«-Song, den sie so unbeschreiblich romantisch fand. Der würde vermutlich bald endgültig Geschichte sein und mich nicht mehr nerven. Ob sie den Steuerberater schon erreicht hatte? Und ab wann musste Karim dieses Haus verlassen?

»Beweg dich, Chrissie, wandern geht man am Morgen.«

»Nicht ohne meinen Kaffee«, stöhnte ich, seine Aufforderung ignorierend.

»Den mache ich dir. – Nicht wieder einschlafen!«

Er verließ das kleine Schlafzimmer, die Dielen knarrten unter seinen Schritten. Alles in diesem Haus knarrte. Ein altes, handgebasteltes Holzhaus. Karim hatte vieles modernisiert, die Wände so gut es ging gedämmt, das Dach isoliert, Wasser- und Stromleitungen neu verlegt, Isolierfenster eingesetzt. Ich mochte die ehemalige Gartenhütte und ihren Hexenhauscharme. Wehmut, gepaart mit einem Ansatz von Kampfgeist, huschte in mir herum. Sollten wir einfach so aufgeben? Das Haus von Karims Großeltern an die Abrissbirne ausliefern?

Mit einem Murren schwang ich mich aus dem Bett. Die Rolle des Anarchisten war mir nicht unbedingt auf den Leib geschrieben, weswegen ich ja auch klaglos eine Bergwanderung über mich ergehen lassen wollte, obwohl ich mir einen Haufen angenehmere Vergnügungen mit Karim vorstellen konnte. Wenigstens versuchte er nicht, mich zum Radeln zu überreden. Nach dem Fiasko im vergangenen Sommer am Niedersonthofener See würde es keine Wiederholung geben.

Und unsere Winterwanderungen waren halbwegs spaßig gewesen, was hoffen ließ, dass es auch im Frühjahr so sein würde.

Einigermaßen wach schlurfte ich in die Wohnküche, wo es tatsächlich bereits nach Kaffee duftete. Auch meine neuen Wanderstiefel standen neben Karims an der Haustür bereit. Ganz toll. Karim reichte mir eine Tasse und eine Butterbreze.

»Extra für dich mit ganz viel Liebe geschnitten und geschmiert.«

Kurz überlegte ich, ob ich seine ungewöhnliche Fürsorge hinterfragen sollte oder still genießen. Ich entschied mich für Letzteres, setzte mich seufzend vor Wohlbehagen an den langen Tisch mit Blick durch den Wintergarten ins Grüne, schlürfte den heißen Kaffee und knabberte an der frischen Breze aus dem Backofen. Das Leben konnte so gut sein.

Wenig später stapften wir den Geometerweg entlang, überquerten die B 310 und bogen in die Saloberstraße ein, die zur Saloberalpe den Weißenseeberg hinaufführte. Karim nannte unsere Wanderung die Zirmgratrunde. Wenn ich wollte, würde sie uns am Ende des Weges zur Ruine Falkenstein führen, der höchstgelegenen Burgruine Deutschlands. Was für ein Superlativ.

Mir reichte erst einmal der Anstieg zur Alpe, wo ich durchschnaufen musste, danach lief es sich erstaunlicherweise trotz weiteren Anstiegs leichter. Ich fand neben Karim einen beruhigenden Schrittrhythmus, stetig und gemächlich bergauf, über blühende Wiesen, Fichtenwald mit wunderbaren Ausblicken auf den Weißensee und das Tal dahinter. Wir schwiegen den größten Teil des Weges bis zum Abzweig »Zur Ruine«, entschieden uns dann, noch weiterzulaufen und oben unsere Pause einzulegen. Die Sonne schien hell und warm, ich schwitzte und fühlte mich phantastisch. Bergwandern mit Blick auf die Ruine im Sonnenschein übte eine überraschende Suchtwirkung auf mich aus.

Wir picknickten im Halbschatten, und Karim hätte gern seine Erfahrungen im Outdoorsex erweitert, doch gerade als ich mir sicher war, dass wir alleine auf der Ruine hockten, brach eine Familie mit mehreren Kindern lärmend in unser beginnendes Schäferstündchen ein. Zum Glück waren wir noch vollständig angezogen. Trotzdem spürte ich, wie meine Wangen sich färbten. Das hätte schiefgehen können.

Wir blieben noch ein Weilchen in der Sonne liegen, dann

wurde es uns zu laut, und wir machten uns an den Abstieg zum Weißensee hinunter.

Die Pause hatte mir nicht gutgetan, meine Beine waren wie Blei, und meine Oberschenkel zitterten vom Abstieg. Bergab laufen war ungemein viel anstrengender als bergauf. Kurios. Trotzdem genoss ich auch jetzt den Ausblick und den wunderschönen Frühlingswald mit fedrigen Spitzen an den Fichten, wilden Anemonen wie weiße Teppiche. In einer scharfen Linkskurve erhaschte ich einen Blick auf den See. Glitzernd lag er da. Meine Beine zitterten, doch ich trat näher an die Abbruchkante des Weges heran. Dahinter fiel der Hang steil ab, teils frisch abgeholzt, voller Äste und dicker Zweige. Der Waldboden war noch aufgerissen von den schweren Maschinen. Kein wirklich schöner Anblick. Ein paar Steine rieselten aus dem Fundament des Weges unter meinen Füßen den Hang hinunter.

»Chrissie, pass auf«, mahnte Karim, der nur widerwillig stehen geblieben war, »rutsch mir da bloß nicht ab.«

»Papperlapapp«, sagte ich, mich zu ihm umwendend, »ist nicht tief hier. Ich lande nicht im Tal. Ich stehe hier ganz gut, und der Ausblick ist phantastisch.«

Notgedrungen kam Karim die paar Schritte zu mir zurück, blieb aber ein gutes Stück von der Kante entfernt stehen.

»Komm da weg, Chrissie, ich kann so etwas gar nicht sehen.«

»Jetzt stell dich nicht an, hier ist fester Weg und keine Schlucht unter mir.«

Er verzog das Gesicht, trat unwillig von einem Fuß auf den anderen. »Seit der Sache in Oberstdorf bin ich nicht mehr schwindelfrei«, erklärte er zwischen den Zähnen hindurch, »und ich kann nicht sehen, wenn andere am Abgrund stehen. Komm bitte da weg, Chrissie.«

Das Zauberwort war in diesem Fall ein deutlicher Befehl, zumal er jede Silbe des letzten Satzes einzeln betonte. Trotzdem bewegte ich mich einen Schritt von der Kante weg. Karim war nach der Auflösung des Falles in Oberstdorf für eine Weile in psychologischer Behandlung gewesen, etwas, was mir auch gutgetan hätte, wenn ich mich denn getraut hätte. Viel hatte er darüber nicht erzählt, und so wie es jetzt aussah, war die Therapie nicht erfolgreich gewesen. Kurz schloss ich die Augen in Erinnerung an die letzten Minuten, bevor der Mörder vom SEK überwältigt worden war. Spürte die Angst, die Kälte.

»Entschuldige, Karim«, murmelte ich, die Augen wieder öffnend, »das wusste ich nicht.« Ich schielte halb über meine Schulter zu Karim, der verstörend blass mit verschränkten Armen gut drei Meter von mir entfernt stand. »Das hier ist nur ein Abhang. Alles ist gut.«

»Nix ist gut, solange du da stehst, Chrissie, lass uns endlich weitergehen.«

Er drehte sich demonstrativ weg, während ich seufzend noch einmal meinen Blick über den entfernten Weißensee und den abgeholzten Hang schweifen ließ. Nur wenige Meter unter mir lag ein wunderschönes Astholz mit Loch, wie gemacht für einen Teelichthalter. Ich liebte solche Hölzer, hatte eine ganze Sammlung daheim im Regal und auf dem Balkon. Selbst Karims Wintergarten zierten schon ein paar meiner Fundstücke. Das da unten musste ich unbedingt haben. Ohne auf Karims fassungslosen Ruf zu achten, rutschte ich vorsichtig über den aufgewühlten Boden und das Astgewirr ein Stück hügelabwärts. Das Ding lag weiter weg, als es ausgesehen hatte, und der Hang war steil.

Shit, dachte ich, und für die nächsten Sekunden war es dann auch das Letzte, was ich dachte. Shit. Ich stolperte, fiel kopfüber, kugelte gefühlte tausend Meter den Berg hinunter, bis ein Baumstumpf meinen Fall schmerzhaft stoppte. Benommen blieb ich liegen. Es dauerte, bis ich mich über meinen rasenden Herzschlag hinweg daran erinnerte zu atmen. Blinzelnd öffnete ich die Augen, hörte jemanden schreien, schlitternde Schritte, während ich mich gleichzeitig fragte, was zur Hölle in meinem Arm so wehtat. Dann rummste Karim neben mir auf die Knie, Dreck spritzte mir ins Gesicht. Idiot, dachte ich dieses Mal, und gleich wieder Idiot, denn er packte mich an den Schultern und drehte mich auf den Rücken. Messerscharf schnitt mir der Schmerz meinen linken Arm entzwei, ich schrie überrascht auf.

»Herrgottsakra, Chrissie, bist du verletzt? Du bist so bescheuert, echt!«

»Was jetzt«, pöbelte ich zurück, »bescheuert oder verletzt? – Lass mich los!«

Mühsam rappelte ich mich auf, stieß Karim mit der rechten Hand zur Seite. Er grummelte etwas, was wie »blöde Zicke« klang, aber sicher war ich mir nicht.

»Mitgefühl wäre nett gewesen«, erwiderte ich auf gut Glück, während mir der Schmerz im linken Arm bunte Schlieren vor den Augen bescherte. Mein Kreislauf schwächelte akut. Bloß nicht mitten in der Gebirgseinöde umkippen. Ich atmete konzentriert und wagte einen halbherzigen Blick auf meinen Arm. Immerhin pulste kein Blut aus einer zerrissenen Arterie, überhaupt war eigentlich nichts zu sehen außer Matsch am Ärmel der Jacke.

»So viel Blödheit verdient eigentlich kein Mitgefühl«, antwortete er ernst, legte aber doch sanft seinen Arm um meine Schultern und zog mich an sich, »schon gar nicht, weil ich dich vorher gewarnt habe. – Gibt es eine Stelle, die besonders schlimm wehtut?«

»Mein Arm«, sagte ich nicht wirklich versöhnt, auch wenn mir klar war, dass seine Reaktion genauso vom Schreck geprägt war wie meine. Aber Trost wäre trotzdem schön gewesen.

Vorsichtig strich er mir über meinen linken Arm, was mir peinlicherweise einen unkontrollierten Jammerlaut entlockte.

»Scheiße«, fluchte Karim, »hoffentlich hast du dir den nicht gebrochen. Soll ich den Rettungsdienst rufen? Die holen dich hier schon irgendwie vom Berg runter.«

Noch während er sprach, hatte er schon sein Handy in der Hand.

»Nicht nötig.« Ich fasste danach. »Alles gut. Wir gehen jetzt einfach nach Hause, und du spendierst mir einen Sack Eiswürfel zum Kühlen.«

Er starrte mich ungläubig an. »Klar. Chrissie, Superwoman, immer die Harte. Mal sehen, wie lange du das durchhältst.«

Eiskalt stand er auf, ein provozierender Blick traf mich, der mich jedem Schmerz zum Trotz auf die Beine brachte. Irgendwie schien alles an mir total verbogen und eingedrückt. Vermutlich sah ich aus wie Dummy nach dem Crash.

Mit Karims Hilfe quälte ich mich den Hang entlang, bis wir sehr viel weiter unten wieder auf den Weg kamen. Bei jedem Schritt schmerzte mein Arm, aber der Rest arbeitete so weit ganz gut mit. Trotzdem quälte ich mich mit jedem Schritt. Ein Wort von mir, und Karim hätte die Bergrettung oder einen Krankenwagen gerufen, aber allein die Vorstellung von Blaulicht und Martinshorn ließ mich durchhalten.

Sehr viel später als geplant erreichten wir Roßmoos am Weißensee, wo Karim uns ein Taxi rief. Die drei Kilometer bis nach Hause hätte ich wahrscheinlich wirklich nicht mehr ausgehalten. Aber statt dem Taxi die Adresse im Geometerweg zu nennen, wies Karim den Fahrer an, zum Krankenhaus zu fahren. Meinen Protest erstickte er mit einem sehr, sehr scharfen Blick.

Nach schier endlosem Warten zwischen anderen Bergunfällen brachte mir die erste Röntgenaufnahme unschöne Klarheit. Elle und Speiche gebrochen, mittendurch. Karim wurde auf seine Weise spontan fürsorglich.

»Wie schön!« Er streichelte mir liebevoll den Rücken, während mir eine ältere Krankenschwester meinen Arm mit Gipsbinden umwickelte. »Dann habe ich dich endlich mal länger als ein Wochenende für mich und kann mich richtig um dich kümmern.«

»Wieso das?« Panisch fasziniert fühlte ich den Gips um meinen Arm hart werden. »Ich fahre am Sonntag nach Hause, ich muss Montag arbeiten.«

»Ich glaube kaum, dass Sie am Montag arbeiten werden, Frau Berg«, sagte die Krankenschwester trocken und schlang mir eine Klettbandage um die Schultern, mit der sie meinen Gipsarm vor der Brust fixierte. »Der Arzt hat Ihnen eine Krankmeldung für zwei Wochen ausgestellt, und wenn Sie keinen Stress mit Ihrer Krankenversicherung haben wollen, dann halten Sie sich brav daran.«

»Und Autofahren geht ja gar nicht, oder, Schwester?« Karim feixte, die Krankenschwester musterte mich scharf.

»Nur, wenn Sie nicht selbst fahren, Frau Berg.«

»Bingo«, johlte Karim, »so kommt man zu zwei Wochen Urlaub mit persönlichem Verwöhnprogramm. Dann hat dein idiotischer Abrutscher ja doch noch etwas Gutes gebracht. Ich bringe dich jetzt heim, und dann wird ausgeruht.«

Daheim bettete mich Karim fürsorglich auf das Sofa, kochte mir Tee und heizte den Kamin an. So langsam dämmerte mir, was dieser gebrochene Arm für Konsequenzen hatte. Mein Chef würde extrem unentzückt sein. Wo wir im Moment so viel Arbeit hatten. Das kam gar nicht gut. Und ich saß hier fest.

Unglaublich, wie einen so ein unbeweglicher Arm einschränkte. Nicht einmal meine Hose konnte ich alleine ausziehen, geschweige denn wieder zumachen. Da konnte ich fast noch froh sein, dass es den linken erwischt hatte.

Dank der Schmerzmittel spürte ich allerdings im Moment so gut wie nichts. Mit den Prellungen würde ich »Spaß bekommen«, so der Originalton des jungen Arztes im Krankenhaus, der es genau wie Karim völlig schwachsinnig gefunden hatte, in den Hang zu klettern. Eigentlich hatte nur gefehlt, dass er mir ein »selbst schuld« vorgehalten hätte.

Vollgepumpt mit Medikamenten, dämmerte ich in den Schlaf hinüber.

DREI

Wir saßen beim verspäteten Frühstück im Wintergarten, als völlig unvermutet die Wilde Jagd unsere sonntägliche Ruhe durchbrach. Mit überhöhter Geschwindigkeit, Blaulicht und Martinshorn rasten mehrere Polizeiwagen durch den Geometerweg. Wir erbleichten synchron, doch die Wagen fuhren vorbei. Karim ging auch nicht vor das Haus, um zu schauen, wo sie anhielten. Der Lärm erstarb so plötzlich, wie er angefangen hatte. Weit waren die offensichtlich nicht gefahren.

Wortlos stand Karim auf und ging in die Wohnküche. Nur Sekunden später kam er mit zwei Gläsern und einer Flasche Obstler wieder.

»Ich pack das nicht mehr«, erklärte er stöhnend, »ich kann's nicht mehr hören und sehen.«

»Ich auch nicht, schenk ein.«

Schweigend kippten wir den Obstler. Der würde sich über die Schmerzmittel in meinem Magen riesig freuen. Aber es musste sein. Mir ging es wie Karim. Je länger das alles vorbei war, desto böser kamen die Nachwirkungen heraus. Wie kleine Maden im Hirn, die sich langsam durchfraßen. Erinnerungsmaden.

»Was meinst du, wo die hingefahren sind?« Die Frage musste ich trotzdem stellen. Es war wie ein Zwang.

Karim zuckte die Schultern, musterte demonstrativ den Waldrand. »Keine Ahnung. Ich will's auch nicht wissen. – Magst noch einen?« Er hielt die Flasche hoch.

»Nee, lass mal«, ich grinste schief, »zu viele Drogen durcheinander sind nicht gut.«

Seltsam angespannt kauten wir weiter an unseren Semmeln, tranken Kaffee und lasen die Zeitung. Immer wieder warfen wir scheele Blicke zur Straße hinüber. Mir surrte der Kopf vom Obstler. Der war keine gute Idee gewesen.

Keine Stunde später fuhr ein Leichenwagen am Haus vorbei. Mir fiel die Kaffeetasse aus der Hand und zersplitterte klirrend auf den Terrakottafliesen des Wintergartens. Karim wurde wieder blass. Das sah übel nach geballter Traumatherapie aus.

»Entschuldigung«, murmelte ich verstört. So sollte man wegen eines Leichenwagens normalerweise nicht reagieren. Aber was war schon normal?

Karim musterte kurz die Scherben und stand auf. »Dir hätten ein paar Gespräche mit dem Polizeipsychologen auch nicht geschadet.«

Ich brummte unwirsch. »Warum? Bei dir war der Erfolg ja nicht gerade bemerkenswert.«

»Wahrscheinlich habe ich zu früh aufgegeben.«

Schweigend sammelte er die Scherben auf. Nur um sie erneut von sich zu werfen, als der Polizeitross wesentlich langsamer retour kam. Dieses Mal musste ich sogar lachen. Die Therapie war eigentlich ganz lustig.

Weniger lustig war der letzte Polizeiwagen, der vor unserem Haus abbremste und in die Einfahrt einbog. Nur gut, dass Karim keine Scherben in der Hand hatte. Atemlos schauten wir dem Auto entgegen.

Zunächst wusste ich nur, dass mir der Fahrer bekannt vorkam, aber erst als der Beifahrer ausstieg, konnte ich wieder atmen. Hauptkommissar Franz Schmiedeler und Sebastian Thannheimer von der Kripo Kempten.

Atmen konnte ich allerdings nur so lange, wie mein Hirn brauchte, um sich zu fragen, wieso die beiden hier auftauchten, wenn eben ein Leichenwagen an unserem Haus vorbeigefahren war.

Langsam stand Karim auf. Die beiden Polizisten winkten zu uns herüber, strahlten fröhlich. Karim ließ sie durch die Glastür des Wintergartens herein.

»Servus, ihr beiden!« Hauptkommissar Franz Schmiedeler umarmte Karim noch in der Tür. Mir schien, als sei er etwas rundlich geworden. Seine dunkelgraue Fleecejacke spannte am Bauch, der sich auch satt über dem Bund seiner schwarzen Hose wölbte. »Gut schaust aus, Karim. Stören wir?«

»Schmarrn«, Karim machte eine einladende Handbewegung, »kommt rein und setzt euch.«

Sebi Thannheimer klapste Karim freundschaftlich vor die Brust, verstaute dann sein Smartphone in der Gesäßtasche seiner modisch ausgewaschenen Jeans. Getrockneter Matsch bröselte von seinen

Bikerstiefeln. »Servus, Chrissie«, rief er, »was treibt dich ins Allgäu, noch dazu mit der netten Schleife um den Arm?«

So konnte man meine Klettverschnürung auch nennen. Ja, was trieb mich hirnloses Wesen ins Allgäu, genauer gesagt ins Ostallgäu?

Schmiedeler schien erst jetzt aufzugehen, dass sein letzter Stand unserer Liebesdinge eine Trennung gewesen war. »Sapperlot, stimmt, Sebi.« Er lächelte mich an. »Wie geht das jetzt zamm, Chrissie?«

»In Anbetracht des Polizeiaufgebotes und des Leichenwagens«, erklärte ich, »frage ich mich auch grad, was ich hier mache. Nix für ungut, Franz.«

Er lachte schallend, Karim verzog nur das Gesicht.

»Keine Sorge«, erwiderte Schmiedeler, während er sich einen Stuhl heranzog und eine große Bäckertüte auf den Tisch legte, »so wie es aussieht, ist kein Mord passiert, für den wir zuständig sind. – Wir haben auch Krapfen für alle mitgebracht. Seid's ihr dann jetzt doch noch ein richtiges Paar geworden?«

Neugierig schauten uns die beiden Kripomänner an. Karim seufzte und strich mir sanft über die Schulter. »Danke, Franz. Ich mache uns neuen Kaffee. Chrissie, erklär's ihnen.«

Was gab es da zu erklären? Ich schob mit den Zehenspitzen nachdenklich die Scherben meiner Tasse über den Boden, obwohl ich seltsam erleichtert war, dass ich mir nicht die Geschichte vom Mord anhören musste, der nicht in ihren Zuständigkeitsbereich fiel. Schräge Formulierung.

»Mir war damals in Oberstdorf nicht klar, dass Karim nicht mehr mit Nina zusammen ist«, druckste ich herum, ein bisschen peinlich war das alles schon. »Nina ist seine Teilhaberin.« In Gedanken ergänzte ich ein »Ex« vor der Teilhaberin. »Das ist mir aber erst im Zug klar geworden, und dann brauchte ich noch ein paar Tage, bis ich sicher war, dass ich den da«, ich deutete mit dem Daumen hinter mich in die Wohnküche, »wirklich haben will.«

»Und er sie!«, tönte es aus der Küche.

»Vermutlich«, gab ich zu, vermied es aber, die Augen zu verdrehen. »An Heiligabend habe ich ihn angerufen und bin dann hierher nach Füssen gefahren. Genau genommen hat sich nicht viel geändert.«

»Ihr müsst's ja nicht gleich zusammenziehen«, sagte Schmiedeler jovial, »aber schön, dass ihr diesen Schritt gewagt habt. – Was ist mit deinem Arm passiert, Chrissie?«

»Sie wollte unbedingt wissen, wie steil so ein abgeholzter Bergabhang tatsächlich ist«, erklärte Karim, der mit neuen Tassen aus der Tür trat – ich drehte mich betont weg –, »obwohl ich sie mehrfach gewarnt hatte. Aber nein, Frau Flachländer musste ja ein paar Saltos abwärts schlagen, bis ein Baumstumpf sie aufgefangen hat. Da war der Arm dann durch und unsere Bergwanderung vorbei.«

»Du hast einen Bergunfall gehabt?« Sebis Blick lag halb mitleidig, halb bewundernd auf mir. »Wo?«

Ich wand mich unter der Neugier der Kripomänner. Mein Einsatz war nicht besonders klug gewesen und der Hang an sich nicht wirklich steil. Das war alles einfach nur blöd gelaufen. Ich wedelte mit der Hand Richtung Weißensee. »Da hinten irgendwo. Bergunfall würde ich das jetzt nicht nennen. Ich bin halt abgerutscht. Und unsere Wanderung war eh fast vorbei, wir waren beim Abstieg, wenn ich das mal anmerken darf. Bis dahin gab es keinen Grund, über den Flachländer zu klagen.«

»Danach dann aber umso mehr.« Karim beugte sich halb über mich und küsste mich grinsend auf die Wange. »Aber du warst trotz allem supertapfer. Die gute Nachricht an der Sache ist, dass ich dich jetzt für die nächsten zwei Wochen sicher bei mir habe.«

Stöhnend hielt ich ihm meine Kaffeetasse hin. »Die schlechte ist dafür, dass mein Chef im Dreieck springt!«

»Der regt sich schon wieder ab«, sagte Sebi mit einem amüsierten Blinzeln zu seinem Chef hinüber, »genieß halt einfach die Ruhe.«

Karims Augenbrauen zuckten nur kurz bei dem Wort »Ruhe«. So viel hatten wir bisher davon nicht gehabt, mit all den Problemen um uns herum.

Schmiedeler riss die Krapfentüte auf, ich schnupperte begierig den süßlich fetten Geruch. Krapfen und Kaffee, das war eine wunderbare Mischung. Selige Atemzüge lang kaute ich an dem Gebäck herum, gefräßige Stille herrschte im Wintergarten.

»Was ist ein Mord«, Karim schlürfte Himbeermarmelade aus dem Inneren des Krapfens, »für den ihr nicht zuständig seid? Ist hier im Wasenmoos etwas passiert?«

Schlagartig verlor das Rot der Marmelade jeglichen Reiz. Hastig warf ich meinen Krapfen auf den Teller und griff nach meiner Kaffeetasse. Tief atmete ich den beruhigenden Duft von frischem Kaffee ein. Warm, geborgen, friedlich.

»Mei …« Schmiedeler lachte in die Runde, was ich extrem schockierend fand. »Eigentlich verjährt Mord nicht, aber in diesem Fall sind, so wie es aussieht, das Landesamt für Denkmalpflege und der Stadtarchäologe von Kempten zuständig und nicht die Kripo.«

Wie immer beim Thema Mord klemmte mein Hirn, aber auch Karim starrte die beiden Polizisten völlig verständnislos an.

»Jetzt schaut's halt nicht so panisch.« Sebi blies genervt die Wangen auf. »Da hinten trocknet dank der neuen Autobahn einer der Moortümpel aus. Ein Spaziergänger oder vielmehr dessen Hund hat im Matsch einen Fuß gefunden. Diese Autobahn ist eine ökologische Katastrophe für das Moor.«

Jetzt schaute ich tatsächlich panisch. Karims Augen trafen mich. Moortümpel gab es hier überall, Moorwiesen. Torf wurde für die Heilanwendungen in Füssens Kuranstalten abgebaut, wir wohnten sogar auf diesem Moor. Autobahn hin oder her, im Moor Leichen zu entsorgen fand ich wenig erheiternd, und dass wir das wieder aus erster Hand erfuhren, erheiterte mich noch viel weniger. Ich für meinen Teil legte keinen gesteigerten Wert darauf, bei unserem nächsten Spaziergang irgendwelche Extremitäten von Menschen zu finden. Dabei war dieses Moor wunderschön. Schaudernd blies ich in meinen Kaffee.

»Sorry«, ich linste an meiner Tasse entlang, »aber solche Themen kann ich gar nicht mehr haben.«

»Mei, Chrissie«, Schmiedeler strich mir überraschend sanft über den gesunden Arm, »ich kann dir fei immer noch einen Psychologen besorgen, wenn du möchtest. – Aber die Leiche, die wir vorhin geborgen haben, ist wahrscheinlich eine echte Sensation. Vielleicht hat Füssen jetzt eine prähistorische Moorleiche, den Ötzi vom Wasenmoos.«

»Was?« Karim reckte sich interessiert den Kommissaren entgegen. »Eine vorgeschichtliche Moorleiche im Wasenmoos? Wie kommt ihr darauf?«

Sebi zückte lässig sein Smartphone und wischte konzentriert

darauf herum. »Der Ötzi ist aber keine Moorleiche, Chef, der war tiefgefroren«, brummelte er nebenbei, nickte dann zufrieden.

»Hier«, er hielt Karim das Handy vor die Nase. Ich schaute erst einmal weg, sah nur flüchtig eine braune, seltsam steife Gestalt auf dem Foto. »Der Mann ist nackt, hat einen Strick um den Hals und ist, wie es scheint, fachgerecht ausgeweidet worden. Sieht fürs Erste ganz nach einem prähistorischen Kultopfer aus. So wie der Tollund-Mann, kennt ihr doch sicher? Mehr können natürlich erst die Pathologen sagen.«

Bei dem Wort »ausgeweidet« rotierte mein Magen.

Karim feixte und schüttelte den Kopf, schaute aber nur kurz von dem Foto auf.

»Ne, Sebi, wer ist denn das? Klingt nach dem Organisator dieses bekannten Festivals.«

Sebis Augen wurden groß, Schmiedeler konnte sein Lachen gerade noch in einen Hustenanfall umleiten. »Festival? Das heißt Tollwood, Karim. Der Tollund-Mann ist eine der bekanntesten Moorleichen aus Dänemark.«

»Sebi«, seufzte ich und kickte Karim meinen heilen Ellenbogen in die Seite, »Karim verarscht dich. Ich hoffe, ihr habt recht mit dem Toten.«

Karim rieb sich lachend die Seite. »Reingefallen, Sebi. Ich bin Vermessungsingenieur und Geologe, klar weiß ich über Moorleichen Bescheid. Obwohl ich mir nicht so richtig vorstellen kann, dass ausgerechnet im Wasenmoos so einer abgelegt worden ist. Die Region ist zwar schon seit Jahrtausenden besiedelt, aber, hm, ein keltisches Mooropfer …? Nee, ich weiß nicht. – Chrissie, magst noch einen Krapfen?«

VIER

Natürlich musste Karim am nächsten Vormittag unbedingt mit mir zur Fundstelle der Moorleiche spazieren. Mir konnte das die Laune nicht mehr weiter vermiesen, denn ich hatte bereits ein wenig erbauliches Telefonat mit meinem Chef geführt.

Wie zu erwarten, sah man nicht viel, nur von Autoreifen zermatschte Wiese, tiefe Fußspuren, mit Brackwasser gefüllt, und den flachen Moortümpel mit ein paar Schilfbüscheln drum herum. Alles adrett mit Polizeiabsperrband umwickelt.

Dann beging ich noch den Fehler zu fragen, ob Sebi recht hatte und die Autobahn schuld daran war, dass das Moor austrocknete.

Karim schwieg erst einmal nur vor sich hin. »Möglich«, sagte er dann, während wir schon wieder in seinen Garten einbogen. »Ein paar der örtlichen Naturschützer wollten mich damals für ein Gutachten engagieren, immerhin wohne ich im Moor, doch Nina hat sie rausgeschmissen. Sie wollte nicht, dass ich das Firmenimage für so eine Sache riskiere.«

Dazu konnte ich allerdings nicht schweigen. »Wäre aber mal ein moralisch wertvoller Auftrag gewesen, zumindest besser, als Gelände für ein Hotel in einem Naturschutzgebiet zu vermessen.«

»Kannst ja mit Nina darüber diskutieren.« Er verzog mit einem bösen Grinsen den Mund. »Mal sehen, ob du ihr die Stirn bieten kannst. – Und egal, wie mein Gutachten ausgefallen wäre, die Autobahn hätten sie trotzdem gebaut.«

»Da hast du sicher recht.«

In dem Moment, als wir ins Haus eintreten wollten, bog ein älterer mattblauer BMW-Kombi in die Auffahrt. Ich blinzelte gegen die Sonne, um die Werbeaufschrift zu erkennen. »Immobilien Simmerer«, las ich, »Dienstleistungen rund ums Wohnen«. Dazu eine Adresse in Füssen. Ein Mann mittleren Alters stieg aus. Sein Lächeln strahlte uns über mehrere Meter hinweg an, während Karim versteinerte. Offensichtlich kannte er den Herrn, der da überaus selbstsicher auf uns zu schritt. Seine sicherlich längst ergrauten Haare waren perfekt gefärbt, leider etwas zu dunkel, um echt zu wirken. Dazu trug er einen sportlichen Wolljanker über einem grauen Lambswool-Pullover und modisch ausgewaschene Jeans.

»Grüß Sie Gott, Herr Miller!«, rief er überschwänglich und streckte noch Meter entfernt die Rechte aus. »Das ist ja super, dass ich Sie gleich persönlich antreffe.«

Karims Hände blieben unartig in ihren Hosentaschen; ich runzelte die Stirn. An seine teils grässlichen Umgangsformen würde ich mich vermutlich nie gewöhnen. Die Hand des Mannes ruderte entsprechend erst einmal etwas unschlüssig in der Luft herum, bevor er sie wie beiläufig ebenfalls in einer Hosentasche verschwinden ließ.

»Was führt Sie her, Herr Simmerer?« Nur unmerklich wendete sich Karim dem Älteren zu, womit er deutlich machte, dass er ihm keine besondere Aufmerksamkeit schenken würde. Simmerer ließ sich nicht beirren, trat noch einen Schritt näher.

»Mei«, er versuchte sich an einem entwaffnenden Lächeln, »ich war grad in der Nähe, und da dachte ich mir, ich schau schnell rein. Sie haben doch sicher ein paar Minuten für mich, Herr Miller? Ich hätte ein lukratives Angebot für Sie.«

Ein weniger standhafter Mensch als Karim wäre bei diesen Worten vielleicht weich geworden, teils aus Höflichkeit, teils aus Neugierde, doch Karim seufzte nur genervt. »Meine Zeit ist knapp, Herr Simmerer«, erklärte er, obwohl ich in seinem Terminkalender für den heutigen Montag noch keinen Eintrag gesehen hatte. »Davon abgesehen habe ich kein Interesse an Ihren Angeboten. Mir reicht, was ich von meinen Nachbarn über Sie und Ihre Geschäftspraktiken höre.«

»Sicher hören Sie nur Gutes«, sagte Simmerer unbeeindruckt und mit einem Hauch Überheblichkeit. Der Mann besaß Stehvermögen und genauso viel Unverfrorenheit wie Karim. »Was halten Sie davon, wenn ich Ihnen in Ihrer jetzigen Situation ein Angebot für Ihr Haus mache? Sie haben, wie ich aus sicherer Quelle weiß, seit Freitag die Abrissverfügung für den ungenehmigten Teil Ihres Hauses vorliegen. Und der ungenehmigte Teil ist so gut wie alles, Herr Miller.«

Karim blinzelte überrascht, richtete sich dann aber deutlich auf. »Diese Verfügung, Herr Simmerer«, erst jetzt drehte er sich zu dem Makler um, »hatten ein paar andere im Geometerweg auch schon vor längerer Zeit im Briefkasten.« Langsam trat er auf den älteren Mann zu, der äußerlich unbewegt stehen blieb. »Denen haben Sie auch ein ›lukratives Angebot‹ gemacht und die Häuser für einen Dumpingpreis gekauft. Komisch nur, dass die Häuser bisher nicht abgerissen wurden und der Stadtrat immer noch nicht weiß, wie er mit den Schwarzbauten im Wasenmoos umgehen soll.«

»Alles eine Frage der Zeit, Herr Miller.« Auch Simmerer wuchs um ein paar Zentimeter, sodass die beiden Männer sich mit den Nasenspitzen hätten anpiken können. Die Szene sah denkbar bescheuert aus. »Von der ich im Gegensatz zu Ihnen genug habe. Genau wie Geld. Überlegen Sie es sich, Herr Miller, möglichst schnell, denn der Wert Ihres Hauses sinkt täglich. Servus, Herr Miller.«

Eine zackige Absatzwendung folgte, ein selbstgefälliges Lächeln an mich, bevor der Makler mit überraschend sportlichem Schwung zu seinem Auto lief. Der BMW setzte in der Auffahrt zurück, ohne eine Staubwolke zu produzieren.

»Was war das, Karim?«

»Das war Joseph Simmerer, ein Makler aus Füssen.«

Als reichte das zur Erklärung, trat Karim in den Hausflur.

»Du bist doch sonst nicht so wortkarg.« Ich schob mich hinterher. »Was hat es mit dem und den Schwarzbauten hier auf sich? Was will der mit deinem Haus, wenn es doch abgerissen werden soll?«

»Ey, Chrissie«, wider Erwarten war Karims Ton ziemlich verärgert, »ehrlich, mir steht das jetzt schon alles bis hier.« Eine bezeichnende Geste auf Mundhöhe machte klar, wie er das meinte. »Ich habe noch keine Stunde Zeit gehabt, mir mal Gedanken darüber zu machen, wie es hier weitergehen könnte, aber jeder hackt auf mir rum.«

Ich reckte zum Zeichen des sofortigen Friedens Zeige- und Mittelfinger in V-Form hoch. »Kaffee, Herr Miller? Und Schokolade? Dann können wir gemeinsam über deine Zukunft nachdenken und vielleicht diverse Planvarianten konstruieren.«

Er seufzte, während er sich gegen eine Kommode im Flur lehnte. »Klingt gut, danke, Chrissie.«

Während er das sagte, fiepte im Büro nebenan das Fax. Abermals seufzend wandte er sich danach um. Ich strich ihm sanft über den Arm und ging durch den Flur zur Küche, wo ich einhändig die Kaffeemaschine befüllte. Tief einatmend schnupperte ich am Kaffeepulver. Dieser Geruch war für mich schon der erste Schritt zur Entspannung. Aber nicht lange, denn Karim kam mit einem halb eingerollten Blatt Papier in der Hand in die Küche.

»Viel Schokolade, Chrissie, sehr viel«, murmelte er, düster mit dem Blatt wedelnd. »Nina fackelt nicht lange. Ich muss morgen früh gleich beim Steuerberater antanzen, um die Löschung der GmbH zu unterschreiben.«

Seinem Gesicht nach konnte das nicht alles sein. Ich legte die Milka Großtafel auf den Tisch und brach ihm ein Stück ab. »Hier, hau rein. Was liegt noch an?«

»Sie hat gleich ihre Kostenaufstellung dazugeschrieben. Demnach möchte sie ihre GmbH-Einlage natürlich ausgezahlt bekommen, ihren Anteil an der Büroeinrichtung und einen Haufen andere Sachen. Perfekt!«

Mit einem ernsten Seitenblick musterte ich das Blatt auf dem Tisch, während ich gleichzeitig Tassen aus dem Schrank holte.

»Aber produzier bitte keinen Bruch«, brummte er hinter mir, »ich kann mir jetzt keine neuen Tassen mehr leisten.«

Die Ansage kam gerade noch rechtzeitig, denn was ich las, sorgte nicht mehr für sichere Handgriffe. Ungläubig stellte ich die Tassen auf die Arbeitsplatte, wo Karim sie übernahm.

»Nina«, er grinste bitter, »live, in Farbe und real. Eine super Partnerin, aber wehe, man hat sie zum Feind.«

»Offensichtlich«, sagte ich, nach einem Stuhl angelnd. Ich musste mich unbedingt setzen. »Also auch dein Auto wäre eigentlich futsch, wenn ich das richtig sehe?«

Nicht, dass ich dem peinlichen Gelände-Boliden, seinem glitzernd schwarzen Nissan Navara, eine Träne nachweinen würde, aber der finanzielle Verlust wäre immens.

»Jepp.« Karim nahm die Kanne und hockte sich neben mich. »Wir haben immer halbe-halbe gemacht. Das Haus ist mit meinem Anteil an der GmbH-Einlage verschuldet. Alles andere ist gemeinsames Firmeneigentum. Ich könnte derzeit nicht einmal die GmbH neu gründen, denn mein Haus ist nichts mehr wert.«

»Also muss die GmbH gelöscht werden und die Firmenwerte in Geld umgewandelt?«

»Korrekt. Und ich muss mir irgendwo einen Job als Vermesser oder Geologe suchen.«

Was er so locker daherschwafelte, war nüchtern betrachtet für ihn eine Katastrophe. Karim als Angestellter? Das konnte keinen Tag gut gehen.

»Wenig realistische Lösung«, erwiderte ich und verdrehte die Augen.

Er seufzte. »Realistisch schon, aber nicht glücklich.«

Konzentriert strich ich Ninas Fax auf dem Tisch glatt und schenkte uns Kaffee ein. Tief einatmend schob ich mir dann ein Stück Schokolade in den Mund. Mein nächster Satz brauchte Mut. »Besteht die Möglichkeit«, ich schluckte halb gekaute Schokolade hinunter, »dass Nina mit sich reden lässt wegen der GmbH?«

»Möglich ist alles«, er schaute mich direkt an, »aber nicht wahrscheinlich und auch nicht erstrebenswert. Eigentlich war unsere berufliche Partnerschaft so durch wie unsere private, seitdem sie von dir wusste. Mit dem Schwarzbau ist das Thema für Nina nicht mehr tragbar.«

»Also schnellstmöglich an diesen sportlichen Makler verkaufen?«

Karims entsetzter Blick sagte mehr als jede Erklärung. Betreten schob ich ihm ein Stück Schokolade in den Mund. »Sorry.«

Er kaute schweigend und, wie mir schien, sehr nachdenklich. Dann schüttelte er den Kopf. »Der Typ ist nicht echt.« Demonstrativ sperrte er den Mund auf, damit ich ein weiteres Stück Schokolade hineinschieben konnte. »Der verhökert jede Bude, die er bekommen kann. Hier im Geometerweg hat er zwei oder drei Häuser von älteren Leuten gekauft und den ehemaligen Eigentümern mit einer seltsamen Vertragsklausel eine Wohnpflicht bis zum Abbruch aufgebrummt.«

Ich zuckte die Schultern. »Und? Ist doch sehr fair von ihm. Was will er denn mit den Abbruchbuden machen?«

Ein weiteres Stück verschwand in Karims Mund, dazu ein großer Schluck Kaffee. »Ja, vordergründig scheint das fair, denn alle haben damit gerechnet, dass die Hütten innerhalb der nächsten zwölf Monate abgerissen werden, so wie es in meiner Akte auch steht, aber seit drei Jahren ist nichts passiert, und per Kaufvertrag wurde eine hohe Miete vereinbart, falls das Haus nicht ein halbes

Jahr nach Kaufdatum wegen Abbruch geräumt wird. Jetzt hocken die alten Leute in ihren Häusern, bezahlen satt Geld und können nicht ausziehen, denn sie haben den Vertrag unterschrieben. Das … ist nicht fair, oder? Ich glaube, der Simmerer spekuliert darauf, dass es eine politische Lösung geben wird, die keinen Abriss vorsieht.«

Nicht wirklich, dachte ich schockiert. So schnell rannte man in eine Vertragsfalle. »Ist das nicht sittenwidrig?«

»Nö. In eines der Häuser hat der Simmerer übrigens seine tschechischen Bauarbeiter einquartiert. Der makelt nämlich auch in Tschechien, und man munkelt immer mal wieder, dass er Verbindung zur russischen Mafia hat. Der scheint Geld ohne Ende zu haben. Fragt sich nur, woher.«

Ich prustete leise. An sich war das kein Grund für Misstrauen, immerhin gehörten die Tschechen zur EU, aber es passte ins Bild, und ein Klischee war schnell gebastelt. Die Sache mit der Russenmafia fand ich schwieriger.

»Okay«, sagte ich, »an den wird dann nicht verkauft. Gibt es Alternativen?«

»Klagen! Zeit schinden. Mit der Stadt verhandeln. Ich weiß nicht. Aber verkaufen ist sicherlich, solange hier nicht die Bagger anrollen, keine gute Idee.«

»Dann ist es erst recht keine mehr, dann ist es zu spät. – Wer zahlt den Rechtsanwalt?«

»Vermutlich meine Rechtsschutzversicherung. Da muss ich anrufen.«

»Das wäre doch mal ein erster Schritt, Karim. Und dann eine Rechtsberatung. Es gibt bestimmt einen Weg.«

»Den gibt es immer«, sagte er, »fragt sich nur, wo er hinführt.«

FÜNF

Karim und ich trennten uns an der Tür der Steuerberaterkanzlei. Der Morgen war sonnig und warm. Während er also drinnen mit Nina die Fronten neu klären musste, würde ich einen Bummel durch die Stadt machen.

Füssen hatte wirklich Flair, trotz des übermäßigen Tourismus. Überall gab es kleine Gässchen mit Kopfsteinpflaster und schön sanierte historische Stadthäuser mit den typischen Fassadenmalereien. Ich genoss die vormittägliche Ruhe in der Fußgängerzone, obwohl ein Großteil meiner Gedanken bei Karim und dieser äußerst verfahrenen Situation hing. Unter Umständen entwickelte sich unsere Partnerschaft in einem Tempo und einer Weise, die mir nicht so richtig behagte. Natürlich würde ich Karim niemals im Stich lassen, aber im allerblödesten Fall stand sein Name recht schnell an meiner Tür in Bonn. Nachdenklich starrte ich in das Schaufenster eines Maklers. Ohne es zu merken, hatte ich mich ein wenig aus dem Stadtkern entfernt. Dieses Lied von Marianne Rosenberg hatten sie damals in Trieblings in jener Nacht von Hannes' Junggesellenabschied gespielt. »Er gehört zu mir wie mein Name an der Tür …« In dieser Nacht hatte für uns alles angefangen, und für den Karl Waibel hatte alles geendet. Die Vorstellung, mit Karim zusammenzuleben, war sehr gewöhnungsbedürftig.

»Da schau her, die neue Frau Miller.« Neben mir ging mit einem leisen Bimmeln die Glastür des Maklerbüros auf, und ein Mann trat auf mich zu. Verdutzt schaute ich mich um. »Immobilien Simmerer«, las ich über dem Schaufenster. Wieder eine dieser krassen Fehlsteuerungen in meinem unbewussten System. Wie hatte das jetzt passieren können? Füssen war nicht klein.

»Schauen S' sich schon nach einem neuen Haus um? Ich habe da ein paar wirklich aparte Objekte, ideal für einen Vermessungsingenieur und seine bezaubernde Frau. Kommen S' nur rein, ich freue mich, dass Sie da sind.«

Hä?

Ich fühlte mich völlig überfahren, was mich wie eine Marionette hinter dem Makler herlaufen ließ. Eigentlich hatte ich mir ein schönes Café suchen wollen, einen Kakao mit Sahne in der Sonne schlürfen und auf Karim warten. Jetzt hockte ich unvermittelt und überrumpelt am abgeschabten Tisch, im nicht minder abgeschabten Büro des Herrn Simmerer. Mit professioneller Gelassenheit schob er mir ein paar Exposés über die Tischplatte, während er mit der anderen Hand gleichzeitig auf den Knöpfen einer Hightech-Kaffeemaschine herumdrückte, die so gar nicht zum vergilbten Ambiente des Maklerbüros passte.

»Lassen S' mich raten«, er blinzelte mir zu, ein eleganter Zeigefinger zielte auf mich, »heiße Schokolade oder Espresso?«

Peinlicherweise wurde ich rot. Der Charme älterer Herren war bisher schnöde an mir abgeprallt, hatte bestenfalls eine schnippische Antwort provoziert, aber sicherlich kein Erröten. »Gern eine heiße Schokolade«, stotterte ich. Auch eine der Allgäuer Kuriositäten. Die tranken hier keinen Kakao, die genossen Schokolade.

»Wissen S', Frau …?« Eine elegante weiße Porzellantasse schwebte vor meiner Nase auf den Tisch, dazu ein unangenehm anbiederndes Lächeln.

Trotzdem beeilte ich mich, mich dem Herrn Simmerer vorzustellen. »Berg, Christiane Berg«, haspelte ich, die Exposés wegschiebend, »und ich glaube, wir sind noch nicht so weit. – Danke für den Kakao.«

»Ach, Frau Berg«, er ließ sich immer noch lächelnd mir gegenüber auf einen abgewetzten Ledersessel fallen und schob die Angebote zu mir zurück, »das weiß ich doch. Aber es kann ja nicht schaden, wenn man sich einfach mal unverbindlich informiert. Und die Zinsen sind derzeit unschlagbar. Da muss man einfach kaufen. Immobilien sind das Gold von morgen.« Wieder blinzelte er mir zu. »Natürlich wissen Sie das bereits, was rede ich da?«

Nur um nicht antworten zu müssen, blätterte ich durch die Hochglanzdrucke, bis mein Blick am Ende auf die Preise fiel. Der bot mir da Millionenobjekte an. Was glaubte der, was ein junger selbstständiger Ingenieur und eine Bibliothekarin verdienten? Mit einem angespannten Lächeln rückte ich die Broschüren wieder in die Mitte des Tisches. »Ganz reizend, Herr Simmerer«, erklärte ich halbwegs bestimmt, »aber diese Häuser sind in hundert Jahren nicht unsere Preisklasse.«

Er verzog amüsiert das Gesicht, lehnte sich zurück und griff über seine Schulter hinweg einen weiteren Packen Blätter aus einem Regal. Konzentriert fischte er mehrere heraus und breitete sie vor mir aus.

Das war dann mal Kontrastprogramm. Häuser mit bröckelnden Fassaden, zerbrochene Scheiben, Zimmer mit abgerissenen Tapeten, kaputte Böden. Aber preislich deutlich näher am wahren Leben. Ich schüttelte abwehrend den Kopf. »Danke, Herr Simmerer, aber auf Bauruinen stehe ich auch nicht. Und wir brauchen ja kein Haus. Ich muss dann jetzt auch gehen.«

»A wa«, er schnippte durch die Blätter, »alles easy, kein Problem. Ich habe da einen Trupp Tschechen an der Hand, die sanieren Ihnen in zwei, drei Wochen die Bude zu einem Schmuckstück. Und das für wenig Geld.«

»Trotzdem, wirklich sehr freundlich. Aber danke, nein.« Entschlossen stand ich auf, trank meine Tasse aus und lächelte ihn an. »Es macht mehr Sinn, wenn Sie Karim diese Angebote zeigen. – Auf Wiedersehen, Herr Simmerer.«

Während ich schon halb an der Tür war, kam er mir nachgeeilt und trat mir in den Weg. So etwas konnte ich gar nicht leiden, mein Lächeln fror schlagartig ein. Instinktiv machte ich mich groß und musterte ihn mit einem herablassenden Blick. »Ja?«

Er zwinkerte versöhnlich, aber eine Spur zu jovial. »Wissen S', Frau Berg, ich würde mich sehr erkenntlich zeigen, wenn Sie dem Herrn Miller die Vorteile eines Verkaufes ein wenig näherbrächten.«

Mein Blick wurde noch eisiger. »Dafür müsste ich die Vorteile erst einmal kennen, ich sehe derzeit keinen einzigen, und ehrlich, Herr Simmerer«, harsch packte ich an ihm vorbei die Klinke der Tür, »auf Bestechung stehe ich überhaupt nicht.«

Ich stampfte aus der Tür, bevor er antworten konnte. So ein blöder Kerl, dachte ich wütend. Tief durchatmend bog ich um die Ecke zum Marktplatz. Typisch, war mein nächster Gedanke, wie immer hatte ich dumme Nuss mich wider besseres Wissen zu etwas überreden lassen, was ich eigentlich von Anfang an nicht gewollt hatte. Grundsätzlich würde mir in solchen Fällen ein wenig von Karims Mangelanstand guttun. Dem passierte so etwas nämlich nie.

Augenblicke später brummte mein Handy in der Tasche. Es war Karim. »Ich warte vor der Tür vom Steuerberater auf dich. Wo bist du?«

Auch typisch. Die wichtigste Frage bei mobilen Telefonaten galt dem Standort des Angerufenen. »Bin gleich bei dir«, erklärte ich und beschleunigte meine Schritte, »ciao.«

Je nachdem, wie der Termin mit Nina gelaufen war, war es sicher geschickt, nicht direkt mit meiner Makler-Geschichte anzukommen.

Karim lehnte, als sei er eben einem Frauenroman entsprungen, an einer Laterne und reckte sein Gesicht in die Sonne. Mit einem Auge blinzelte er mir zu. Anscheinend war es nicht allzu arg gewesen. Er lächelte sogar.

»Wo ist Nina?«, fragte ich, mich nach ihr umschauend.

»Eben weg.« Karim deutete mit dem Daumen hinter sich die Straße entlang. »Zum Parkplatz.«

Zögernd peilte ich in die angezeigte Richtung. »Warum?« Nicht, dass ich besonders scharf auf ihre Gesellschaft war, aber meistens ließ sie es sich nicht nehmen, mir noch ein bisschen zu demonstrieren, dass sie Karim besser kannte als ich.

»Na ja«, Karim stieß sich vom Laternenpfahl ab und reichte mir seine Hand, »sie braucht dich nicht, du brauchst sie nicht, und ich brauche euch beide zusammen nicht. Ist doch perfekt so.«

»Stimmt.« Wir stiefelten in die andere Richtung, wo wir mein Auto geparkt hatten. Karim hatte nicht unbedingt mit dem Firmenwagen zum Termin aufkreuzen wollen. Ein erstaunlicher Akt von Zurückhaltung seinerseits.

»Wie war das Gespräch? Sind Lösungen in Sicht?«

»Nur eine.«

Eine sparsame Antwort, die aber trotzdem nicht viel Raum für Spekulationen offenließ. Ich wedelte unsicher mit den Fingern.

»Auflösung der GmbH, Verkauf aller Firmenwerte, die Firmenkredite ablösen. Wir Geschäftsführer räumen uns jeweils ein Vorkaufsrecht ein. Nina will nach Hamburg ziehen. Ich vermute mal, dass sie einen neuen Kerl hat.«

»Wirst du das Auto kaufen?«

Er lachte spröde. »Wovon denn? Noch dazu in Anbetracht dessen, dass mein Haus so gut wie nichts mehr wert ist, aber einen Teil meiner GmbH-Einlage darstellt. Da sollte ich fast überlegen, ob ich nicht doch an den Simmerer verkaufe.«

Der Simmerer. Jetzt kam ich dann etwas in Bedrängnis, und

ich entschied mich, so schnell nichts von meiner Begegnung mit dem schmierigen Makler zu erzählen. Schweigend stiegen wir in mein Auto. Nach dem vielen Herumlaufen schmerzte mein Arm, den ich eigentlich ruhig halten sollte. Wenn ich nicht langsam aufpasste, bekam ich eine unfreiwillige Verlängerung in Füssen, was mein Chef nicht ungestraft lassen würde.

Karim kurvte uns aus der Stadt heraus, bog in die Kemptener Straße ein, wo auf Höhe von McDonald's sein Handy klingelte. Ein Blick auf das Display machte deutlich, dass ich telefonieren würde. Franz Schmiedeler.

»Hallo, Franz«, ich holte tief Luft, »hier ist Christiane, Karim fährt. Wir sind unterwegs.«

Ein unterdrückter Fluch war das Erste, was ich hörte. »Servus, Chrissie«, kam es dann angespannt, »wo seid's ihr?«

Auch dieses Mal ging es nicht ohne die Standardfrage, wobei ich leise befürchtete, dass Franz Schmiedeler nicht aus Neugier anrief.

»Wir sind in ein paar Minuten zu Hause. Warum?«

»Gut«, er klang erleichtert, »wir stehen vor Karims Haustür und warten auf euch. Habt's ihr kurz Zeit für uns?«

Karim, der halb mitgehört hatte, zuckte auf meinen fragenden Blick hin die Schultern.

»Klar, immer. Wir sind gleich bei euch.«

»Danke. Wir haben heute aber keine Krapfen dabei.«

»Macht nix. Wir nehmen euch auch so.«

Tatsächlich standen die beiden unübersehbar angespannt vor Karims Tür.

»Was wetten wir?«, flüsterte Karim, als wir ausstiegen. »Der Fuß im Moorteich gehörte doch nicht zu einem keltischen Ötzi.«

»Erbarmen«, stöhnte ich und wäre am liebsten sitzen geblieben, »das müssen die doch nicht mit uns bequatschen.«

Mit einem Hauch von Resignation im Blick ging Karim auf die beiden Kripobeamten zu. »Servus, ihr zwei«, er klopfte Schmiedeler freundschaftlich gegen die Schulter, »na, lasst mich raten: entweder noch ein Kultopfer oder gar kein Kultopfer?«

»Letzteres«, knurrte Schmiedeler, »ich bin nur froh, dass wir nichts weiter an die Presse rausgegeben haben. Das wäre peinlich geworden. – Wir sind zur Zeugenbefragung hier. Habt's ihr kurz derweil?«

Zeugenbefragung? Wie versteinert tappte ich hinter den drei Männern her ins Haus, wo wir uns wortlos am Küchentisch niederließen. Karim schaltete die Kaffeemaschine an, holte eine Packung Muffins und Tassen aus dem Schrank. Stille Minuten tropften dahin, jeder starrte angestrengt an den anderen vorbei. Ganz seltsam. Nur gut, dass ich mir die Fotos der Leiche auf Sebis Handy nicht genauer angeschaut hatte, sonst hätten die jetzt sicher bereits Kopfkino mit mir gespielt.

Als Zeugen hatten uns Franz Schmiedeler und Sebi Thannheimer kennengelernt. Vor wenigen Monaten in Oberstdorf, als ich bei Vermessungsarbeiten fast auf die Leiche von Karims Auftraggeber getreten wäre. Okay, mein Kopfkino lief auch mit alten Bildern sauber an.

Verwirrt sprang ich auf, um mir ein Glas Wasser einzuschenken, was einarmig ein ziemlicher Kraftakt war. Aber Karim erkannte zum Glück sofort, dass dieser Moment nicht dazu geeignet war, mir irgendwie helfend zur Seite zu stehen. Ich trank und beruhigte mich wieder. Mit einem entschuldigenden Lächeln hockte ich mich erneut an den Tisch. Karim schenkte Kaffee ein.

Sebi griff sich einen Muffin. »Sorry, ich habe einen Bärenhunger. Wir rennen jetzt schon den halben Tag diesen bewohnten Wanderweg rauf und runter. – Stimmt das eigentlich, Karim, dass die Häuser hier alle schwarz gebaut worden sind?«

Karim räusperte sich kurz. »Ja, stimmt, fast alle. – Was ist denn nun passiert, dass ihr uns als Zeugen befragen wollt? Dieses Mal sind wir doch gar nicht am Geschehen beteiligt gewesen.«

»Gott sei Dank!«, brummelte ich dazwischen, was die Polizisten schmunzeln ließ.

»Nicht direkt«, sagte Schmiedeler, während er mir sanft die Hand tätschelte, »aber ihr wohnt hier. Wir befragen alle im Geometerweg. Der Mann ist Freitagnacht gestorben, zwischen zweiundzwanzig Uhr und Mitternacht, ein Osteuropäer, vermutlich Tscheche. Und er starb an einer Überdosis Crystal Meth.«

Die Stille in der Küche war beängstigend. Der Mann war an dieser künstlichen Droge gestorben? Aber wie war er in den Moortümpel gekommen? Noch dazu mit aufgeschnittenem

Bauch, das Wort »ausgeweidet« vermied mein Hirn leider nicht, und einem Strick um den Hals? Antworten auf meine Fragen wollte ich eigentlich keine hören, doch Karim sprach aus, was ich nur zu denken wagte.

»Herrgottsakra«, fluchte er leise, »aber wozu ist der ausgeweidet worden? Wie ist der ins Moor gekommen? Freitagnacht?«

Sebi zog geschäftsmäßig ein Notebook aus seiner Umhängetasche und klappte es auf. »Ihr erlaubt, dass ich eure Aussagen gleich schriftlich aufnehme?«

Wir nickten stumm. Es gab sicher nicht viel aufzunehmen. Freitagnacht?

»Wir erzählen euch nachher alles, wenn ihr wollt«, mischte sich Schmiedeler ein, »aber machen wir erst einmal das Protokoll. Erst die Arbeit, dann das Vergnügen.«

Manchmal verstand ich die Welt nicht. Wie konnte es ein Vergnügen sein, über einen Toten zu reden? Aber gut. Ich brauchte ja nicht mitzumachen.

»Wer ihr seid, braucht ihr mir nicht zu sagen«, Sebi grinste über das Display hinweg, »ihr seid's ja einschlägig bekannt. Wo wart ihr Freitag zwischen zwanzig Uhr und Mitternacht?«

Karim und ich schauten uns an. Das war unser erster Abend gewesen. Karim seufzte. »Wir waren hier. Chrissie ist nachmittags aus Bonn gekommen, mit Verspätung wegen der Autobahnsperrung. Wir haben hier am Tisch gesessen und erzählt, dann eine Pizza bestellt, die der Bote so um …« Karim blickte fragend hoch, ich bewegte ausweichend die Schultern. »… gegen halb acht? Die Rechnung muss doch noch irgendwo liegen, oder?«

Unsicher stand ich auf und ging in Karims Büro hinüber, wo er in einer überquellenden Ablage seine Belege für die Steuer sammelte. Die Rechnung vom Pizzaservice lag tatsächlich ganz oben. »Neunzehn Uhr fünfzehn, da ist der Beleg gedruckt worden«, sagte ich und legte den Kassenzettel vor Schmiedeler auf den Tisch. »Also wird es etwa halb acht gewesen sein.«

Er nickte dankend. »Und nach dem Essen? Ist euch irgendetwas aufgefallen? Fremde Fahrzeuge im Geometerweg, unbekannte Menschen?«

Karim zuckte die Schultern und blies die Wangen auf. »Weder noch«, erwiderte er, »wir haben keinen direkten Blick auf die

Straße, und um die Uhrzeit ist es hier finster. Wir sind recht früh ins Bett, weil wir ja am nächsten Tag wandern wollten, wo Chrissie dann den Abflug gemacht hat. Das Schlafzimmer geht nach hinten zum Garten raus.«

Drei mitleidige Augenpaare hefteten sich auf meinen Arm. Ganz toll.

»Ich werde überleben«, grummelte ich, »sonst noch Fragen?«

»Ihr habt das Haus an dem Abend nicht mehr verlassen?«

Wir schüttelten einträchtig die Köpfe. Nein, wir hatten Besseres zu tun, als Menschen in Moortümpel zu werfen. Ob er schon tot gewesen war, als wir zu Bett gingen? Gruselige Vorstellung. Man lebte weitestgehend unbeschwert sein Leben, während in unmittelbarer Umgebung ein anderer Mensch sein Leben verlor. Noch dazu gewaltsam. Das war verstörend und nicht besonders fair.

Sebi tippte noch ein wenig, dann schaute er auf und grinste. »Im Büro drucke ich das alles aus und komme dann noch einmal wegen der Unterschriften, okay?«

»Klar, Sebi.« Karim schenkte Kaffee nach. »Dann erzählt mal das, was ihr erzählen dürft.«

Die beiden Polizisten schwiegen kurz. Sebi fand es nie gut, wenn sein Chef mit uns über seine Ermittlungen sprach. Prinzipiell hatte er ja auch recht, und ich für meinen Teil wäre auch nicht unglücklich darüber gewesen, wenn Schmiedeler nichts zu erzählen gehabt hätte. Hatte er aber. Ich seufzte innerlich.

Auch Sebi seufzte, aber laut.

»Jetzt lass halt, Sebi!«, murrte Schmiedeler und schien ernsthaft ungehalten.

Sebi zog ein Gesicht. »Alles klar, Herr Kommissar, wirst schon wissen, was du tust.«

»Also?« Karim hob die Hände. »Was jetzt?«

Schmiedeler schickte Sebi einen weiteren giftigen Blick, dann wendete er sich Karim zu. »Der Mann ist, wie gesagt, an einer Überdosis gestorben. Das Crystal stammt aus Tschechien, weswegen wir vermuten, dass auch der Tote daher stammt. Ein Bodypacker, also ein Drogenkurier, der die Drogen in seinem Körper schmuggelt. Eines der Päckchen muss sich geöffnet haben. Wie so oft. Und offensichtlich wusste irgendjemand, was er mit sich herumtrug. Hat ihn fachgerecht aufgeschnitten und ihn ausgeräumt. An dem Strick um seinen Hals, den Sebi für ein rituelles Werkzeug hielt«, wieder streifte Schmiedeler seinen jungen Assistenten mit einem zänkischen Blick, »war einfach nur ein Stein befestigt, der die Leiche unter Wasser halten sollte.«

»Ein Tscheche?«, hakte Karim aufmerksam nach. »Sicher?«

»Ja mei, nicht ganz sicher. Der Mann ist noch nicht identifiziert.« Schmiedeler richtete sich auf. »Warum?«

»Na ja«, Karim zögerte kurz, »na, weil der Joseph Simmerer, ein Makler aus Füssen, in einem der Häuser hier im Geometerweg seinen tschechischen Bautrupp unterbringt. Das Haus liegt ziemlich weitab von der Straße, nahe der Autobahn … Und der Tümpel ist auch in der Nähe …«

Meine Augen wanderten über die niedrige getäfelte Zimmerdecke. Karims Großvater war ein begnadeter Zimmermann gewesen. Jedes Quadrat war anders geschnitzt, und doch fügten sich die Muster alle zusammen. Diese Kassettendecke durfte beim Abriss auf keinen Fall verloren gehen.

»A wa!« Schmiedelers Augen fingen an, aufgeregt zu glitzern. »Was für ein Bautrupp?«

Die beiden Kripomänner mutierten spontan zu Spürhunden, während Karim ein wenig herumdruckste. Er hatte meinen warnenden Blick ganz richtig interpretiert. Keine Leichen, keine Ermittlungsarbeit, schon gar nicht auf eigene Faust. Es reichte, dass wir es hier schon wieder mit einem Toten zu tun hatten und die Kripo bei uns am Tisch saß.

»Weischt«, Karim schaute angestrengt in Schmiedelers Richtung, »die Typen, die da wohnen, sind schon krass. Einer finsterer als der andere. Aber … scheinen so ganz friedlich zu sein. Der Simmerer lässt von denen seine Häuser sanieren. Die sind immer für ein paar Wochen da, dann kommen neue oder auch dieselben. Weiß ich nicht so genau. Alles Mafiagestalten, die mit Simmerers blauem Kastenwagen herumfahren.«

Unwillkürlich patschte ich mit der flachen Hand auf den Tisch, die Tassen klirrten leise. Unfassbar, der Kerl. Die drei Männer musterten mich überrascht. »Du kennst den Spruch vom Glashaus und den Steinen, oder, Karim? Wer hat hier einen Migrationshintergrund?«

Selbst mit einer wenig gesellschaftskonformen Herkunft durchs Leben schlappen, aber munter Klischees von sich geben.

»Sehe ich aus, als gehörte ich zu den Taliban?«, knurrte er mit einem halbherzigen Warnblick zu mir.

»Mit dem passenden Outfit ganz sicher«, erwiderte ich ungnädig, wobei die Vorstellung von Karim mit wildem Bart, Turban und Pluderhosen irgendwie witzig war. Ich lächelte wider Willen. »Rasier dich doch einfach ein paar Tage nicht, und dann schau mal kritisch in einen Spiegel.«

Sebi und Schmiedeler lachten.

»Ich mach extra für dich ein Fahndungsplakat, Karim!« Sebi röchelte nach Luft. »Zu geil.«

»Sapperlot«, auch Schmiedeler holte hustend Luft, »ihr zwei seid's doch immer eine Show. – Aber wir schauen uns die Bau-Tschechen auf jeden Fall morgen an. Wenn die regelmäßig über die Grenze kommen, noch dazu mit einem deutschen Auto, dann wäre es ein Leichtes, Drogen zu schmuggeln.«

»Und wenn einer von denen Metzger ist, dann haben wir mal gleich einen Tatverdächtigen.« Sebi grinste breit, während es mir unvermittelt den Kaffee im Magen aufschäumte.

»Wieso ein Metzger?« Die Frage war raus, bevor ich sie abwürgen konnte.

Sebi schaute verblüfft. »Na ja, weil die Bauchdecke des Toten professionell geöffnet worden ist. Da wusste einer sehr genau, was er mit seinem Messer macht. Ich wüsste nicht, wie man einen Bauch aufmacht, ohne dabei innen drin alles aufzusäbeln.«

Mein Blutdruck schlingerte.

Bevor ich mich wieder halbwegs gesammelt hatte, standen die beiden Polizisten auf. »Feierabend, Chef!«

Schmiedeler nickte. »Vielleicht kommen wir morgen nach der Befragung noch einmal vorbei. – Wie hieß noch der Makler?«

»Wir sind daheim.« Karims Blick wischte kurz und überraschend unsicher über mich hinweg. »… der heißt Simmerer, Joseph Simmerer, und hat sein Büro in Füssen, Straße weiß ich nicht auswendig.«

»Na, das kriegt der Sebi schon raus.« Schmiedeler klopfte Sebi lachend auf den Rücken. »Feierabend. – Servus, ihr zwei.«

SECHS

»Perfekt eingefädelt, Karim!«, schimpfte ich, nachdem er die Haustür wieder geschlossen hatte. »Kaum sind wir mal ein paar Tage zusammen, schon haben wir wieder mit Leichen zu tun.«

»Bisher haben wir nur eine Leiche. Die Mehrzahl kannst du dir sparen«, sagte er ungehalten, während er an mir vorbei in die Küche zurückging.

»Kann sich ja alles noch ändern«, wütete ich hinter ihm her, »immerhin wissen wir ja jetzt alle, dass da in nächster Nachbarschaft ein paar wilde Gestalten hausen.«

Unwirsch drehte er sich um, griff nach den Tassen der Kommissare. »Ja und? Hätte ich das verschweigen sollen und damit die Ermittlungen behindern? Das ist strafbar.«

»Wenigstens wären wir dann nicht schon wieder beteiligt.«

»Wir sind auch nicht beteiligt!« Er pfefferte die Tassen in die Spülmaschine, es schepperte. Ich blinzelte ungehalten. Mir fehlte jedes Verständnis für unreflektierte Aggressionen.

»Mit meinem Geschirr machst du das sicher nicht.«

»Das zerdeppere ich erst, wenn wir heiraten.«

Es gab da diese Comiczeichnungen, wo zig Fragezeichen über einer ratlosen Figur taumelten. In diesem Augenblick wurde mir klar, woher die Zeichner eine solche Idee gehabt hatten. Sie mussten einen Menschen wie Karim gekannt haben. Galt so einer als schizophren? Oder war das schon paranoid? Ab wann wurde es gefährlich?

»Alles gut, Karim«, ich hob beschwörend die Hände. »Alles kein Problem. Mach nur, ist schon okay.«

Johlend knallte er die Spülmaschine zu, verdrehte wie irr die Augen. »Scherzalarm, Chrissie! – Und mal wieder reingefallen!«

Grandios, dachte ich noch ungehaltener als vorher. Da stellte sich die Frage, was schlimmer war, ein schizophrener Karim oder ein Extrem-Sparwitzler.

»Ich brauche frische Luft.« Nach einem Nachmittag auf dem Sofa, wo ich meinen notwendigen Abstand zu Karim pflegte, der wiederum im Büro vor sich hin räumte, schickte ich ein Lächeln durch den Raum. »Magst du mitkommen? Ich könnte mich nämlich im Moor verirren.«

»So groß ist das Moor nicht. Und vermutlich wird derjenige, der dich Giftspritze findet, dich schnellstmöglich wieder bei mir abliefern. Geh mal ruhig allein.«

»Ich will aber nicht allein gehen. Wozu habe ich eine Partnerschaft?«

»Seit wann legst du da Wert drauf, Chrissie?« Sein Blick wirkte tatsächlich ein wenig überrascht, was meine momentane Selbstsicherheit sofort ins Wanken brachte.

»Na ja, Wert?« Das Wort schien mir in dem Zusammenhang schwierig zu fassen. »Du bist mir wert, Karim«, mein Lächeln ruderte hilflos zwischen uns hin und her, »und immerhin bin ich an Weihnachten gekommen. Ist doch Beweis genug, oder?«

Er feixte schwach. »Hätte auch ein Zeichen für eine typische Singlepanik anlässlich der Feiertage sein können.«

»Okay, Karim.« Ich drehte mich halb zum Flur. »Wühl du weiter in deinem Unterlagen-Saustall, und ich gehe alleine. Besser ist das.«

Bei allem Verständnis für seine Situation brauchte ich mich nicht als Opfer benutzen lassen. Ich war spontan missgelaunt. So ein blöder Spruch!

Mit einer harschen Bewegung zog ich meine Jacke an und schlüpfte in meine Wanderschuhe, die ich mit einer Hand zuziehen konnte. Doch noch bevor ich die Tür hinter mir zumachen konnte, stand Karim an meiner Seite und blinzelte zerknirscht.

»Die GmbH-Unterlagen machen mich kirre, sorry für den Ausrutscher. Es tut mir echt leid.«

Immerhin, dachte ich und verzog mein Gesicht in Gnade. Männer mit Einsicht waren schließlich eine angenehme Ausnahme, vor allem wenn sie Karim hießen.

»Dafür kochst du uns heute Abend.«

»Muss ich ja eh«, er schloss die Haustür ab, »oder wolltest du das mit einem Arm erledigen?«

»Mit einem Arm hätte es kalte Küche gegeben.«

Er prustete angewidert. »Brotzeit hängt mir zum Hals heraus.«

Schweigend gingen wir ein gutes Stück die Straße hinauf Richtung Autobahn. Die Sonne schickte warme Strahlen zwischen den Frühlingswolken hindurch. Auf dem Gipfel des Tegelberges schimmerte der letzte Schnee, hin und wieder fing sich ein Strahl in den auffahrenden Gondeln der Tegelbergbahn. Die ersten Lerchen hockten versteckt in den Bäumen und zwitscherten, ein paar Spatzen schossen über den Weg, Rabenkrähen staksten über die morastigen Wiesen. Das war der Frühling, der sicher über den Winter gesiegt hatte. Irgendwie war das beruhigend und hoffnungsvoll. Ich holte tief Luft.

»Zu welchem Termin wird die GmbH gelöscht?« Ich schaute nur kurz zu Karim neben mir. Er blies die Backen auf und zog sich die Kapuze über seine Glatze.

»Da kommt noch einmal Schnee«, erklärte er mit Blick zu den Bergen, »ganz sicher. – Sobald alle Unterlagen beim Steuerberater liegen und die Einlagen verfügbar sind, erfolgt die Löschung zum nächsten Dreißigsten des Monats. Das geht fix.«

»Schnee?« Mein Blick folgte dem seinen, sah aber nichts als betörendes Alpenglühen. Also sagte ich nichts zu seiner Wetterprognose. »Und dann?«

»Schneeschippen.«

»Alter Scherzkeks. Da bin ich ja auch fein raus!« Ich hob demonstrativ meinen gegipsten Arm.

»Ja, total scherzig. Ich weiß es nicht, Chrissie, und wenn ich ehrlich bin, dann macht mir das irgendwie Angst. Ich war noch nie angestellt.«

»Dann bleib halt selbstständig.«

»Wie denn? Zumal ich ja, wie Nina treffend festgestellt hat, die ersten Semester nur herumgevögelt habe und dementsprechend einen Mangel an diversen Grundlagen habe. Das Existenzgründerseminar hat sie übrigens auch alleine gemacht, weil ich zu faul war.«

»So etwas kann man nachholen. Andererseits wäre doch ein netter Angestelltenjob mit regelmäßigen Arbeitszeiten, Urlaub und Sozialversicherung eine Alternative für ein Faultier wie dich, oder?« Ich lächelte entschärfend, was den Zweifel in seinen Augen aber nicht kleiner machte. Vorsichtig fasste ich nach seiner Hand und drückte sie sanft. »Du kannst das, Karim, ganz sicher.«

Seufzend schob er meine und seine Hand in seine Jackentasche.

»In Göttingen und in Bremen werden im Moment Vermessungsingenieure oder Geologen gesucht. Wäre für dich von Bonn aus günstiger zu erreichen. Beides tolle Städte.«

»Stimmt. Für mich halb so weit wie nach Füssen.« Ich lachte. »Bewerbung schreiben und schauen, was passiert.«

»Bewerbung schreiben?« Dieses Mal stöhnte er ehrlich gestresst. »Das habe ich noch nie im Leben tun müssen.«

»Berühmte erste Male gibt es genauso wie berühmte letzte Male. Da kann ich dir zur Abwechslung sicher mal helfen.«

In diesem Moment stürzte ein bellendes Etwas aus einer Einfahrt auf uns zu. Unwillkürlich sprang ich zur Seite, während Karim ungerührt stehen blieb und sich nach dem grauen Wollknäuel bückte. Im Stillstand konnte ich, nicht zuletzt auch anhand der langen rosa Zunge, erkennen, wo vorne war. Hinten wedelte es vehement.

»Das ist Mucki«, erklärte Karim mit Blick zu mir hoch, »der Hund von der alten Frau Baur.«

»Aha.« Zögernd hielt ich dem stark müffelnden Fell meine Hand hin, die es hingebungsvoll abschleckte. »Hallo, Mucki.«

»Mei, du bist es, Karim. Gott sei Dank.«

Eine Frau, die einen Rollator schob, tauchte in der Einfahrt auf und steuerte auf uns zu. Ihre aufrechte Haltung beeindruckte mich sofort. Irgendwie wirkte sie trotz ihres offensichtlich hohen Alters sehr aristokratisch, wozu der Name natürlich nicht passte.

»Grüß Gott, Frau Baur«, grüßte Karim überraschend artig. »Was ist los?«

»Ach«, sie rang die Hände, und ihr Kopf wedelte im Takt dazu, »seit Wochen traue ich mich abends kaum mehr mit dem Mucki vor die Tür, wenn diese Buben unterwegs sind.«

Verwirrt tauschten Karim und ich einen Blick. Von Jugendlichen hatte ich bisher noch nichts mitbekommen.

Karim trat zu der Frau und legte fürsorglich seine Hand unter ihren Ellenbogen. Sie stützte sich mit einem Lächeln auf ihn. Karim und sein Fanclub. Ich lächelte.

»Was für Buben?«, fragte er. »Ich habe nichts bemerkt.«

»Ach du«, sie tätschelte ihm die Wange, »du bist ja auch noch jung und schläfst gut.« Sie blinzelte schelmisch zu mir herüber, was mich überraschenderweise erröten ließ. »Aber Mucki und ich sind alt, wir brauchen nicht mehr so viel Schlaf, und der Mucki muss nachts dauernd bieseln.«

»Ja, ja.« Karim tätschelte zurück. »Was für Buben?«

»Na, die Buben, die immer am Tümpel oben, da wo die Polizei den Toten gefunden hat, die Nächte durchfeiern.« Sie schüttelte sich. »Ein Lärm ist das!«

Wieder tauschten Karim und ich einen Blick. Langsam trat ich näher, während ich Mucki sein schmieriges Fell kraulte.

»Davon weiß ich nichts«, erklärte Karim noch einmal, »ich muss ja abends nicht raus. Was genau machen die da?«

Frau Baur schüttelte aufgebracht den Kopf. »Was die da machen? Ja mei, Karim, saufen natürlich. Und den Mucki und mich anpöbeln. Worte benutzen die, ganz ungehörig. Und dann ist da jetzt auch noch ein Toter. Schrecklich, schrecklich. Wo soll das mit der Jugend nur hinführen?«

Eine Frage, die Karim und ich nicht beantworten konnten. Aber andererseits ein Aspekt, der Schmiedeler und Sebi sicherlich brennend interessierte.

»Sollen wir den Mucki mitnehmen, Frau Baur?«, fragte ich, ohne großartig nachzudenken. Der Fellteppich war mir irgendwie sympathisch, trotz seines strengen Körpergeruchs. »Wir gehen eine Runde spazieren, dann müssen Sie nicht mehr raus.«

»Ja mei, das wär fei lieb, Fräulein. Der Karim kennt den Mucki ja so gut.«

Natürlich, dachte ich, wie sollte es anders sein. Ob Nina den Mucki auch gekannt hatte? Vermutlich. Wobei ich mir nicht vorstellen konnte, dass sie von dem Hund begeistert gewesen war.

»Sie sollten das der Polizei sagen, Frau Baur«, Karim beugte sich insistierend zu der Frau hinüber, »die kommen morgen zu uns. Ich bringe den Kommissar dann her.«

Die Frau wand sich. »Ach Karim, so wichtig ist das nicht. Welcher Kommissar interessiert sich für das Geschwätz einer alten Frau?«

»Kommissar Schmiedeler tut das. Es muss sein, Frau Baur. Es ist wichtig. – Wir bringen den Mucki nachher zurück, und wenn Sie möchten, geht die Chrissie bestimmt die nächsten Abende öfter mal mit ihm spazieren.«

»Mei, das wäre wirklich lieb. Danke, Fräulein Chrissie.«

Es war das erste Mal, dass ich mit der »Chrissie« leben konnte. Mit »Fräulein« davor klang das herzerfrischend schön. Ich strahlte die alte Frau an.

Karim grinste und tätschelte Frau Baur abschließend den Rücken. »Morgen, Frau Baur, morgen komme ich mit dem Kommissar vorbei, nicht vergessen.«

Sie wackelte mit dem Kopf. »I wo, Karim. Ich back uns einen Kuchen.«

Ein Stirnrunzeln konnte ich mir im Gehen nicht verkneifen. Hoffentlich ging das mit dem Kuchen gut.

Langsam schlenderten wir weiter Richtung Autobahn, Mucki schnürte zufrieden in Achten um uns herum durchs Gras und Gebüsch.

»Die Baur ist uralt«, erklärte Karim, ich nickte.

»Nicht zu übersehen. Ich frage mich immer, ob das gut ist, wenn so alte Leute ganz alleine leben. Kommt da wenigstens mal ein Pflegedienst oder Essen auf Rädern?«

»Keine Ahnung. Aber die Frau Baur ist total rüstig. Nur ein bisschen tüddelig im Kopf. Vergisst hin und wieder etwas.«

»Wie zu erwarten.« Genau solche Sachen meinte ich. Das war schon so oft schiefgegangen.

Karim blies genervt die Wangen auf. »Die ist echt noch fit, Chrissie. Sie hat letztes Jahr als eine der Ersten die Abrissverfügung bekommen, daraufhin zu einem Spottpreis ihr Haus Simmerer verkauft und wollte sich in einem Pflegeheim einkaufen, aber zum einen reichte der Kaufpreis dafür nicht, und zum anderen hätte sie den Mucki nicht mitnehmen können. Also ist sie geblieben und zahlt dem Simmerer seitdem einen horrenden Mietzins. Der ist so zum Kotzen, der Typ.«

»Wie? Kein Pflegeheim hier in Füssen nimmt Haustiere mit auf? Das gibt es doch nicht.«

Karims Blick streifte mich, während er Mucki hinterherschaute. »Doch, leider unschöne Realität. Viel Auswahl an sogenannten Seniorenresidenzen gibt es in Füssen auch nicht. Bei zweien haben Nina und ich noch versucht, etwas zu drehen, aber keine Chance. Edel, teuer und lebensfern. Dann haben wir der Frau Baur angeboten, den Mucki zu uns zu nehmen, aber das wollte sie auch nicht. Nina mag die Filzlaus, egal, wie sehr der stinkt.«

Das überraschte mich und passte mal wieder nicht in das selbst gebastelte Feindbild, das ich mir von Nina gern machte. »Echt jetzt?« Mucki kam prompt auf uns zugewedelt. Ich kraulte ihm die Ohren, was er offensichtlich super fand. »Nina mag den Hund? Aber nur frisch desinfiziert, oder?«

»So ungefähr. Sie hat ihn regelmäßig gebadet. Geholfen hat es nicht viel. Der stinkt immer.«

Wir kamen an die Kreuzung, wo der Geometerweg mit der Fußgängerbrücke die A7 überquerte und rechts der Feldweg entlang der Autobahn zum Tümpel führte. Schon von Weitem sahen wir das Lagerfeuer und hörten dumpfe Bässe dröhnen. Mein Puls ging schlagartig hoch, automatisch fasste ich nach Muckis Halsband.

»Schau an«, sagte Karim, während er uns beide seitlich in den Schatten der Bäume zog. Wir wurden von der Dämmerung verschluckt. Der Wind wehte Fetzen von lauten Stimmen, Grölen und Gelächter zu uns herüber. »Da hat die gute Frau Baur tatsächlich recht gehabt.«

Nicht, dass ich daran gezweifelt hätte, aber trotzdem fand ich es bizarr, dass da direkt unterhalb der Autobahn eine Party im vollen Gange war, noch dazu in einem polizeilich abgesperrten Bereich, und vermutlich wusste jeder in Füssen, dass hier ein Toter aus dem Wasser gezogen worden war. Wie morbid musste man drauf sein, um da in Partylaune zu kommen?

Im schwindenden Licht des Tages schien es mir, als seien nur Männer am Lagerfeuer, auch die Stimmen klangen nicht weiblich.

»Und nun?« Ich schob mich weiter zwischen die Bäume, Mucki knurrte Richtung Lagerfeuer.

»Und nun gehen wir heim, und ich rufe den Schmiedeler an. Ich glaube zwar nicht, dass er unter diesen Typen seinen Leichenschlitzer findet, aber wer weiß …«

Mir lief eine Gänsehaut den Rücken hinunter, wuselte über meine Arme, und sogar meine Beine fanden Karims Worte gruselig. Wir beide wussten nur zu gut, dass keiner ahnen konnte, wie ein Gewalttäter aussah.

Gebückt schlichen wir uns unter den Ästen hindurch zum Geometerweg zurück, hasteten schnellen Schrittes nach Hause. Karim lieferte Mucki ab mit der Ermahnung, ihn heute Nacht, wenn überhaupt, nur in den Garten zu lassen. Die alte Frau wirkte extrem erschrocken. Ich konnte sie verstehen.

Noch auf dem Weg zu unserem Haus rief Karim Schmiedeler an. Ich entschied, in dieser Nacht mal wieder die Haustür sicher abzuschließen.

Schmiedeler und Sebi würden sich sofort auf den Weg machen, Verstärkung kam aus Füssen. Karim erklärte, dass es drei Wege zu diesem Tümpel gab, den Geometerweg, den Wirtschaftsweg entlang der Autobahn und den dritten von der anderen Seite über die Brücke. Schmiedeler kommandierte Karim kurzerhand zur Abfahrt Moosweg, von wo aus er die Polizisten führen sollte. Mir schien das völliger Blödsinn, immerhin befanden wir uns nicht irgendwo fernab von jedem GPS-Signal in der Wildnis. Jedes Navi sollte diese Straßen finden.

Karim war, wie zu erwarten, begeistert. Irgendwie hatte er seine Lektion noch immer nicht gelernt. Feixend steckte er sein Handy in die Hosentasche und schloss die Haustür auf. »Action, Chrissie!«

»Super, Karim, große Klasse!« Ich schoss an ihm vorbei ins Haus, knallte meine Hand auf den Lichtschalter, dass es schepperte. »Heute Mittag hast du mir noch lässig erklärt, dass wir in gar nichts drinstecken, alles easy. Und jetzt? Jetzt mimst du den Pfadfinder für die Kripo Kempten, als wenn die nicht allein im Dunkeln zu diesem blöden Tümpel findet.«

»Schmiedeler vertraut auf mich. Ich kann den nicht im Stich lassen. Das ist doch verständlich, oder?«

»Verständlich ist mir nur, dass ich keinen Bock auf Polizeispiele habe.«

»Na ja«, grinsend nahm er mich in die Arme, »Doktorspiele können wir nachher immer noch zusammen spielen, wenn du magst. – Ich muss mich jetzt umziehen.«

Hoffnungslos.

»Vergiss es.« Resigniert ließ ich mich gegen ihn fallen. »Doktorspiele sind auch nicht mein Ding. Ich komme mit.«

SIEBEN

Keine halbe Stunde später parkte Karim seinen Boliden an der Abfahrt der Bundesstraße zum Geometerweg. Die Nacht war finster, bewölkt, und anscheinend hatten wir Neumond. Jedenfalls keine Nacht, in der ich freiwillig herumziehen wollte. Mal wieder persönliches Pech. Schweigend starrten wir in die Dunkelheit, die nur von den vorbeifahrenden Autos auf der Bundesstraße immer mal wieder erhellt wurde.

Zwei Streifenwagen tauchten zuerst auf, deren Fahrer offensichtlich bereits wussten, dass wir auf sie warteten. Beide blinkten grüßend auf, als sie sich hinter uns einreihten. Kurz darauf schob sich Schmiedelers Audi neben uns, Sebi saß am Steuer. Schmiedeler ließ auf der Beifahrerseite das Fenster heruntersurren. »Servus, Kollege.« Er schmunzelte, dann schien er auch mich zu bemerken. »Hoi, Chrissie? Was machst du hier?«

»Karim rechtzeitig zurückpfeifen, bevor ihr ihn als Kanonenfutter ins Feld schickt.«

Karim verdrehte sicherlich die Augen, denn Schmiedeler nickte wissend. »Ja, passt scho.« Dann wandte er sich an Sebi: »Ein Trupp kommt über den Geometerweg und der zweite hier geradeaus, bis die Straße zu Ende ist. Dort den Wagen abstellen und zu Fuß weiter. Es ist nicht weit, und da der Weg eine Biegung macht, werden die Jungs die Lichter des Wagens nicht sehen. Der erste Trupp muss halt aufpassen, dass keiner über die Fußgängerbrücke entwischt.«

Sebi stieg aus dem Wagen aus, im Spiegel sah ich ihn zu den Mannschaftswagen gehen. Einer setzte daraufhin zurück und bog in einem Bogen an uns vorbei in die Straße »Im Moos«. Karim ließ den Motor an, wendete. Mit den Kommissaren und dem Mannschaftswagen im Schlepp rollten wir zurück den Geometerweg hinunter, an Karims Haus vorbei, Richtung Autobahn. Mir war nicht wohl zumute, obwohl klar war, dass wir zwei im abgeschlossenen Auto sitzen bleiben und warten würden, bis die Aktion hoffentlich erfolgreich abgeschlossen war. Was ich nicht bezweifelte, schließlich ging es nur darum, ein paar Halbwüchsige einzufangen. Aber sicher wusste man so etwas erst, wenn es vorüber war.

Ein gutes Stück vor dem Abzweig zum Wirtschaftsweg entlang der Autobahn hielt Karim an und stieg aus. Notgedrungen folgte ich ihm. Sebi parkte vor uns, daneben der Mannschaftswagen. Vermutlich, um die Straße abzusperren. Ich holte tief Luft.

»Servus, Chrissie.« Sebi strahlte mich an, ich verzog das Gesicht. »So schnell sieht man sich wieder.«

»Ja, wirklich toll.«

Mein Ton ließ keine Fragen offen, die Männer schauten sich an und schwiegen, nur einer der Polizisten aus dem Mannschaftswagen, korrekt in einen schwarzen Overall gehüllt, hüstelte.

»Ich sichere mit drei Mann die Brücke ab, zwei bleiben hier an der Kreuzung, der Rest folgt unter deinem Kommando, Franz, zum Tümpel. Die anderen sind schon in Position und rücken langsam vor. Der Zugriff erfolgt gemeinsam.«

Schmiedeler nickte. »Ihr zwei«, er nickte uns zu, »setzt euch ins Auto und macht alles zu. Und ihr steigt erst aus, wenn ich es erlaube. Oder ihr fahrt gleich wieder heim. Verstanden?«

Wir nickten einträchtig, und zumindest ich war sofort auf dem Weg zum Auto. Karim folgte eher zögerlich.

Ich hätte meine Hand darauf verwettet, dass er ein paar Therapiestunden in Kauf genommen hätte, um vor Ort dabei zu sein. Allerdings hatte ich im Vorfeld klargemacht, dass es dann Ärger mit mir geben würde. Erstaunlicherweise schien ihn das zu beeindrucken.

Die Polizisten verschwanden im Dunkeln. Die Stille im Auto war verstörend. Im Prinzip waren wir hier total überflüssig.

»Was tun wir hier, Karim?«

Er zuckte die Schultern. »Uns lächerlich machen?«

»Dann dreh den Boliden um und lass uns heimfahren. Schmiedeler und Sebi werden uns schon berichten.«

»Und wenn man den Motor hört und wir damit alles kaputt machen?«

»Ich bitte dich, Karim.« Manchmal waren Männer extrem unpraktisch veranlagt. »Erinnerst du dich an den Lärm der Autobahn? Außerdem hören die Jungs laute Musik, das Feuer knistert. Da könnte jetzt ein Panzer anrollen, und niemand würde es bemerken. Fahr zu. Im Zweifelsfall erzähl Schmiedeler halt, dass ich dich gezwungen habe.«

Er lachte, startete den Motor und schaltete das Abblendlicht an. Bruchteile von Sekunden blinzelten wir beide durch die Windschutzscheibe auf eine schwarz vermummte Gestalt im Lichtkegel der Scheinwerfer. Erschrockene Augen unter einer Sturmhaube. Zwei Arme ruderten kurz in der Luft herum, dann rannte die Gestalt über die Straße und verschwand wie ein Spuk zwischen den Bäumen auf der anderen Seite.

»Scheiße«, fluchte Karim leise, »was war das? Ist denen einer entwischt?«

Ich sammelte Spucke für eine Antwort, mein Mund war staubtrocken. »Eher nicht«, krächzte ich, »der sah nicht aus wie ein jugendlicher Outdoorsäufer. Fahr heim, aber schnell.«

Karim wendete mit spickendem Schotter und bretterte den Geometerweg hinunter, schlitterte halb in seine Einfahrt hinein und parkte den Wagen direkt vor der Haustür. Zum Glück ging der Bewegungsmelder über der Tür sofort an und ließ den gesamten Vorplatz des Hauses in gleißendem Licht erstrahlen. Wir sprangen aus dem Wagen und fielen förmlich ins Haus. Karim schmiss die Tür zu, schloss sofort ab. Tief durchatmend schauten wir uns an.

»Wir sind doch nicht ganz dicht.« Karim schaute auf seine leicht zitternden Hände. »Nur weil da ein abendlicher Jogger vor unserem Auto herumspringt, drehen wir hohl.«

»Abendlicher Jogger?« Verwirrt starrte ich ebenfalls auf Karims Hände. Schmiedeler musste unbedingt noch ein paar Sitzungen beim Polizeipsychologen für ihn lockermachen. »Das war kein Jogger. Der sah aus wie ein Killer. Oder ein Terrorist.«

Karim bewegte die Schultern und vergrub seine Hände in den Hosentaschen. »Zumindest können wir sicher sein, dass wir beide nicht halluzinieren. Wir haben ihn deutlich gesehen. Ich werde Schmiedeler davon erzählen, wenn er anruft.«

Spätnachts kam aber nur eine SMS von Sebi, dass alles gut gelaufen war und sie bis auf einen alle erwischt hatten. Derzeit liefen Verhöre, die aber bisher nichts ergeben hatten, da die Jungs zu betrunken waren. Die meisten waren in der Ausnüchterung gelandet.

Karim atmete auf. »Dann war unser Buhmann wohl der eine, der ausgebüxt ist. Uff.«

Ich nickte stumm. Viel versprach ich mir von den Verhören nicht, und dass der schwarz Vermummte zu dieser Gang gehört haben könnte, schien mir ziemlich unwahrscheinlich. »Lass uns schlafen gehen.«

ACHT

Karim fuhr mich zur Kontrolle ins Krankenhaus. Mein Arm tat mir eigentlich immer weh, aber ich sagte dazu nicht viel, denn ich hielt ihn sicher nicht so ruhig, wie ich das hätte tun sollen. Egal. Für mich gehörte dieser Bruch im Knochen in die Rubrik vorübergehendes Übel. Ignorieren und gut.

Leider war das dann mal wieder ein Trugschluss, denn die neue Röntgenaufnahme zeigte nun statt eines dünnen Risses einen fetten Riss. Gips erneuern.

Fassungslos starrte ich den kalten Klumpen an meinem Arm an. Karim schwankte zwischen Freude über meine Verlängerung in Füssen und Ärger wegen meiner Unachtsamkeit. Mir grauste vor allem vor meinem Chef.

Schweigend hievte ich mich ins Auto. Zwei weitere Wochen. Verdammte Axt.

Karim schnallte mich an. »Was ziehst du für ein Gesicht? Tut es sehr weh?«

Ich schnaufte ausweichend.

»Also was, Chrissie?« Karim rutschte neben mir auf den Fahrersitz. »Spuck's aus.«

»Fahr zu. Ich muss meinen Chef anrufen.«

Er nickte wissend, steuerte aber wie aufgefordert den Wagen durch die Stadt nach Hause.

»Was kann er dir denn tun, Chrissie?«, fing er kurz vor dem Ziel wieder an. »Du hast einen blöden Unfall gehabt, ja, stimmt, aber deine Krankschreibung ist korrekt, und wenn ich dich richtig einschätze, dann bist du keine, die jemals ihre Krankenkasse einen unnötigen Cent gekostet hat, und sicher auch kein Arbeitnehmer, der sich einen gelben Schein holt, weil er schon am Freitag ins Wochenende fahren will.«

Ich schüttelte den Kopf. »Nein, weder noch. Ich hätte nur einfach sehr, sehr viel Arbeit.«

»Die rennt nicht weg, und jeder ist ersetzbar.«

»Letzteres ist unter Umständen das Problem.«

Karim signalisierte ein Fragezeichen. Ich seufzte und schob

meinen viel zu schweren und halb erfrorenen Arm in eine vordergründig bequemere Position.

»Glaubst du, dass er dir kündigen will?«

»Nein«, ich schüttelte mit einem halben Lächeln den Kopf, »aber meinen Karrieresprung macht dann eine andere.« Wieder musste ich seufzen, musterte ihn zögernd.

»Was für ein Karrieresprung? Davon hast du mir nichts erzählt.« Wir bogen in die Einfahrt zum Haus ein. Sein Blick wurde erwartungsvoll.

»Na ja«, ich verzog das Gesicht, »deine derzeitige Situation ist nicht die erfolgreichste.«

»Und?«

Ich wand mich. »Ganz einfach, ich wollte nicht, dass es aussieht, als wollte ich auftrumpfen, während es bei dir grad mies läuft.«

Er lachte schallend, schlug vergnügt auf das Lenkrad ein und wischte sich tatsächlich die Augen. »Du bist so edel, Chrissie!« Er küsste mich übermütig. »Aber wenn mir im Moment etwas fehlt, dann ist es dein zweiter Arm in bestimmten Situationen.« Seine Augen blitzen mich an, ich grinste.

»Macho.«

»Erzähl mir von deiner Karriere, und dann überlegen wir, wie sie zu retten ist.« Er stieg aus, half mir aus dem Nissan.

»Ich soll die Fusion zweier wissenschaftlicher Bibliotheken organisieren und durchführen, danach die neue Bibliothek leiten. Dafür müsste ich im Moment einen Haufen Daten abgleichen, Pläne aufstellen, Kostenstellen und so weiter, jedenfalls wahnsinnig viel Arbeit. Und es kostet richtig Geld, wenn die Zusammenlegung nicht termingerecht über die Bühne geht.«

Er schloss die Tür auf und schob mich ins Haus. »Ab in den Wintergarten und ausruhen. Ich mache uns einen Kaffee.«

Artig stapfte ich auf der anderen Seite vom Haus wieder heraus. Immerhin war ich etwas erleichtert, dass ich endlich mit Karim darüber reden konnte. Eigentlich hatte ich ihm die frohe Botschaft schon am Freitag meiner Ankunft überbringen wollen, doch da hatte ich ja eine Abrissverfügung auf dem Schoß liegen und das Ende seiner Selbstständigkeit. Seltsam erschöpft ließ ich mich in den Korbsessel fallen und kuschelte mich in die Wolldecke. Der

Tag war trüb und ziemlich frisch. Eine graue Wolkenwand hing über den Bergen, und morgens war es sehr nebelig gewesen.

Karim kam kurz darauf mit zwei Tassen Kaffee und einem Teller mit Keksen. »Heute Abend gibt es Sekt zur Feier meiner Super-Bibliothekarin.«

Ich grummelte mal wieder, schlürfte am Kaffee.

»Ich würde dich ja mit dem Nissan nach Bonn fahren, damit du mit deinem Chef reden kannst, aber der sollte nicht mehr so viele Kilometer draufbekommen. Was wäre, wenn du an einem Tag mit dem Zug hinfährst, daheim übernachtest und dann wiederkommst? Kannst du hier online von deinem PC aus an den Daten arbeiten?«

Nachdenklich starrte ich über meine Tasse hinweg in den Laubwald, der täglich grüner wurde. Nach Hause fahren, mit meinem Chef reden? Das war aufwendig, aber eine Möglichkeit. Ob er mir einen Onlinezugang geben würde, wagte ich zu bezweifeln. Immerhin ein Lösungsansatz, falls er mich noch für den Job haben wollte.

»Ich bin übrigens stolz auf dich, Chrissie.«

Erstaunt schaute ich auf. »Bitte?«

»Ja, logisch.« Karim lächelte ein sehr ernstes Lächeln. Ungewohnt. »Ich mag kluge Frauen, und ich finde es stark, dass du weiterkommen willst. Außerdem schmücke ich mich gern mit einer außergewöhnlichen Frau. Und wenn du das nächste Mal wichtige Neuigkeiten hast, dann erzähl sie mir bitte. Ich bin dein Partner.«

Ich lachte. »Seit wann?«

Bis zum Nachmittag hörten wir nichts von Schmiedeler, was mir recht war. Trotz Gipsarm wollte ich mein Versprechen einhalten und mit dem Mucki eine Runde spazieren gehen.

Frau Baur hatte eine Türglocke Marke Domgeläut, laut und lang. Ich taumelte vor Schreck erst einmal einen Schritt rückwärts. Trotz der Lautstärke brauchte es einen zweiten Klingelanlauf, bis ich den Rollator durch den Flur rumpeln hörte und eine unsichere Stimme fragte, wer da sei.

»Chrissie!«, brüllte ich durch die Tür und hoffte, dass niemand auf der Straße sich wunderte. »Karims Freundin. Erinnern Sie sich, Frau Baur? Wir haben gestern den Mucki zum Spaziergang mitgenommen. Das würde ich gern wieder machen, wenn es recht ist!«

Die Tür ging mit einem Ruck und Quietschen auf. Ganz offensichtlich hatte sie sich durch Feuchtigkeit arg verzogen. Da stellte sich die Frage, was der Simmerer mit dem Haus wollte. Frau Baur stand korrekt gekleidet und ordentlich frisiert vor mir und lächelte.

»Ja mei, brauchst nicht so schreien, Chrissie. Ich warte doch schon den ganzen Tag auf Karim und den Herrn Kommissar. Der Kuchen ist längst fertig.«

Die Fragezeichen tanzten mal wieder Ringelreihen um meinen Kopf. Wieso wartete sie auf Karim? Dann fiel der Groschen. Shit, dachte ich, Doppel-Shit. Karim hatte ihr gestern das Versprechen abgenommen, Schmiedeler von der Gang am Tümpel zu erzählen. Nun saßen die Jungs aber längst in der Ausnüchterung, und Schmiedeler hatte anderes zu tun, als bei der alten Frau Baur Kuchen zu essen.

Ich räusperte mich und angelte nach einem von Muckis müffelnden Schlappohren, die sich gerade an mir vorbei in den Garten drängeln wollten. »Ehm, ja«, meine Lippen zuckten zu einem verschämten Lächeln, »ja … Der Kommissar hat just gestern Abend diese Jungs bereits festgenommen. Ich fürchte, dass er heute keine Zeit mehr für Sie hat. Aber vielleicht kann Karim es einrichten. Ich wollte eigentlich wie versprochen mit dem Mucki ein bisschen spazieren gehen.«

Sie erstarrte augenblicklich. »Wie?«

Ich zuckte die Schultern. »Es tut mir leid, Frau Baur, aber wie gesagt, die Jungs hat Kommissar Schmiedeler gestern Nacht festgesetzt. – Soll ich jetzt mit Mucki laufen?«

»Ja, und der Kuchen? Und eigentlich wollte ich ihm doch auch von dem schwarzen Mann erzählen. Der ist auch wichtig.«

Noch ehe mein Hirn die Worte sachlich verarbeitet hatte, stellten sich mir schon die Nackenhaare auf. Schwarzer Mann?

Tief in meiner Erinnerung schallte der Ruf über den Garagenvorplatz der Neubausiedlung: »Wer hat Angst vorm schwarzen Mann?« Der vielstimmige Chor der Kinder antwortete von der anderen Seite: »Niemand!« Die drohende Erwiderung jagte uns wohlig-gruselige Schauer über den Rücken, alle waren bereit, um ihr Leben zu rennen. Wurde man gefangen, dann mutierte man ebenfalls zum schwarzen Häscher, bis nur noch einer übrig blieb, der von allen gejagt wurde. »Dann laufen wir ...!«

Ich schüttelte mich automatisch. Ob Kinder dieses Spiel noch heute spielten?

»Was für ein schwarzer Mann?«, fragte ich, nur um mich selbst wieder in die Gegenwart zu bringen und der heraufdämmernden Erkenntnis in mir nicht allzu viel Raum zu geben. Auch wir hatten einen schwarzen Mann gesehen.

»Na, der«, die alte Frau zitterte seltsam, »na, der, der nachts hier immer alleine unterwegs ist. Er hat mir verboten, von ihm zu sprechen.« Sie zog mich mit einem hektischen Blick zur Einfahrt ins Haus und drückte mit aller Kraft die klemmende Haustür zu. Unversehens stand ich in ihrem Flur, obwohl ich längst mit Mucki laufen wollte. Unsicher wand ich mich aus ihrem Griff und fasste nach der Klinke.

»Das klingt komisch, Frau Baur«, erwiderte ich, an der Tür zerrend, »das sollte Kommissar Schmiedeler unbedingt wissen. Ich sage es ihm gleich.«

Sie hielt mich energisch oberhalb meines Gipses fest. »Der schwarze Mann meint es gut«, erklärte sie mit verwirrender Vehemenz, »aber ich weiß nicht, ob er gut ist.«

Die erschrockenen Augen des Mannes vom vergangenen Abend bohrten sich wieder in meine. Wie konnte man es gut meinen, ohne gut zu sein? Das war gruselig.

»Ja, ja, Frau Baur.« Ich wand meinen Arm aus ihrer Umklammerung und riss die Tür auf. »Karim und Schmiedeler werden sich darum kümmern, ganz bestimmt.«

»Und was ist jetzt mit dem Kuchen?«

»Einfrieren! Frieren Sie ihn einfach ein.«

Ich rief nach Mucki, der an der Straßenecke herumschnüffelte, und lief im Stechschritt Richtung Autobahn, bog rechts zum Tümpel ab. Eigentlich wollte ich das Polizeiflatterband nicht sehen, doch der andere Weg endete an einem Überlaufbecken der Füssener Achen, einem Bach, und über die Sumpfwiesen durch den Wald zurückzulaufen hielt ich für keine gute Idee. Ich traute dem Sumpf nicht.

Über uns donnerten die Autos und Lkws über die Autobahn, womit der Spaziergang dann mehr in die Rubrik notwendige Bewegung als unter Entspannung fiel. Mucki schien das alles nicht zu stören, denn er wuselte fröhlich durchs Gebüsch und schnüffelte im Müll der letztnächtlichen Party herum, bis ich ihn energisch am Halsband von dem Haufen wegzog. So etwas widerte mich an.

Da ich nicht den ganzen Weg bis zur Bundesstraße entlang der Autobahn laufen wollte, bog ich hinter dem Tümpel auf einen schmalen Pfad in den Wald ab. Die Richtung stimmte, und wenn dort Menschen liefen, dann war die Gefahr, im Sumpf zu versinken, wohl gering.

Es roch nach Fichtennadeln und Moder. Ich schnupperte genüsslich. Waldgeruch war so lebendig. Auch Mucki schien begeistert. Leider standen wir nach kaum hundert Metern an der Rückseite eines Hauses. Das war mir unangenehm, denn ich wollte keinesfalls bei anderen Leuten ungefragt durch den Garten latschen. Unschlüssig packte ich den Hund am Halsband und hielt mich leicht links. Nach wenigen Metern gab der Boden unter mir glucksende Geräusche von sich, und bevor ich reagieren konnte, standen Mucki und ich mehrere Zentimeter tief in sumpfigem Wasser. Ich fluchte. So stellte ich mir spazieren gehen nicht vor. Notgedrungen stapfte ich mit dem Hund aus dem Wald heraus auf das kleine Stück Wiese seitlich vom Haus. Ein flachgiebeliges, zweistöckiges Blockhaus. Hübsch irgendwie, aber extrem ungepflegt. Ein Teil der grünen Fensterläden war geschlossen, andere hingen abgerissen in ihren Angeln. Dahinter schiefe Gardinen, vergilbt, ein paar zerbrochene Scheiben. Trotzdem war offensichtlich, dass dieses Haus bewohnt wurde, denn der Müll, der aus der Tonne quoll, war neu.

Unsicher schlich ich mit Mucki am Waldrand entlang zur Zufahrt des Hauses, wo ich hoffentlich wieder auf einen Weg kam, der mich zurück zum Geometerweg brachte. Vor dem Haus lag Gerümpel: Holz und eine alte Öltonne, die wohl für ein Feuer verwendet wurde, drum herum ein paar notdürftig zusammengezimmerte Bänke. Überall lagen Zigarettenstummel im Gras, leere Flaschen, Müll. Wer auch immer hier hauste, reinlich war er nicht.

Wir waren schon fast an der Zufahrt, als die Haustür aufging und ein Hüne von Mann sich unter dem Sturz hindurchschob. Sein Blick bohrte sich in mich, auch Mucki duckte sich. Instinktiv hob ich meinen eingegipsten Arm, der andere hing ja an Mucki, und deutete eine Entschuldigung an. Müßig, denn ohne jede Vorwarnung bückte sich der Mann nach einem Stein und warf ihn uns mit einem unverständlichen Fluch nach. Er verfehlte den Hund knapp, der trotzdem erschrocken aufjaulte. In mir schoss die Wut hoch. Steinewerfen war nicht mal bei Kindern besonders beliebt, unter Erwachsenen meiner Meinung nach eine völlig indiskutable Art, Konflikte auszutragen.

»Irre oder was?«, brüllte ich zur Haustür hinüber, während ich den Hund schützend hinter mich zerrte. »Noch so einer, und ich zeige Sie an!«

»Privat!«, zeterte der Hüne mit einem slawischen Akzent zurück, griff tatsächlich nach einem weiteren Stein, den er drohend in unsere Richtung schwenkte. »Verboten! Weg!«

Gebückt rannte ich auf den geschotterten Weg hinaus und weiter, bis Mucki und ich keuchend den Geometerweg erreichten. Was war das denn gewesen?

Eilig hastete ich zum Haus der Frau Baur und verstand einmal mehr, dass manche sich hier verirrten. Wenigstens Mucki wusste, welche Einfahrt die richtige war. Frau Baur stand mit ihrem Rollator im Garten und zupfte an ein paar verwelkten Sträuchern herum. Als sie uns sah, griff sie in den Korb des Rollators, was mir gleich wieder Steinwurfvisionen bescherte, doch sie hielt mir nur ein in Alufolie gepacktes Stück Kuchen entgegen.

»Für den Kommissar und Karim. Auch wenn sie mich sitzen gelassen haben.« Sie lächelte kokett, was ihrem alten Gesicht sehr viel Charme gab. Ich lächelte zurück.

»Manchmal sind Männer halt so. Danke, Frau Baur. Wenn ich es morgen einrichten kann, dann hole ich den Mucki wieder ab.«

Sie nickte und widmete sich wieder ihren Büschen. Ein Danke zurück wäre auch irgendwie nett gewesen. Aber gut, vielleicht sah sie es eher als Geschenk an mich, wenn sie mir ihren Hund mitgab.

Ich strich Mucki ein letztes Mal über den Kopf, klemmte das Kuchenpaket in meine Trageschlaufe und schritt zügig nach Hause.

»Du bist bei Simmerers Tschechen eingefallen, Chrissie«, erklärte Karim halb amüsiert, als ich von meiner Begegnung mit dem Steine werfenden Hünen berichtete. »Die finden das nicht so prall, wenn man bei ihnen herumschnüffelt.«

»Ich habe nicht herumgeschnüffelt, sogar versucht, mich zu entschuldigen, dass ich da vorbeigehe. Aber ehrlich, das sah übel aus rund um das Haus.«

Nachdenklich schnitt Karim sich ein Stück von Frau Baurs Kuchen ab. »Ich glaube, es wäre ein taktisch sauschlauer Zug, wenn ich dem Simmerer beim nächsten Mal ein bisschen mit dem schlechten Benehmen seiner Arbeiter auf die Nerven gehe. Das erhöht vielleicht sein Kaufangebot.«

Dummerweise fiel mir dabei ein, dass Karim noch nichts von meinem unfreiwilligen Verkaufsgespräch mit Simmerer samt Bestechungsversuch wusste, genauso wenig wie von Frau Baurs schwarzem Mann. Vielleicht wäre es tatsächlich eine gute Idee, für ein paar Tage nach Bonn zu verschwinden, bis hier der Todesfall vom Tisch war, und mir dann mit Karim in Ruhe Gedanken über seine, meine und unsere Zukunft zu machen.

NEUN

Am frühen Nachmittag des folgenden Tages hatte ich mir gerade die passenden Worte und den nötigen Mut für ein Telefonat mit meinem Chef zurechtgelegt und wollte mit dem Telefon in Karims Büro verschwinden, als das Ding in meiner Hand zu bimmeln anfing. Fast hätte ich es vor Schreck fallen lassen. Wer rechnete denn mit so etwas?

Da es Karims Telefon war, reichte ich es hastig weiter. Er verdrehte die Augen beim Anblick einer Kemptener Vorwahl.

»Ingenieurbüro Miller«, meldete er sich korrekt und grinste dann. »Servus, Franz. Ich dachte schon, das Finanzamt will mir Stress machen, aber nein, es ist nur die Kripo. Was macht deine Tümpel-Gang?«

Meinetwegen hätte es auch das Finanzamt sein können, denn dann wären uns Details des aktuellen Falles erspart geblieben. Aber so legte Karim das Telefon mit eingeschaltetem Lautsprecher auf den Schreibtisch. Bis das hier vorbei war, war mein begrenzter Mut, selbst zu telefonieren, sicher dahin. Seufzend ließ ich mich in einen der Besuchersessel fallen und hörte Schmiedeler vom Verhör der Jungen berichten.

»Beinharte Bande«, knurrte er durchs Telefon, »die kennen vor allem ihre Rechte. Bis auf zwei musste ich sie gestern laufen lassen, hat eh so gut wie nichts gebracht. Die zwei, die ich noch hier sitzen habe, hatten ein paar Gramm Crystal bei sich. Im Moment läuft bei beiden eine Hausdurchsuchung und ein Abgleich, ob deren Zeug identisch mit dem ist, was wir im Magen des Toten gefunden haben. Seid's ihr beiden heute Abend daheim?«

Karim und ich schauten uns kurz an. Ich zog die Brauen hoch, signalisierte deutliche Unlust auf Kripo am Abend, während Karim ebenso deutlich Lust darauf hatte. Resigniert zuckte ich die Schultern. »Meinetwegen«, flüsterte ich. »Aber ich geh früh ins Bett.«

»Ja, klar sind wir daheim, magst kommen?«

»Mei«, ich hörte Schmiedeler mit dem einen Wort durchs Telefon strahlen, »das wär fei super. Weischt, meine Frau ist auf

Kur, und mir fällt die Decke daheim auf den Kopf, und der Sebi ist heute krank, mei, der hat halt auch keine Lust, jeden Abend seinen Chef um sich zu haben. Außerdem wollte ich mir gleich in Füssen die Ergebnisse der Hausdurchsuchung holen und dann noch bei den Tschechen in deiner Straße vorbeischauen. Ich weiß zwar mittlerweile, wer der Tote ist, wir konnten ihn anhand seines Gebisses identifizieren, aber ich weiß nicht, ob der zum Bautrupp gehörte. Magst da mitkommen, Karim? Ich zähl auf deinen Rat.«

Mir klappte der Mund unwillkürlich zum Protest auf, doch Karim war wie zu erwarten Feuer und Flamme.

»Logisch gehe ich mit. Allein findest du das Haus eh nicht, das ist ziemlich versteckt im Wald. Wann bist du hier?«

Ich hörte Schmiedeler nachdenklich brummen. »Na, so in einer guten halben Stunde bin ich in Füssen in der Dienststelle«, wieder brummelte er vor sich hin, »na, das dauert nicht lang. Viel werden die wohl nicht gefunden haben. Gegen fünf bin ich bei euch. Und die Pizza heute Abend geht auf meine Rechnung. Ciao.«

»Cool, was?« Karim schien schlagartig kein bisschen mehr ermittlungstraumatisiert. »Ich wollte schon immer mal wissen, wie die Tschechen hausen. Kommst du auch mit, Chrissie? Erleben, wie ein Kommissar arbeitet?«

»Ich schaue mir das lieber im Fernsehen an«, antwortete ich, »ist ungefährlicher. Die Tschechen haben die Steine locker sitzen. Aber ich kenne ja jetzt den Weg ins Krankenhaus, falls du mal wieder was auf die Mütze bekommst.«

»Du bist so eine Spaßbremse, Chrissie. Der Schmiedeler sollte dir ein paar Therapiestunden verpassen und nicht mir.«

Ich tippte mir bezeichnend an die Stirn und verließ mit dem Telefon das Büro. Jetzt war ich grad richtig in Stimmung, um mir von keinem Mann etwas sagen zu lassen, auch nicht von meinem Chef.

Meistens kommt es anders. Ein wahrer Spruch.

Schmiedeler war geradezu euphorisch, als er gegen siebzehn Uhr bei uns auftauchte.

»Ich spendiere zur Pizza auch ordentlich Rotwein, wenn ihr

ein Gästebett für mich habt!«, rief er schon vom Auto aus. Karim und ich wechselten mal wieder einen befremdeten Blick.

»Mir reicht zur Not auch das Gräble!« Er schmiss lachend die Autotür zu und nahm mich übermütig in die Arme.

»Das Gräble ist tabu«, lehnte Karim ab, während ich nicht so recht verstanden hatte, wo Schmiedeler sich zur Ruhe legen wollte, »aber das Gästebett kannst haben. Was gibt es denn zu feiern? Freust dich so auf die Tschechen?«

»Der Fall ist so gut wie gelöst. Wir müssen nur noch herausfinden, wer von den Jungen Metzger ist.«

Das war es dann mit Pizza und blutroter Tomatensoße. Ich wand mich aus seiner Umarmung. »Guten Appetit.«

Die beiden Männer schauten mich völlig entgeistert an. War ja klar.

»Was habt ihr bei der Hausdurchsuchung gefunden?« Karim machte Schmiedeler ein Zeichen, mich zu ignorieren, was die beiden dann auch taten und ins Haus gingen. Karim ließ schon den ersten Kaffee aus der Maschine, als ich in die Küche trat. Ich war mir nicht sicher, ob meine Neugier groß genug für blutige Motive war.

»So wie es aussieht, haben wir das Crystal gefunden«, erklärte Franz gerade, während er mit vollem Mund schon an einem Stück von Frau Baurs Kuchen kaute. »In der Wohnung von Markus Zauner, dem Kopf der Bande.«

»Das Crystal aus dem Magen des Toten?« Karims Kopf ruckte überrascht zu Schmiedeler herum, prompt lief der Kaffee über den Rand der Tasse.

»Wahrscheinlich. Wenn nicht, dann haben wir wenigstens einen Dealer erwischt. Aber die Päckchen waren noch in Kondomen, wie man es von Bodypackern kennt. Blutreste daran, die vermutlich vom Toten stammen. Das klärt die KTU jetzt noch ab. Leider ist der Junge kein Metzger, sondern Malergeselle. Und ein Metzger war bei denen, die wir erwischt haben, auch nicht dabei. Auch keiner mit Jagdschein, die können ja auch ausweiden. Das gilt es noch zu klären. Aber das ist nur eine Frage der Zeit.«

»Willst du dann überhaupt noch zu den Tschechen?«

Ich hoffte, dass Schmiedeler mit »Nein« antworten würde, doch wie immer ging mein Wunsch daneben.

»Sicher«, er wischte mit der Hand über den feuchten Rand der übergelaufenen Kaffeetasse, »ich muss schon wissen, ob unser Toter zu dem Trupp gehörte und warum der nachts unterwegs war. Vermutlich hängt der Auftraggeber mit denen zusammen, verspricht Arbeit in Deutschland, wenn man sich als Drogenkurier hergibt. Den Simmerer muss ich mir auch vornehmen.«

»Der ist schmierig genug, um als Dealer durchzugehen.«

Wie wahr, dachte ich und ließ mich neben Schmiedeler auf den Stuhl fallen, während Karim den Kuchen verteilte. Nur zu gern hätte ich erzählt, wie enttäuscht Frau Baur gewesen war. Aber man musste ja nicht in jede Wunde fassen.

»Chrissie ist gestern schon mit den Tschechen unschön zusammengestoßen.« Karim wiederum nahm gern jede Geschichte mit, die er erzählen konnte.

Schmiedeler stoppte seinen Kuchen auf halber Strecke. »Wie das?«

Ich hob abwiegelnd die Hand. »Nix, ich war mit dem Hund der Frau Baur spazieren und kam zu nah am Grundstück der Tschechen vorbei.«

»Sie untertreibt wieder«, sagte Karim mit einem ungehaltenen Blick zu mir. »Der Waldweg hinter dem Tümpel endet am Grundstück der Tschechen, das konnte Chrissie nicht wissen, und ausweichen durch den Wald geht dort nicht, weil der Boden zu sumpfig ist. Also ist sie am Rand der Wiese zur Straße vor, hat sich bei dem Kerl, der zur Tür herauskam, noch versucht zu entschuldigen, und der bewirft sie zum Dank mit Steinen. Hat man so etwas schon erlebt?«

Karim schien das mehr getroffen zu haben als mich. Überrascht starrte ich ihn an. Dann winkte ich erneut ab. »Nicht ganz so dramatisch, Karim, bitte.«

Aber Schmiedeler war offensichtlich schon in Alarmbereitschaft. »Mit Steinen hat der nach dir geworfen?«

»Mit *einem* Stein, und er hat auf den Hund gezielt«, stellte ich richtig.

»Auch Hunde bewirft man nicht«, murrte Karim, und Schmiedeler nickte.

»Das klären wir.« Er blinzelte mir beruhigend zu, dabei war ich wohl die Einzige, die das mittlerweile kaltließ. »Du kommst mit, Chrissie, dass gleich genügend Druck ist, und ich sorge dafür, dass der Mann sich entschuldigt.«

»Lass gut sein, Franz.« Mir wurde ganz kalt bei dem Gedanken, mit Karim und Schmiedeler bei den Tschechen aufzurauschen. »Für mich ist das gegessen. Ich brauche keine Entschuldigung. Ich gehe da einfach nicht mehr vorbei und gut.«

»Doch, doch«, Kommissar Schmiedeler trank entschlossen seinen Kaffee aus und stand auf, »du kommst mit. Umso lieber werden die mir Auskunft über den Toten geben. So geht es ja nicht.«

Wenn die Leute da überhaupt etwas zu dem Toten zu sagen hatten, dachte ich ergeben und stand ebenfalls auf. Jede weitere Gegenwehr kostete mich nur zusätzlich Zeit und Kraft und würde nichts bringen. Gegen die beiden kam ich nicht an. Natürlich war die Wahrscheinlichkeit groß, dass der Tote zu dem Bautrupp gehörte, genauso gut konnte er aber auch am Freitag vor der Razzia auf der Autobahn geflohen sein.

Mit Schmiedelers Audi fuhren wir die wenigen hundert Meter zum Haus der Tschechen. Im Vorbeifahren winkte ich der Frau Baur, und Schmiedeler musste dem Hund ausweichen, der schlafend am Straßenrand lag. Langsam bog der Audi in den Schotterweg ab. Das Haus lag wirklich versteckt abseits im Wald, von der Straße aus nicht zu sehen. Widerwillig musste ich mir eingestehen, dass allein das den Makler wie auch seine Arbeiter nicht besonders vertrauenerweckend erscheinen ließ.

Wie gestern war der Bereich vor der Veranda zugemüllt, aus einer der Tonnen quoll ein wenig Rauch, die Haustür stand offen. Zögernd stieg ich nach den Männern aus. Wenn das mal gut ging. Wir waren drei gegen eine unbekannte Anzahl Bauarbeiter. Ob Schmiedelers Kollegen wussten, wo er war? Ich hoffte es. Jedes Mal schüttelte ich den Kopf, wenn im Fernsehkrimi einer der Ermittelnden im Alleingang unterwegs war. Für so etwas war ich persönlich viel zu feige, aber auch die Notwendigkeit für derlei Verhalten erschloss sich mir nicht.

Ich drückte mich hinter den Männern näher zum Haus. Schmiedeler rief, klingelte dann an der Haustür. Drinnen polterte es kurz, dann war es still. Wieder rief Schmiedeler, benutzte auch das Zauberwort »Polizei«.

Augenblicke später tauchte im Halbdunkel des Hausganges ein Mann auf. Ein Hüne. *Der* Hüne! Ich wich instinktiv zurück. Karim nickte verstehend.

»War es der?«

Ich murmelte etwas wie eine Bestätigung, während der Mann langsam näher trat. An seinen Augen sah ich, dass er mich sofort erkannte. Das war mir seltsam peinlich.

»Grüß Gott«, Schmiedeler deutete ein Lächeln an, »ich bin Hauptkommissar Franz Schmiedeler, Kripo Kempten.« Der Mann bewegte unverbindlich den Kopf, schwieg. Derweil deutete Schmiedeler auf Karim, dann auf mich. »Karim Miller, Christiane Berg. Und wer sind Sie?«

Der Mann starrte ihn ausdruckslos an. Es sah so aus, als verstünde er kein Wort. Schmiedeler knurrte bissig, zog dann ein Foto aus seiner Innentasche. »Kennen Sie den Mann?«

Der Blick des Hünen schoss flüchtig über das Bild des Toten. »Nix kennen.« Er zuckte die Schultern, aber vermutlich war meinen beiden Begleitern genauso klar wie mir, dass der Mann log. Sehr schlecht log.

»Sicher?«, insistierte Schmiedeler. »Das ist Ari Kostka.«

Der Mann schüttelte den Kopf und wandte sich ab, um wieder im Haus zu verschwinden.

»Stopp!« Schmiedelers Stimme bekam eine ungeahnte Autorität. »Wenn Sie schon den Mann nicht kennen, dann aber sicher diese Frau!« Er deutete auf mich. »Ich erwarte, dass Sie sich für den Steinwurf gestern entschuldigen!«

Der Mann schien überrascht, drehte sich halb um, kam aber nicht zurück.

Im selben Moment bog ein blauer Ford Transit älteren Baujahres auf das Grundstück ein, dahinter folgte Simmerers alter BMW. Ich schloss die Augen. Es wurde immer nur schlimmer. Ich sollte unbedingt ein paar Tage nach Bonn fahren.

Etwa zehn Männer stiegen mit unsicheren Blicken in unsere Richtung aus dem Bus, kamen aber nicht näher. Dafür stapfte Joseph Simmerer energisch auf uns zu.

»Sie parken auf Privatgrund!«, pöbelte er auf einige Meter Entfernung, obwohl er Karim und mich sicher erkannt hatte. Karim feixte.

Schmiedeler wiederum wurde ganz zum Hauptkommissar. Mit fast ästhetischer Lässigkeit zog er seinen Polizeiausweis aus der Tasche. »Hauptkommissar Franz Schmiedeler«, bellte er seinen Spruch. »Sie dürfen mich nachher gern abschleppen lassen, aber erst einmal will ich wissen, wer Sie sind.«

Simmerer schien verwirrt, starrte erst mich, dann Karim an, als seien wir an dem Auftritt schuld. Unsicher trat er näher. »Joseph Simmerer, Immobilienmakler«, stellte er sich vor. Karim griente noch immer. »Das Haus hier gehört mir, meine Arbeiter bewohnen es. Was gibt es denn?«

Aus den Augenwinkeln sah ich den Hünen, wie er sich weiter in den Schatten des Hausganges drückte, aber in Hörweite blieb.

»Ahh«, Schmiedeler verzog das Gesicht, »der Immobilienmakler, der sich an den Häusern im Wasenmoos eine goldene Nase verdient. Hab schon von Ihnen gehört, Herr Simmerer. – Es geht um den hier.« Er hielt dem Makler das Foto des Toten vor die Nase, der wich erst einmal zurück, dann blinzelte er angestrengt, als sei er plötzlich kurzsichtig geworden.

»Kennen Sie den? Das ist Ari Kostka, tschechischer Staatsbürger. Starb letzten Freitag hinter diesem Haus am Moortümpel an einer Überdosis Crystal.«

Simmerer wurde deutlich blass. Fassungslos starrte er das Foto an. »Das … das kann nicht sein.«

Schmiedeler bewegte die Schultern. »Leider doch. Also, kennen Sie den Mann?«

Hilflos griffen Simmerers Hände nach dem Foto, dann wich er zurück, versuchte, sich zu sammeln. »Ja, doch, natürlich kenne ich den Mann. Ich habe ihn vor drei Wochen in Prag als Fliesenleger angestellt. Er ist spezialisiert auf Mosaike. Ein Kunde von mir wollte so etwas in seinem Badezimmer haben. Deutsche Fliesenleger kann man ja nicht mehr bezahlen. Kostka kam letzten Freitag mit Jiri«, er zeigte auf den Hünen im Hausgang, »meinem Vorarbeiter. Er hat die neuen Arbeiter in Prag mit dem Transit abgeholt.«

Notgedrungen trat nun auch der Hüne bei der Erwähnung seines Namens näher, Simmerer winkte ihn ganz heran. »Jetzt wissen wir, warum der Kostka verschwunden ist. Herrgottsakra, wie schrecklich! Ich hätte ja nie geahnt, dass er der Tote aus dem Tümpel ist.«

Jiri versuchte sich noch immer an Ausdruckslosigkeit, warf erneut einen Blick auf das Foto, weil Simmerer ihn an seine Seite zog. »Hast du den nicht erkannt, Jiri?«

Ein weiteres Mal zuckte der Mann die Schultern, schüttelte ausweichend den Kopf.

»Ja, schau halt hin!« Simmerer riss dem Kommissar das Foto aus der Hand.

Jiri schloss kurz die Augen, dann nickte er. »Ja, ist Ari.«

Schmiedeler brummte unwirsch, schnappte nach dem Foto und steckte es in seine Tasche. »Gut. Hat der Mann hier ein Zimmer, wo noch Sachen von ihm sind? Er hatte den Magen voller Drogenpäckchen. Ein sogenannter Bodypacker, der auch den Tod der Bodypacker starb. Überdosis, weil die Päckchen sich im Magen aufgelöst haben. Kein schöner Tod.«

Ich wunderte mich kurz, dass der Kommissar die grausamen Begleitumstände verschwieg, denn immerhin war dem Mann post mortem der Bauch aufgeschlitzt worden. Aber vielleicht war das ja Taktik.

Simmerer ließ nervös seine Fingerknöchel knacken, ich hasste dieses Geräusch. »Ich weiß nichts von Drogen«, erklärte er, und ich sah die feinen Schweißperlen, die sich auf seiner Oberlippe sammelten. »Das scheint mir auch völlig unmöglich. Wobei …«, sein Blick hastete über die anderen Arbeiter, die wie eine Herde verschreckter Schafe halb hinter dem Transit verharrten, »… nun, es gibt immer mal wieder Arbeiter, die die kostenlose Fahrt von Prag nach Füssen als Trittbrett ins gelobte Land nutzen. Da sind dann vielleicht auch Drogen im Spiel. Aber bisher … nein.«

Er atmete heftig, und ich war fast gewillt, ihm zu glauben. Simmerer schien mir in diesem Moment nicht das Kaliber eines Drogenschiebers zu besitzen.

»Aber«, er versuchte sich an einem Lächeln für Schmiedeler, das professionell abprallte, »damit ist dann geklärt, warum wir Kostka nicht weiter vermisst haben: Wir dachten, er habe sich abgesetzt – seine Sachen müssten in seinem Spind sein, er hatte eine große Tasche dabei. Ich glaube, er hat auch Familie in der Nähe von Prag.«

Schmiedeler nickte, und nichts an seiner Miene verriet, was

er dachte. »Ihr Vorarbeiter wird Herrn Miller die Sachen sicher gern übergeben, oder?«

Simmerer nickte einen Takt schneller. »Selbstverständlich, die Polizei wird in diesem Fall von uns jegliche Unterstützung erhalten. – Jiri!«

Für mich war der Kerl nur der Hüne, ein reichlich finsterer dazu, und auf eine Entschuldigung warteten wir eigentlich auch noch. Aber gut. Karim fühlte sich anscheinend wie Columbo, was mir kein bisschen behagte. Betont breitschultrig stapfte er hinter dem Hünen her ins Haus, dessen dunkler Gang die beiden nach wenigen Schritten verschluckte.

Währenddessen redete der Makler ununterbrochen auf Schmiedeler ein. Ich hörte nicht weiter hin, meine Anwesenheit hier war schließlich weder gewollt noch notwendig. Aber auch Schmiedeler schien Simmerer nur widerwillig Gehör zu schenken, sein Blick strich immer wieder nachdenklich über das Gelände, das Haus und die wartenden Männer. Unwillkürlich fragte ich mich, was er dachte.

Keine Stunde später saßen wir zu dritt in Karims Küche bei der versprochenen Pizza und Rotwein. Als das letzte Mal der Pizzabote bei uns geklingelt hatte, war meine Welt noch ein bisschen mehr in Ordnung gewesen. Ich seufzte leise. Jetzt drehte sich das Gespräch der Männer um Simmerer, den Hünen, die Wahrheit und den noch nicht gefundenen Leichenschänder. Natürlich stellte sich auch die Frage, ob Simmerer wirklich nichts von den Drogen wusste. Oder duldete er, vielleicht gegen ein kleines Schweigegeld, dass Jiri die Arbeiter als Kuriere benutzte? Oder umgekehrt? Was hätte die Polizei wohl gefunden, wenn sie den blauen Transit bei der Razzia auf der Autobahn gefilzt hätte? Würde dann Ari Kostka womöglich noch leben? Aber einen ortsansässigen Makler verdächtigte man nicht. Simmerers äußerer Anschein ließ keine großen Reichtümer vermuten. Das Auto war alt, dem Büro hätten ein paar Renovierungsarbeiten der Tschechen sehr gutgetan. Trotzdem hatte er genug Geld, um die Häuser im Wasenmoos aufzukaufen. Wofür?

In der großen Reisetasche des toten Ari Kostka hatten die Männer nichts gefunden, was auf eine intensive Karriere als Drogenkurier hätte schließen lassen. Und die Fotos seiner Familie waren mir persönlich viel zu viel gewesen. Was hatte sich der Mann erhofft? Das schnelle Geld, einen sicheren Job, der vermutlich für seine Verhältnisse super bezahlt wurde? Ganz sicher hatte er nicht einkalkuliert, auf diese grässliche Weise zu sterben und in einem Moortümpel versenkt zu werden.

Mein Glaube an die Menschheit war seit den Morden in Trieblings und Oberstdorf dramatisch abgeflacht, dieser Fall hier gab dem Ganzen noch einmal einen derben Schubs ins finstere Nichts. Wie musste man drauf sein, um einen eben verstorbenen Menschen aufzuschneiden? Nur um an Drogen heranzukommen? Mir wurde schon flau, wenn ich einen Fisch ausnehmen musste.

Karim schnitt mir fürsorglich die zweite Hälfte meiner Pizza in Stücke, obwohl mir mein Appetit über den trübsinnigen Gedanken vergangen war. Lieber hätte ich mich an den Rotwein gehalten, hatte aber auch keine Lust auf den Kater am nächsten Morgen. Vertrackte Sache. Ich sollte zu Sahnetorte übergehen.

Während Karim also an meiner Pizza herumsäbelte, klingelte sein Handy in der Gesäßtasche seiner Jeans. Umständlich hielt er das Pizzamesser in die Höhe, lupfte dazu seinen Hintern gerade hoch genug, um mit öligen Fingern das Handy herauszuziehen. Nach einem flüchtigen Blick auf das Display nahm er das Gespräch an.

»Servus, Sebi«, rief er irgendwie zu laut, »hab gehört, dass du krank bist!«

Etwas wie ein Hustenräuspern schepperte über den Tisch, dann krächzte eine Stimme, die Sebi hätte gehören können, aber ich verstand nichts. Karim wiederum verzog das Gesicht, und sein Lächeln verschwand.

»Moment«, hielt er ihn auf und legte das Handy auf den Tisch, »ich stell auf Lautsprecher, dann ist Franz gleich informiert.«

»Der Franz kann seinen Polizistenarsch gleich nach Kempten bewegen!«, plärrte es aus dem Handy. Sebis Stimme war stockheiser. »Und noch besser wäre es«, plärrte es weiter, »wenn der Franz sein Handy anmachen würde, wenn er zu einem Einsatz unterwegs ist!«

Schmiedelers Hand mit der Pizzaecke stoppte auf halbem Weg zum Mund. Wie Karim fummelte er mit einer Hand sein Handy aus der Brusttasche seiner Jacke, die über der Stuhllehne hing. Warum einfach, wenn es auch kompliziert ging? Jedem Kind hätte man gesagt, dass es erst die Pizza ablegen und dann weitermachen solle. Kopfschüttelnd griff ich nach meinem Rotweinglas. Alle Erziehung war irgendwann vergebens.

»Sapperlot!«, fluchte Schmiedeler leise. »Tatsächlich aus. Akku leer.«

»Sapperlot!«, äffte Sebi ihn nach. »Hundert Punkte, Herr Hauptkommissar. Und wen rufen die Jungs von der KTU an, wenn der Chef nicht erreichbar ist? Klar, den Handlanger. Egal, ob der krankgeschrieben ist. Wer irgendwann mal Karriere machen will, der taucht auch todkrank noch auf.«

»Wenn du weiter so herumnörgelst, werde ich deiner Karriere schon jetzt einen Riegel vorschieben, Sebi Thannheimer«, erwiderte Schmiedeler unwirsch, obwohl nicht zu übersehen war, dass ihm die Sache peinlich war.

Sebi quittierte den Anraunzer mit einem Hustenanfall. Ich verdrehte die Augen und griff erneut nach meinem Weinglas. Nicht nur, dass die beiden ihre Fälle seit Neuestem ohne jede Notwendigkeit mit uns bequatschen mussten, nein, jetzt durften wir uns auch noch ihr Gezänk anhören. Selbst Karim schien das nicht ganz zu passen. Unsere Blicke trafen sich. Ergeben zuckte er die Schultern.

In die momentane Stille am Tisch schepperte nur Sebis Husten. Karim schenkte mir Wein nach, auch Schmiedeler hielt ihm sein Glas hin, dazu grinste er. »Übrigens, Sebi, ich habe drei Gläser Wein getrunken. Wenn ich meinen Polizistenarsch also nach Kempten bewegen soll, musst du mir einen Wagen der Bereitschaft schicken, ich bin nicht mehr fahrtüchtig.«

Mir schien das eine befremdliche Art von Humor.

»Was ist denn so Wildes in der KTU, dass du aus dem Krankenstand kommen musstest?«, fragte Karim, und das erschien mir der erste intelligente Satz dieses kollektiven Telefonats. Schmiedeler schlürfte genüsslich und demonstrativ abwesend an seinem Rotwein. Sebi hustete etwas weniger, was auf eine Antwort hoffen ließ.

»Im Moment bin ich in der Pathologie, und hier ist es scheißkalt.«

Allein das Wort »Pathologie« jagte mir Schauer über den Rücken.

»Jetzt schwätz halt nicht rum, Sebi.« Schmiedeler erinnerte sich offensichtlich endlich wieder an seinen Job als Hauptkommissar der Kripo Kempten. »Weshalb hat die KTU dich geholt? Ich weiß doch alles über die Hausdurchsuchung.«

Sebi schnäuzte sich erst einmal ausgiebig, bevor er wieder halbwegs verständlich klang. »Chef, das sind Ermittlungsinfos«, erklärte er dann, »nichts gegen Chris und Karim, aber das ist nicht für ihre Ohren bestimmt. Ich schicke dir die Bereitschaft, und dann reden wir hier im Präsidium weiter.«

Schmiedeler wischte mit seinem Rotweinglas durch die Luft, Rotwein schwappte. »Papperlapapp, Sebi, für die beiden lege ich meine Hand ins Feuer. Schieß los. Die Bereitschaft soll trotzdem kommen.«

Sebi seufzte hustend. »Alles klar, Herr Kommissar. Der Metzger hat sich vorhin gestellt.«

Die Info war so gruselig, dass ich eigentlich lieber mit meinem Weinglas verschwunden wäre, doch dafür war das Haus zu klein.

»Kruzifix!«, fluchte Schmiedeler, und auch Karim prustete. »Wie jetzt?«

»Ja, den Jungs ging die Düse, seitdem wir sie am Tümpel einkassiert haben. Der eine, der uns entwischt ist, ist der Metzgergeselle, der den Tschechen ausgeräumt hat. Dass wir Hausdurchsuchungen vorgenommen haben, scheint wie ein Lauffeuer durch die Bande gegangen zu sein, und daraufhin hat sich der Junge heute Abend lieber selbst gestellt. Wäre Hauptkommissar Schmiedeler erreichbar gewesen, dann müsste ich das jetzt nicht am Telefon erklären. – Sein Messer hatte er auch dabei. Die KTU prüft gerade, ob noch Blutspuren nachweisbar sind.«

Abrupt stand ich auf und räumte die Teller zusammen. Karim funkelte mich ärgerlich an, weil ich dabei recht lautstark zugange war. Egal.

»Das Messer, mit dem er den Mann aufgeschlitzt hat?«, hakte Karim prompt nach. »Und? Passt das Messer zu den Schnitten, die die Pathologen erfasst haben?« Kluge Frage, aber keine, die ich an unserem Esstisch erörtert haben wollte.

»Das ist der springende Punkt, Karim«, sagte Sebi und hustete,

»eben nicht. Alles ist sauber geschnitten, bis auf einen einzigen Stich in die Bauchhöhle. Da wir bisher keine Tatwaffe hatten, ist er nicht bewertet worden. Der wäre aber theoretisch tödlich gewesen, wenn der Mann nicht fast gleichzeitig an der Überdosis gestorben wäre. Um genau zu sein, lässt sich nach diesen Erkenntnissen im Moment nicht sagen, ob der Stich nicht sogar ursächlich für die Überdosis war, weil er nicht nur den Magen, sondern auch ein paar der Päckchen erwischt hat ... Das hat der Pathologe aber erst jetzt mit dem Messer so rekonstruieren können.«

Mir schwirrte der Kopf, was nicht am Rotwein lag.

»Das Messer des Metzgerjungen passt, wie gesagt, nicht zu dem Stich, es ist zu schmal.«

Die plötzliche Stille im Zimmer legte sich wie ein Pfropf auf meine Ohren, aber der Grusel blieb, und es dauerte nur wenige Atemzüge, bis auch mir klar war, was das bedeutete. Da hatte jemand zugestochen. Mit Absicht. Das galt nach deutschem Recht als Mord.

»Karim, mach mir doch bitte mal einen Kaffee.« Schmiedeler schob sein Weinglas weg und blinzelte mich entschuldigend an. »Und du, Sebi, schick endlich die Bereitschaft los. Das wird eine lange Nacht. Machen wir uns auf die Suche nach dem großen Unbekannten mit breitem Messer.«

»Ich glaube ...«, fröstelnd zog ich die Schultern hoch, der Nachtwind war böig und kalt. Die roten Lichter des Polizeiautos verschwanden eben im Dunkel des Geometerwegs.

»Was?« Karim zog mich an sich, ein netter Versuch, den Abend zu retten.

»Ich glaube, morgen darfst du mich zum Bahnhof bringen. Ich suche mir gleich eine Zugverbindung nach Bonn raus.«

Karims Kopf ruckte verwirrt, während ich mich aus seinen Armen wand und ins Haus zurückkehrte. Die Finsternis war unheimlich.

»Wieso jetzt doch?« Zu meiner Erleichterung schloss er hinter sich die Tür und drehte den Schlüssel zweimal um. Das fühlte sich gut an. »Du hast dich doch von deinem Chef schon am Telefon plätten lassen, wieso willst du das jetzt auch noch live haben?«

In Erinnerung an mein unerfreuliches Telefonat zog ich erneut schaudernd die Schultern hoch. »Nicht wegen meinem Chef«, erklärte ich, während ich mir ein letztes Glas Rotwein einschenkte, nur um die Nacht draußen und den streunenden Mörder zu vergessen. »Mir ist das hier nur im Moment zu viel Mord und Totschlag, und im Gegensatz zu dir macht mir das keinen Spaß.«

»Du verwechselst da etwas, mein Mimöschen. Mord und Totschlag machen mir auch keinen Spaß.« Karim kippte sich den Rest des Rotweins in sein Glas. »Allein trinken ist ungesund.«

»Aber mit den Kommissaren herumspekulieren und mich eine Mimose nennen. Klar, Karim.«

»Genau.« Er grinste. »Das ist es, was mir Spaß macht. Vielleicht sollte ich die Chance nutzen und zur Bullerei wechseln, anstatt als Vermessungsingenieur zu verarmen.«

»Einer wie du kommt gar nicht bis zur Verbeamtung. Vorher hast du sicherlich irgendwo vaterländischen Hochverrat begangen.«

»Dann werde ich halt Spion beim BND. Geil.«

»Vor deinem Migrationshintergrund wäre das eine echte Alternative. Ich geh ins Bett.«

»Und ich fahre dich morgen mit deinem Auto nach Bonn. So ein Tapetenwechsel tut mir bei all dem Stress auch mal gut. Nicht, dass du mich noch vermissen musst.«

ZEHN

Vier Tage später waren wir wieder auf dem Weg zurück nach Füssen. Es war später Nachmittag, die Sonne schickte warmgoldene Strahlen über die frisch ergrünenden Wiesen des Ostallgäus. Ich saß neben Karim im Auto und fühlte eine ungewohnte Verbundenheit zwischen uns. Wir hatten in den Tagen mit viel Abstand zur kaputten GmbH, Nina, den Morden und der Abbruchverfügung Zeit gefunden, über uns zu reden. Mein Chef war tatsächlich froh darüber, dass ich trotz meines Unfalls und seines ersten Ärgers von zu Hause aus arbeiten wollte. Jetzt hatte ich Daten für einen Onlinezugang zur Datenbank und war wild motiviert, die versäumte Zeit aufzuarbeiten.

Daheim in meiner Wohnung war mir erschreckend bewusst geworden, dass ich mich im Haus von Karims Oma zunehmend erdrückt gefühlt hatte, ungut mit all den Erinnerungen, den Problemen, und wider Erwarten ging es Karim genauso. Seine Familiengeschichte war ihm wichtig, aber zeitweise auch zu viel. Er sehnte sich nach etwas anderem, war bisher allerdings daran gescheitert, dass Nina Füssen nicht verlassen wollte.

»Und jetzt geht sie nach Hamburg«, hatte Karim gemault, während wir in Bonn auf dem Marktplatz im Café saßen. Womit Hamburg dann für uns wohl flachfiel.

Überrascht stellte ich fest, dass nach diesem Gespräch ein Wir-Gefühl entstanden war. Wir planten unsere Zukunft, wir konnten sie uns gemeinsam vorstellen. Das war definitiv mehr als guter Sex.

Vielleicht eine größere, gemeinsame Wohnung in der Nähe von Bonn. Wir hatten sogar ernsthaft überlegt, in den kommenden Tagen bei Herrn Simmerer vorbeizuschauen und nach einem konkreten Angebot für Karims Haus zu fragen, da laut neuesten Zeitungsberichten der Stadtrat noch immer nicht wirklich sicher war, was mit den ungenehmigten Häusern im Wasenmoos geschehen würde, auch mit denen, die eigentlich schon eine Abrissverfügung erhalten hatten. Unter Umständen lief es auf eine Duldung hinaus, und dann war das Haus nicht wertlos. Im Gegenteil.

So hingen wir also unseren Gedanken nach, während wir uns Füssen näherten. Nur zu gut erinnerte ich mich an meine letzte Anreise.

»Ungefähr ab hier stand ich dann«, erklärte ich Karim knappe zwei Kilometer vor der Abfahrt Füssen und schaute mich um. Unterhalb des Autobahndammes zog sich das blühende Wasenmoos dahin. Ich blinzelte und bemerkte aus den Augenwinkeln, wie Karim am Steuer erstarrte. Blaulicht. Das Auto schlingerte, Karim kurbelte wild am Lenkrad. Ich schrie auf, dann rollte der Wagen wieder in der Spur. »Spinnst du?«, keifte ich los. »Schau halt auf die Straße!«

»Wenn du so panische Geräusche machst, dann darf ich ja wohl erschrecken«, pöbelte er zurück, »außerdem war das da unten ein massives Polizeiaufgebot.«

Hatte ich ein panisches Geräusch gemacht? Verwirrt schaute ich über die Schulter zurück, wo in der zunehmenden Entfernung tatsächlich noch immer mehrere Polizeiwagen und Krankenwagen zu erkennen waren. Dann passierten wir die Fußgängerüberführung, und der Spuk verschwand.

»Was für ein panisches Geräusch?«, fragte ich und rieb mir eine klamm gewordene Hand an der Jeans trocken. »Was meinst du, was da los ist?«

Wenn ich etwas an mir hasste, dann war es meine gedankenlose Fragerei. Noch dazu, wenn ich die Antwort gar nicht wissen wollte.

Karim setzte den Blinker und fuhr von der Autobahn ab. An der Einmündung zur Bundesstraße blieb er rechts am Fahrbahnrand stehen. Tief durchatmend schaute er mich an. »Du hast hysterisch gequiekt«, erklärte er, lächelte dabei aber liebevoll, weswegen ich seine Wortwahl unkommentiert hinnahm. »Und was da los war, können wir uns doch fast denken, oder? Das war am Durchfluss der Füssener Achen. Wahrscheinlich hat jemand versucht, sich im Überlaufbecken zu ersäufen.« Er setzte ein diesmal eher halbherziges Lächeln hinter seine Worte, dann fuhr er mit einem Seufzer wieder an. Ich dachte mir meinen Teil. Am heimatlichen Küchentisch mit den Kommissaren fachsimpeln und beim ersten Blaulicht den Flattermann kriegen.

Kurz darauf wollten wir in den Geometerweg einbiegen, standen aber völlig unvermittelt wieder im Blaulichtgeflacker eines quer gestellten Polizeiautos. Die Straße war gesperrt. Das fand ich nicht lustig. Nicht nach sechshundert Kilometern Autobahn. Karim schlug kurz gegen das Lenkrad. Dann stand auch schon ein Polizist neben unserem Auto, er lächelte streng, aber entschuldigend. Surrend ließ Karim das Fenster hinunter.

»Grüß Gott«, sagte der Polizist, wir nickten unübersehbar genervt, »es tut mir leid, aber hier können S' net weiter. Bitte machen S' die Zufahrt wieder frei.«

Wir wechselten einen fassungslosen Blick. Karim hob fragend die Hand. »Wie? Wir wohnen da vorne. Wir kommen grad aus dem Urlaub und würden gern nach Hause. Die Straße ist doch frei.«

Der Mann schüttelte unmissverständlich den Kopf. »Im Geometerweg erfolgen polizeiliche Ermittlungen. Es dauert sicher nicht mehr so lange. Fahren S' jetzt bitte zur Seite.«

Ich war mir nicht sicher, was da Amtsschimmel und was vernünftige Anweisungen waren. Auch Karim schüttelte den Kopf. »Dürfen wir wenigstens zu Fuß nach Hause gehen?«

»Nein, hier darf keiner durch. Bitte warten S' im Auto.«

»Nicht wahr«, murmelte ich leise und beugte mich dann über Karim hinweg zum Fenster. »Wer führt diese Aktion durch?« Ich lächelte möglichst charmant, um die Aufmerksamkeit des Polizisten zu bekommen. »Ist es zufällig Hauptkommissar Schmiedeler oder sein Kollege Sebastian Thannheimer?«

Der Mann schaute kurz überrascht um sich, dann blinzelte er ins Auto. »Hauptkommissar Schmiedeler, stimmt.«

Ich grinste und zückte mein Handy. »Danke.«

Auch Karim grinste. »Als Allgäuer würde ich jetzt sagen: Luder. Und das ist ein Kompliment.«

Vergnügt knuffte ich Karim gegen die Schulter, dann meldete sich Franz Schmiedeler. Er klang gestresst.

»Hi, Franz«, flötete ich ins Telefon, »hier ist Christiane. Du, wir kommen gerade aus Bonn zurück und stehen hier vor der Straßensperre am Geometerweg. Dein Kollege will uns nicht durchlassen. Meinst du, dass er bei uns eine Ausnahme von der Anweisung machen könnte? Wir sind echt kaputt von der Fahrt.«

Ich hörte ein Räuspern, dann einen leisen Seufzer, was mir

ein bisschen mein Gewissen rüttelte. »Servus, Chrissie.« Noch ein Seufzer. »Ja mei, klar könnt's ihr durch. Gib mir mal den Kollegen.«

Mit einem strahlenden Lächeln reichte ich das Handy durchs Fenster. »Hauptkommissar Schmiedeler möchte Sie sprechen.«

Verdutzt griff der Polizist das Handy, wechselte ein paar verwirrte Worte und gab mir das Handy zurück. »Ich mache Ihnen auf. Einen schönen Abend noch.« Karim nickte dankend, wir grüßten und rollten erleichtert den Rest der Strecke heim.

»Sauber, Mädel!«

»Danke.« Ich verdrehte die Augen, während ich meinen gegipsten Arm und mich aus dem Auto wuchtete. »Aber du weißt schon, wer heute Abend bei uns am Tisch sitzt, oder?«

Karim hob lachend unsere Taschen aus dem Auto. »Dann erfahren wir wenigstens aus erster Hand, was da am Bach passiert ist.«

»Ganz super. Ich bin so was von scharf drauf!«

»Nix da, Chrissie«, Karim drückte mir einen Kuss auf die Wange, »scharf bist du nur auf mich.«

Tatsächlich sahen wir keine Stunde später vom Wintergarten aus, wie in der zunehmenden Dämmerung der Polizeitross den Schauplatz verließ. Wir entspannten uns bei einem guten Rheinriesling, Karim hatte einen Topf voll Spaghetti gekocht, klassische Tomatensoße dazu. So warteten wir auf die Kommissare, die tatsächlich aus der weiterfahrenden Kolonne ausscherten und zu uns abbogen. Sie winkten schon aus dem Auto heraus.

»Bingo.« Ich prostete Karim zu.

Minuten später saßen sie bei uns am Tisch. Karim schaltete den Wärmestrahler an, und draußen brach die Nacht herein, die mich seit dem Toten im Moorteich schaudern ließ. Die beiden Kommissare sahen erschöpft aus, Sebi zudem noch immer nicht wirklich gesund. Er schniefte und hustete, und seine Stimme hatte ein rassiges Timbre.

Die Männer schaufelten Unmengen Spaghetti in sich hinein, sprachen dabei nur das Nötigste, während ich mich lieber an den Wein hielt. Auch ich war müde und spürte ein seltsames Gefühl von Heimweh in mir. Die letzten Tage mit Karim in Bonn waren so anders gewesen.

»Jetzt erzählt mal«, forderte Karim, als er Sebi die Reste der Soße aus dem Topf kratzte, »was ist am Überlaufbecken passiert?«

»Woher wisst's ihr das schon wieder?« Sebi schickte einen missmutigen Blick über seinen Tellerrand.

Karim tippte sich mit dem Finger ans Augenlid. »Wir sehen alles, Sebi.«

Ich drehte mich halb weg, überlegte kurz, ob ich den Tisch abräumen sollte, doch Karim legte in dem Moment, wo ich mich dafür entschied, seinen Arm um meine Schultern, also griff ich nach dem Weinglas.

»Wir haben euch von der Autobahn aus gesehen«, erklärte ich leicht muffelig. »War ja ein Großaufgebot.«

Schmiedeler beäugte mich aufmerksam, dann tätschelte er mir über den Tisch hinweg meinen gesunden Arm. »Ich kümmere mich um einen Termin beim Psychologen, Chrissie. Das wird dir guttun, bestimmt.«

Ich grunzte und wusste nicht, ob ich hoffen sollte, dass er seine Worte wahr machte, oder ob sie nicht besser nur heiße Luft bleiben sollten. »Danke, Franz.«

»Also?« Karim ließ nicht locker.

Schmiedeler tauschte einen kurzen Blick mit Sebi. Was der davon hielt, wenn er schon wieder aus dem Nähkästchen plauderte, war klar, trotzdem nickte sein Chef. »Ein Toter im Bach unter der Autobahn.«

Die Gänsehaut zog sich millimeterweise über meinen Rücken, kribbelte mit unnachahmlichem Grauen an meinem Nacken herum, rollte meine Arme hinunter. Atmen. Demonstrativ schaute ich weg. Aber die Dunkelheit des Waldes um uns herum war alles andere als ein Trost.

»Lasst mich raten«, hörte ich Karim, glühend vor Neugier, »der Tote ist Osteuropäer, vermutlich Tscheche, und ein Bodypacker?«

Die augenblickliche Stille am Tisch war bedrückend. Ich stellte mein Weinglas weg. Selbst daran war mir der Appetit vergangen.

»Und er starb entweder an einer Überdosis, oder er hat Bekanntschaft mit dem breiten Messer gemacht?«

Die Spaghetti in meinem Magen ringelten sich wie in einer Schlangengrube. Es war grässlich, was ein einziges Wort für Filme in meinem Kopf anschalten konnte: Messer.

Schmiedeler räusperte sich, Sebi wickelte umständlich die letzten Spaghetti um seine Gabel. »Mei«, Schmiedeler hielt Karim sein Weinglas hin, was Sebi mit einem Murren quittierte, »weischt … ja, der Tote ist wieder einer von Simmerers Tschechen. Dieses Mal war das Messer definitiv schneller als die Droge. Stich in den Oberbauch. Die Baucharterie wurde dabei durchtrennt. Durch den schockartigen Blutverlust war er innerhalb von Sekunden tot.«

»Hast du 'nen Obstler, Karim?« Mir war gegen jedes bessere Wissen nach etwas Stärkerem als dem Rheinwein. Nickend stand Karim auf, auch wenn er lieber gleich noch mehr Informationen erfragt hätte. Immerhin war ich ihm so viel noch wert. Das tat gut.

Mit vier Gläsern und dem guten Marillenschnaps kam er nur Augenblicke später zurück an den Tisch. »Hat der Simmerer ihn schon identifiziert, oder woher wisst ihr, dass der Tote einer seiner Arbeiter ist?« Die Gläser landeten klirrend vor uns, hastig goss Karim ein.

Schmiedeler schnupperte mit verzücktem Gesicht. »Herrgottsakra, Karim, feines Zeug hast du da.«

»Nur für meine besten Gäste.«

Schleimer, dachte ich, auch wenn er die beiden mochte. Wir kippten in einträchtigem Schweigen den Schnaps in unsere Kehlen. Genauso einträchtig schnauften wir durch. Der Schärfe im Rachen folgte wohlige Wärme. Ich seufzte.

»Der Simmerer nicht, aber sein Gorilla von Vorarbeiter«, antwortete Sebi, Karim demonstrativ sein Glas hinhaltend. »Rufen wir die Bereitschaft, Chef«, er blinzelte Schmiedeler frech an, während Karim sein Glas füllte, »oder diskutieren wir noch aus, wer von uns beiden fahrtüchtig ist?«

»Bereitschaft«, brummte Schmiedeler. Der Schalk in seinen Augen ließ ihn Jahre jünger erscheinen, und auch sein Glas füllte Karim großzügig. Ein Geizhals war er wirklich nicht. »So ein feines Schnäpsle lass ich mir nicht entgehen.«

»Habt's ihr den …« Karim runzelte nachdenklich die Stirn, »… Jiri … gleich herangepfiffen oder ihm vorhin wieder ein Foto gezeigt?«

»Rangepfiffen.« Sebi pfiff tatsächlich, was allerdings an dem

Schnaps lag. »Der ist hart im Nehmen, da braucht man nicht zimperlich sein.«

Ich nickte langsam. Ja, der Hüne machte tatsächlich den Eindruck, ein harter Kerl zu sein.

»Und war er dieses Mal kooperativer? Oder hat er wieder erst sehr lange nachdenken müssen, ob er den Kerl kennt?«

Ein nettes Frage-Antwort-Spiel. Immerhin klang es nicht grausig. Trotzdem hielt auch ich Karim mein Schnapsglas hin. Einer ging noch.

»Ohh …«, Schmiedeler lehnte sich entspannt zurück, »sehr kooperativ war er. Hat den Mann sofort erkannt als einen der Arbeiter, die er vor zwei Tagen in Prag abgeholt hat, als Ersatz für den toten Fliesenleger.«

Wäre ich mit einer bösen Zunge ausgestattet, hätte mir in diesem Moment mindestens ein pietätloser Spruch auf den Lippen gelegen. So ertränkte ich ihn im Marillenschnaps. Ein stiller Toast auf den toten Unbekannten.

»Ganz schöner Verschleiß«, sagte Karim prompt, und ich fragte mich nicht zum ersten Mal, ob er einfach meine verklemmte Boshaftigkeit auslebte.

»Ja, wohl wahr«, stimmte Sebi zu, »je nach Perspektive auch ganz schön teuer, denn da ist jetzt zum zweiten Mal Stoff für zigtausend Euro nicht zum Verkauf gekommen.«

Durchaus, dachte ich wieder und atmete tief durch, bei so einer Geschichte gab es vermutlich sogar welche, die es aus dieser Warte sahen. Wer mochte die Männer als Drogenkuriere angeheuert haben? Und wieso wurden sie so abgestochen, dass die Ware dabei verloren ging? Zumal auch der Bote futsch war. Irgendwie paradox.

»Dann liegt es ja fast nahe«, ich schaute nachdenklich in die Runde, »dass der Mörder nicht will, dass die Ware in Umlauf kommt.«

Die Männer starrten mich überrascht an.

»Sie spricht!« Karim lachte und entschärfte seine Worte mit einem Kuss. »Klingt logisch, Chrissie.«

»Respekt, Chrissie.« Schmiedeler prostete mir zu. »Genau so sieht es aus, und er will zusätzlich die Botenkette zerstören.«

»Liegt also nahe«, meldete sich Sebi, »dass der Mörder im direkten Umfeld des Auftraggebers zu suchen ist, denn ansonsten wüsste er ja nicht, wann und wo geliefert wird, wer als Bote unterwegs ist.«

In meinem Hirn ratterten die Fakten durcheinander. Auch Karim schien angestrengt zu denken, denn sein Obstler war auf halbem Weg zum Mund stehen geblieben.

»Moment …« Karim stellte das Glas wieder auf den Tisch. »Das würde insgesamt bedeuten, dass das Crystal, das ihr bei den Jungs gefunden habt, das Crystal aus dem Magen des ersten Toten ist und der Simmerer da irgendwie mit drinhängen muss, wenn jetzt tatsächlich ein zweiter Mann von ihm als Bote unterwegs war. Der hat ein Büro in Prag, der Simmerer.«

»Klar ist das erste Crystal identisch mit Ari Kostkas Überdosis. Sicher wird auch der Messerstich übereinstimmen.« Sebi rieb sich müde die Augen. »Ich bin ja auch der Meinung, dass wir uns an Joseph Simmerer halten sollten, aber mein Superchef glaubt's nicht.«

Schmiedeler schüttelte tatsächlich den Kopf. »Noi, der Simmerer steckt da nicht mit drin. Der hat nicht das Kaliber für Drogenhandel und schon gar nicht für Mord.«

»Dein letzter Mörder sah noch viel weniger nach dem aus, was er getan hat«, wagte ich einzuwerfen. Keiner hätte das damals gedacht.

»Stimmt, Chrissie«, Franz tätschelte mir wieder sanft den Arm, »und weil ihr mitmischt, könnte es tatsächlich so sein, dass es schwieriger wird. Beim Mord an Karl Waibel hätte ja auch keiner mit dem gerechnet, was rauskam.«

Ich sollte einfach meinen Mund halten. Dann würde ich mir solche unschönen Erinnerungen ersparen.

»Hey«, Sebi knuffte seinem Chef in die Schulter, »das klingt ja fast so, als hätte euch der Ermittlungsplauderer noch gar nicht auf den neuesten Stand der Dinge gebracht. Ich bin entsetzt, Schmiedeler.«

Franz brummte belustigt und hielt Karim erneut sein Glas hin. »Die beiden waren ja auch nicht da.«

»Aber dann jetzt mal ran, Franz.« Karim schenkte großzügig ein, und mir schwante, dass die Bereitschaft wenig Freude an Franz und Sebi haben würde.

»Ja mei«, Schmiedeler schlürfte genüsslich seinen Marillenschnaps, »war fast alles wie erwartet.«

»Fast?«

»Fast. Der Bursche, der sich bei Sebi gestellt hat, hat den toten Ari Kostka nach allen Regeln der Metzgerskunst geöffnet.«

»Woher wusste er denn, dass der Mann Drogen im Bauch hatte?« Das ging mir schon die ganze Zeit nicht ein.

»Mei«, der Kommissar schloss kurz die Augen, was vermuten ließ, dass die Marillen wirkten, »laut Aussage saßen die Burschen beim Feuer, waren alle schon recht betrunken, und plötzlich stolperte der blutüberströmte Mann aus dem Gebüsch. Er brach zusammen. Seine letzten Worte waren ›Crystal‹, ›Bauch‹ und ›schwarz‹.«

Eines der Worte passte nicht. Gänsehaut zog sich über meine Arme, ich schüttelte mich unwillkürlich.

»Ach, und daraufhin haben sich die Jungs gedacht, dass sie den Mann ja einfach ausräumen könnten?« Karim schien ehrlich schockiert. »Hey, wie sind denn die drauf?«

»Lebst du hinterm Mond, Karim?« Sebi drehte lässig sein Handy auf dem Tisch herum. »Eine Woche bei der Kripo, und du verlierst den Glauben an die Jugend und den Rest der Menschheit. Die sind alle irre.«

Ich hoffte inständig, dass Sebi seine Worte nicht mit Beispielen ausschmücken würde, mir reichte es, gemütlich hier am Tisch über gemetzgerte Leichen zu reden.

»Ja, das haben die sich in der Tat im Suff so gedacht. Erstaunlich, wie präzise der Kerl trotzdem gearbeitet hat. Dann hatten sie aber plötzlich die Drogen am Hals«, Schmiedeler schleckte den Rest des Schnapses aus seinem Glas und stellte es demonstrativ umgedreht hin. Er hatte genug. »Und mit den Drogen die Polizei und vermutlich auch denjenigen, der meint, dass das Zeug ihm gehört. Nicht lustig.«

»Was blüht den Jungs jetzt?« Karim schenkte sich und Sebi noch einmal ein, ich machte es wie Schmiedeler. Genug.

»Pfff.« Sebi klackte sein Glas an Karims. »Jugendstrafe, der Metzger ist minderjährig. Keiner ist vorbestraft. Die kommen glimpflich davon.«

»Ja, ja, die Jugendstrafen. – Ruf den Wagen, Sebi, es ist schon spät.« Schmiedeler stand schwankend auf. Sebi räusperte sich, und Karim und ich tauschten einen überraschten Blick.

»Lass mal, Sebi«, Karim rieb sich konzentriert hinter dem Ohr, »ich mache euch das Schlafsofa fertig. Ihr pennt besser hier, sonst heißt es noch, ihr habt ein Alkoholproblem.«

Ich starrte aus dem Schlafzimmerfenster, während Karim sich schon die Decke über die Schulter zog und vielsagend neben sich auf die Matratze klopfte. Draußen erleuchtete das Licht aus dem Wohnzimmer einen Teil des Gartens. Mir ging der schwarze Mann nicht aus dem Kopf. *Famous last words.* Etwas anderes konnte der sterbende Ari Kostka nicht gemeint haben. Schwarz.

Draußen war es auch schwarz. Draußen im Wasenmoos waren zwei Menschen auf brutale Art ermordet worden. Ohne die Bäume hätte ich die Stellen sogar sehen können. Wie damals in Oberstdorf überrollte mich die Obszönität dieser Tatsache. Vielleicht hatten Karim und ich genau in den Momenten miteinander geschlafen, gekocht, geredet, als die Männer in Todesangst das Messer blitzen sahen. Keiner konnte ihnen helfen.

Hätten die Jungs noch helfen können, anstatt den Mann aufzuschneiden? Wahrscheinlich nicht, aber einen Versuch wäre es doch wohl wert gewesen. Wie hätte ich gehandelt? Ich schloss die Augen und wendete mich vom Fenster ab. Müßig. Nur eines war klar, ich hätte den Mann nicht aufgeschlitzt.

»Erinnerst du dich an die letzten Worte dieses Kostka?«

Karim musterte mich überrascht. »Was?«

»Na ja, was er gesagt hat, bevor er starb.«

»Oh, Chrissie, ich bin müde und ziemlich abgefüllt. Komm ins Bett. Vielleicht schaffe ich noch eine halbwegs gute Nummer.«

Genervt glitt mein Blick über die verputzte Zimmerdecke. »Gleich. Der Mann hat ›schwarz‹ gesagt«, erklärte ich, wohl wissend, dass Karims Interesse an meinen Gedanken gegen null ging.

»Na ja«, er rappelte sich etwas auf, ließ dabei sexy die Daunendecke über seinen Brustkorb gleiten, »normalerweise sieht man ja ein weißes Licht, wenn man stirbt, aber vielleicht hat er sich gedacht, dass er wegen der Drogen in die Hölle kommt.« Er schmunzelte und lupfte einladend die Decke, aber ich wedelte nur abwehrend mit der gesunden Hand. Mir lag das auf der Seele, und ich wollte es loswerden. Warum konnte er mir nicht einmal zuhören?

»Es ist mir wichtig, Karim, dass du mir zuhörst!« Den Satz hatte ich mal irgendwo in einem Partnerschaftsratgeber gelesen. Angeblich sollte er Männer dazu bringen, ihren Frauen Aufmerksamkeit zu schenken. Jetzt würde sich ja zeigen, ob das der Realität entsprach. Karims Blick wurde jedenfalls spontan wacher, als er mich mit gerunzelter Stirn fixierte. »Alles okay, Chrissie? Haben wir ein Problem, von dem ich bisher nichts weiß?«

»Nein, noch nicht.« Aufmerksamkeit erhalten, ich grinste schief. »Als ich letztens bei der Frau Baur war, um den Mucki abzuholen ... du weißt schon, an dem Tag, an dem du eigentlich mit Schmiedeler wegen der Jugendbande bei ihr aufkreuzen wolltest ...?«

Karim bewegte unmotiviert die Schultern. »Ja, und?«

»Ja, da war das ja alles schon durch mit den Jungs.«

Er nickte. »Wird die Geschichte heute noch etwas, Chrissie? Komm auf den Punkt.«

Sehr witzig, dachte ich unwirsch, verkniff mir aber den passenden Kommentar. Denn im Gegensatz zu den meisten Männern fanden wir Frauen problemlos zum Ausgangspunkt der Story zurück. Wir beherrschten das Spiel mit Hölzchen und Stöckchen. Egal. Ich holte tief Luft, wusste ich doch nur zu genau, dass ich die Sache mit dem schwarzen Mann schon längst hätte erzählen sollen.

»Ich wollte nur, dass du weißt, was ich meine.«

»Ganz hirnlos bin ich nicht«, erwiderte er grinsend, »auch wenn Nina das dauernd behauptet. Was war also bei Frau Baur?«

»Die war sauer, dass ihr nicht gekommen seid. Sie zog mich in den Hausgang und flüsterte eine gruselige Geschichte vom schwarzen Mann, der nächtens durchs Wasenmoos rennt. Sie meinte, er sei nicht böse, aber auch nicht wirklich gut. Was immer das bedeutet.«

Fragend bewegte Karim eine Hand am Rand der Bettdecke und ließ sie dann sofort wieder im Warmen verschwinden.

»Der Typ, der uns vors Auto sprang, war auch schwarz gekleidet.«

»Ja, das war der flüchtende Metzgergeselle, wissen wir doch.«

»Unsinn!« Ich schüttelte den Kopf und kam langsam zum Bett. »Der hatte schwarze Sportklamotten an und die Kapuze über dem Kopf.«

»Meinst du, Metzger machen keinen Sport? Kann doch sein, dass der vom Training direkt zum Saufen gegangen ist und dann passend abhauen konnte. Immerhin war er ziemlich erschrocken, als die Scheinwerfer angingen. Damit hatte er nicht gerechnet.«

»Eben. Wäre es der Metzger gewesen, dann hätte dem klar sein müssen, dass noch mehr Polizei unterwegs sein musste. Aber der war völlig überrascht.«

Karim seufzte ergeben und hob erneut die Bettdecke an. »Wir sollten schlafen, bevor die beiden Bullen unter uns im Wohnzimmer das Schnarchen anfangen. – Willst du mit deinem wirren Gerede also zum Ausdruck bringen, dass dieser schwarze Mann der Mörder sein könnte?«

»Genau das!« Ich schlüpfte neben ihn ins warme Bett. »Du bist ein Blitzmerker, Karim.«

»Immer gern«, murmelte er und schlief im nächsten Moment ein. Das war es dann mit Sex. Einen weiteren Atemzug später drang von unten lautes Schnarchen zu mir hoch. Meine Augen brannten vor Müdigkeit. Der Tag war lang gewesen, aufregend, aber so würde das mit dem Schlaf nichts werden. Ein Königreich für ein paar Ohrenstöpsel.

ELF

Katerfrühstück mit drei Männern war genauso uninspirierend wie eine verschnarchte Nacht ohne Ohrenstöpsel.

Immerhin verabschiedeten sich die beiden Kommissare recht früh, um in Kempten die Pathologie aufzusuchen, die erste Ergebnisse erarbeitet hatte. Das tat dem Appetit der beiden aber keinen Abbruch, während mir bei dem Gedanken ans Leichenkühlhaus der Kaffee im Magen gärte. Ich sah Karim an, dass er die beiden nur zu gern begleitet hätte, aber zum Glück bot es keiner an, und er traute sich anscheinend nicht zu fragen.

»Was wohl ein Alkomat bei den beiden heute Morgen anzeigen würde?« Nachdenklich schaute ich dem Audi nach, den Sebi rasant auf den Geometerweg lenkte.

»Zu viel«, erwiderte Karim trocken. »Wir haben gestern Abend fast eine Flasche Marillenschnaps leer gemacht. Der versickert nicht so schnell.«

Ich murrte leise. »Zwei ungewaschene Männer im Auto übertünchen alle anderen Gerüche.«

»Du bist immer so feinfühlig, Chrissie.« Karim knibbelte liebevoll an meinem Gips herum. »Gehen wir jetzt zur Frau Baur? Mucki ausführen und uns die Geschichte vom bösen schwarzen Mann noch einmal erzählen lassen?«

»Gute Idee, wobei sie sich ja nicht sicher ist mit ›böse‹.«

Karim reichte mir meine Jacke aus dem Hausflur und schloss die Tür ab. Das tat er auch erst, seitdem es Tote gegeben hatte. Ich zog die Schultern hoch. Hoffentlich konnten die beiden Kommissare den Fall schnell lösen.

Frau Baur kruschtelte in ihrem Garten herum, Mucki lag auf dem Absatz vor der Tür und schlief. Karim rief schon vom Tor aus laut ihren Namen. Mit beiden Händen stemmte sie sich an ihrem Rollator hoch, der bedenklich wackelte. Die Augen zusammengekniffen, starrte sie uns entgegen.

»Karim, bist du das?«

»Ja freilich, Frau Baur, wer sonst?«

»Mei, bist du groß geworden.«

Irritiert schaute ich von Karim zu der alten Frau. Eine akute Wachstumsphase war in seinem Alter eigentlich nicht mehr zu erwarten.

»Unsinn, Frau Baur«, erwiderte er fast sanft, sich zu der Frau hinunterbeugend. »Ich wachse doch nicht mehr.«

»Ja, ja, ich war mit deiner Oma …«, sie rieb sich mit ihren erdigen Fingern über die Stirn, »… gestern, oder war es vorgestern … ach, egal. Mit deiner Oma war ich in der Stadt. Du musst dich mehr kümmern, Karim. Deine Oma wird alt. – Aber du bist wirklich groß geworden.«

Fassungslos hörte ich Frau Baur reden. Bisher war sie mir recht klar im Kopf erschienen. Karim nahm sie vorsichtig am Arm und platzierte sie auf dem Sitz des Rollators, sie lächelte kokett.

»Ich kümmere mich, Frau Baur«, er rubbelte ihr die Schulter, »gleich nachher schaue ich nach Oma, versprochen. Wann haben Sie denn gegessen und getrunken?«

Verunsichert schaute sie umher. »Ich weiß nicht, Karim. Ich habe Durst.«

Er seufzte und drehte sich zu mir um. Mich überraschte, wie aufmerksam Karim mit der Frau umging. Das gab ein paar seiner seltenen Pluspunkte.

»Chrissie, schau doch mal in der Küche, ob da Wasser oder Tee zu finden ist.«

Flüchtig nickend verdrückte ich mich ins Haus, wobei ich über den schlafenden Mucki steigen musste. Ein guter Wachhund.

Im Haus roch es etwas muffig, und es war recht kühl. Widerstrebend schaute ich mich um, drückte die erste Tür zur Linken auf. Die gute Stube, auf den ersten Blick ordentlich aufgeräumt. Die Tür geradeaus am Ende des Flurs führte vermutlich in die Küche. Altes, abgewetztes Resopal, das einstmals wohl weiß gewesen war. Ich seufzte, während ich die sudelige Plastiktischdecke anschaute. Ganz nebenbei roch es stark nach Mucki, was daran lag, dass in die Ecke beim Ofen ein extrem schmuddeliges Hundekörbchen gequetscht war. Ergeben hob ich meine eine Hand. Daran konnte ich nichts ändern. Aber vielleicht war es möglich, vor meiner Abreise der Frau Baur ein bisschen die Bude zu putzen.

Auf alles gefasst, zog ich die Tür des Kühlschranks auf. Es roch sauer. Der Tetrapak Milch platzte fast, daneben ein Glas

Gewürzgurken, ansonsten gähnende Leere. Warum kümmerte sich niemand um solche Menschen wie Frau Baur? Hatte sie Kinder? Wo waren die?

Etwas wie Wut stieg in mir hoch. Ich schlug den Kühlschrank zu und riss stattdessen eine Schranktür nach der anderen auf, in der Hoffnung, irgendwo Gläser zu finden. Überall lagen Packungen mit Medikamenten zwischen Tellern, Schüsseln, leeren Marmeladengläsern, Eierkartons, Plastiktüten, und endlich fand ich auch einfache Wassergläser.

Zur Sicherheit spülte ich eins davon erst einmal aus, ließ es dann volllaufen. Wer würde mich pflegen, wenn ich alt wurde? Die Erkenntnis, die mich an Frau Baurs schmutzigem Spülbecken überrollte, war nicht erfreulich. Es gab niemanden. Die Wahrscheinlichkeit, dass Karim und ich gemeinsam ein höheres Alter erreichten, ging gegen null. Darüber musste ich unbedingt nachdenken.

Wieder stieg ich über den noch immer schlafenden Mucki. Zur Sicherheit prüfte ich, ob der Hund überhaupt noch lebte. Als ich ihn leicht mit der Fußspitze anstupste, blinzelte er verwirrt. Das reichte.

Frau Baur saß jetzt neben Karim auf der Bank an der Hauswand und wirkte deutlich klarer. Ich reichte ihr das Wasserglas, sie trank gierig, während Karim und ich ratlos aneinander vorbeischauten.

Mit einem bittenden Blick streckte sie mir dann das Glas entgegen. »Fräulein, würden Sie mir noch etwas bringen?«

Ich lächelte gezwungen, obwohl es mich irgendwie gruselte und gleichzeitig mit tiefem Mitgefühl erfüllte. Es war offensichtlich, dass sie mich nicht als Chrissie erkannte.

Wieder dackelte ich ins Haus, suchte noch einmal nach etwas Essbarem. Hinter der Küchentür entdeckte ich die Tür zur Speisekammer. Kurz überlegte ich, ob ich mir das wirklich antun sollte, doch die Frau hatte sicher auch Hunger. Entschlossen öffnete ich die Tür. Immerhin kollerten mir keine verhungerten Mäusegerippe entgegen. Tief durchatmend ließ ich meinen Blick über die teils mit Spinnweben überzogenen Regalbretter gleiten, vollgestopft mit Sachen, die sicher irgendwann einmal Lebensmittel gewesen waren. Unmotiviert schob ich ein paar verstaubte Einmachgläser zur Seite, die undefinierbares Obst oder Gemüse enthielten, dahinter lag ein eingerissenes Paket Mehl, Konservendosen, die den vergilbten Etiketten nach noch aus dem Krieg hätten stammen können. Sofern sich Frau Baur noch an ihre Speisekammer erinnerte, konnte das tödlich sein. Angewidert drückte ich die klemmende Tür wieder zu, drehte den Schlüssel herum und steckte ihn ein. Einen Blick in den Hochschrank wollte ich noch riskieren, dann aufgeben. Wasser reichte erst einmal zum Überleben. Später mussten Karim und ich unbedingt ein paar unverderbliche Lebensmittel für die Frau einkaufen. Im Hochschrank fand ich eine Packung Kekse kurz vor dem Ablaufdatum. Sicherlich das Genießbarste in diesem Haus.

Draußen kämpfte sich die Sonne langsam durch den Hochnebel. Frau Baur lag in Karims Arm. Ein anrührendes Bild.

Schweigend reichte ich ihr das Wasserglas, während Karim die Kekspackung aufriss. Ein Geräusch, das sogar Mucki aufweckte. Ich notierte Hundefutter auf meinem ungeschriebenen Einkaufszettel. Einträchtig kauten wir vier an den Keksen.

»Frau Baur?« Karim rieb ihr die Schulter. »Die Chrissie hat mir erzählt, dass hier nachts ein schwarz gekleideter Mann herumrennt und Sie den gesehen haben, erinnern Sie sich?«

Krümel fielen der alten Frau in den Schoß, während sie offensichtlich angestrengt nachdachte. Ihr fragender Blick fiel auf mich. »Ich bin Chrissie, Frau Baur«, erklärte ich ruhig, »ich bin mit dem Mucki spazieren gegangen.«

Sie nickte, und ihr Gesicht erhellte sich. »Ja mei, Sie haben für Karim Kuchen mitgenommen.«

Bingo, dachte ich, an was man sich erinnern konnte.

»Stimmt, der war lecker.« Wieder rubbelte Karim an ihr herum, als könnte das ihr durcheinandergeratenes Gedächtnis wieder in die Reihe bringen.

»Ja, der schwarze Mann«, sie wackelte eifrig mit dem Kopf, »der Mucki mag den fei nit. Der läuft hier nachts umeinander, manchmal. Aber er hat mir versprochen, dass er mit dem Herrn Simmerer über mein Haus redet und alles gut wird. Vielleicht kann ich mit dem Mucki doch noch etwas hierbleiben.«

»Das klingt doch super, Frau Baur. Wann haben Sie ihn denn zuletzt gesehen?«

Unübersehbar war das die falsche Frage, denn das Gesicht

der alten Frau verschloss sich, sie ruckte ihre Schultern hoch. »Eigentlich darf ich gar nicht darüber reden, hat er gesagt. Also, was fragst du so, Karim?«

Sie wusste es nicht mehr. Es hätte gestern gewesen sein können oder vor drei Monaten. Trotzdem fand ich es ziemlich interessant, dass der schwarze Mann sich einbildete, auf Simmerer Einfluss nehmen zu können. Ob er vielleicht sogar mit tschechischem Akzent sprach?

Karim ruderte gleich zurück, reichte Kekse und lächelte.

»Wir verraten das auch nur dem Kommissar Schmiedeler«, erklärte er bestimmt, »sonst niemandem. Aber der muss das wissen.«

Sie zog wieder die Schultern hoch. »Wirklich?«

»Wirklich.« Karim lächelte beruhigend. »Die Chrissie und ich nehmen jetzt den Mucki für einen Spaziergang mit, und Sie bleiben schön hier in der Sonne sitzen und ruhen sich aus. Versprochen, Frau Baur?«

Sie nickte halb überzeugt. »Aber der Kommissar verrät mich nicht, oder?«

»Garantiert nicht, Frau Baur.« Karim stand auf, während ich Mucki am Halsband fasste und hinter mir herzog. Ich winkte, und sie wedelte scheu mit der Hand zurück.

Langsam traten wir auf den Geometerweg hinaus. Die Sonne gewann an Kraft, Tau glitzerte auf den Gräsern, die ersten Löwenzahnblüten neigten sich der Sonne entgegen. Frühling.

»Wir müssen uns unbedingt um die Frau kümmern, Karim!« Ich deutete mit dem Kopf hinter uns. »Die Speisekammer ist ein Museum für Lebensmittel, der Kühlschrank leer. Wer weiß, wann die zuletzt gegessen und getrunken hat.«

Er bewegte ausweichend die Hände. »Wir können uns nicht den ganzen Tag um sie kümmern. Bei meiner Oma habe ich das versucht.«

Skeptisch linste ich zur Seite. »Willst du sie etwa weiterhin sich selbst überlassen, oder was?«

»Nein, aber viel werden wir nicht ausrichten können. Sie hat, soweit ich weiß, keine nahen Verwandten mehr.«

»Einkaufen und bei Gelegenheit mal sauber machen wäre doch fürs Erste schon was.«

Karim seufzte ergeben.

Schweigend schlenderten wir Richtung Autobahn, wohin auch sonst? Mir war auch klar, dass Karim links abbiegen würde, dorthin, wo gestern die Blaulichter geflackert hatten und Hauptkommissar Franz Schmiedeler einen weiteren Toten registrieren musste. Das Überlaufbecken der Füssener Achen war halb voll, obwohl die Schmelzwasser, die zu Hochwasser führten, laut Karim schon länger vorbei waren. Ein paar Spatzen badeten am Rand des Beckens, und Mucki rutschte halb hinein, als er versuchte zu trinken. Sollte er nur nass werden, dachte ich, nasser Hund konnte nicht schlimmer riechen, als er es eh schon tat.

Schweigend umrundeten wir das Becken, bis wir an der niedrigen Hecke beim Überlaufkanal auf den flachen, ausgewaschenen Uferbereich der Achen sahen, die keine zwei Meter weiter durch die Röhre unter der Autobahn Richtung Forggensee weiterfloss.

Die Uferstelle war mit Polizeiflatterband abgesperrt, aber auf den ersten Blick ließ nichts darauf schließen, dass hier ein brutaler Mord geschehen war. Seufzend drehte ich mich zur Sonne, die warm auf mein Gesicht schien, während Karim weiterhin den Matsch musterte.

»Warum hier, Chrissie?«

Ich schaute nur kurz über die Schulter. »Warum überhaupt? Ich finde es reichlich unsinnig, über einen Tatort zu spekulieren, wenn die Tat an sich schon grundlos ist. Hast du schon mal jemandem eine Spritze gegeben, Karim?«

Irritiert schüttelte er den Kopf. »Ja, doch … meiner Oma, der habe ich zuletzt Insulin spritzen müssen. Wieso? Was hat das mit dem Mord und diesem Tatort zu tun?«

»Na ja, ganz einfach. Ich finde es schon einen Akt der Selbstüberwindung, einem anderen Menschen die Nadel einer Spritze durch die Haut zu jagen, wie muss man also drauf sein, wenn man jemandem ein Messer in den Bauch rammt?«

Karim schnaufte und drehte sich ebenfalls um. Kurz blinzelte er in die Sonne. »Ja, wie muss man drauf sein? Ziemlich übel, würde ich sagen.«

Mit einem Seufzer hockte er sich an den Rand des Überlaufbeckens, in dessen Wasser die Sonnenstrahlen funkelten. Geblendet schloss ich die Augen, während ich mich neben ihn auf die warmen Steine setzte. Einladend hob er den Arm, und ich kuschelte mich an ihn.

»Also, was meinst du, Chrissie? Warum musste es zwei Tote geben?«

»Gemusst hat's das sicher nicht«, erwiderte ich ungnädig.

Karim verdrehte die Augen. »Okay. Dann sag mir, was du über das Motiv denkst, ganz unabhängig davon, ob du Mord nachvollziehen kannst oder nicht.«

»Kann ich nicht. Aber gut, wir kommen da ja eh schon wieder nicht mehr raus.«

Ich roch Mucki, bevor er sich ungeniert zwischen uns drängte. Trotzdem war der warme Hund seltsam tröstlich. Ich kraulte ihm seine schmierigen Ohren. »Für Mucki müssen wir Hundefutter kaufen, wer weiß, wann der zuletzt gefressen hat und was.«

»Lenk nicht vom Thema ab, Chrissie«, lachte Karim leise. »Mucki bekommt Hundefutter und ich deine Gedanken.«

»Gut.« Nachdenklich schaute ich über das Wasserbecken. »Mörder Nummer eins ist Teil des Handels. Er soll die Kuriere hier in Füssen in Empfang nehmen, Ware einkassieren und den Kurier, weil ein gefährlicher Zeuge, aus dem Weg räumen.«

Karim bewegte ausweichend die Schultern. »Hast du auch eine Möglichkeit Nummer zwei?«

»Habe ich. Mörder Nummer zwei ist ein Trittbrettfahrer, der irgendwoher weiß, dass Simmerers Arbeiter als Bodypacker die Grenze passieren. Und bei Nummer drei würde ich auf einen Menschen tippen, der aus Hass mordet. Hass auf die Droge und denjenigen, der sie transportiert. Deswegen kann der auch so unbarmherzig das Messer gebrauchen.«

Ich verdrängte die Ungeheuerlichkeit meiner Worte, lieber kraulte ich weiche Hundeohren und schaute der Sonne beim Scheinen zu. Trotzdem konnte ich das leise Knattern des Flatterbandes in unserem Rücken nicht ausblenden. Dort war jemand gewaltsam gestorben.

Karim schnaufte leise. »Warum sollte Mörder eins seine bewährten Kuriere umbringen? Dann muss er ja immer wieder neue finden. Und wie passt da der Simmerer rein?«

»Der Simmerer passt eigentlich gar nicht rein. Bei dem geht es mir wie Franz, ich glaube nicht, dass der zum Drogendealer taugt und eigentlich auch nicht zum Mörder. Aber ich glaube auch, dass es immer und überall Menschen gibt, die für Geld alles transportieren. Sogar in Ländern, wo auf so etwas die Todesstrafe steht. Und bei uns gibt es schlimmstenfalls einen kurzen Besuch in der JVA. Kein besonders abschreckender Gedanke für Menschen, die viel in Kauf nehmen, um nach Deutschland zu kommen.«

»Oh Chrissie«, genervt rutschte Karim auf dem Beton herum, »du bist heute mal wieder gnadenlos moralisch und ehrlich.«

»Du hast mich gefragt, Karim, also ertrag auch die Antwort. Davon abgesehen bietet Simmerers Firma eine prima Deckung. Wer weiß, wie oft der blaue Transit an der Schleierfahndung vorbei mit Drogen die Grenze passiert hat?«

»Deswegen kann ich mir auch nicht vorstellen, dass der Makler davon nichts weiß. Was deine Theorie von Mörder eins und zwei unlogisch macht, ist, dass bei beiden Morden die Ware zerstört wurde. Was soll das bringen, wenn ich das Messer an der Stelle in den Bauch ramme, wo das Zeug baumelt? Da ist jedes Gramm bares Geld. Nein, dann eher der Drogenhasser. Das klingt plausibel. Der metzelt das Crystal und den Kurier. Fragt sich nur, woher er weiß, wann und wer als Bodypacker unterwegs ist.«

»Womit wir dann beim schwarzen Mann wären.« Ich atmete tief durch. Die entsetzten Augen mit der schwarzen Kapuze drängten sich so hartnäckig in meine Erinnerung wie damals die toten Augen von Severin Huber.

Karim wackelte abwägend mit dem Kopf. »Ich weiß nicht, Chrissie. Nach wie vor glaube ich, dass uns der flüchtende Metzger vors Auto gesprungen ist. Wobei der Typ von Frau Baur wieder eine Verbindung zum Simmerer herstellen würde. Der müsste ja dann irgendetwas in der Hand haben, was den Simmerer dazu bewegen würde, der alten Frau entgegenzukommen. Wenn Simmerer im Drogenhandel ist und der schwarze Mann das weiß, dann kann er alles erpressen, wäre aber auch als Opfer interessant.«

»Stimmt.« Joseph Simmerer war ohne Frage ein unangenehmer Mensch, ein windiger Immobilienmakler, ein moderner Sklavenhalter. Sollte ich mich geirrt haben? Meine Menschenkenntnis in Sachen Mörder hatte bisher immer versagt. »Dann müssen wir Franz und Sebi unbedingt von dem Mann erzählen. Wer weiß, wann Simmerer wieder Arbeiter als Bodypacker aus Prag einschleust und es einen weiteren Toten gibt.«

»Ich rufe Franz nachher an. Aber jetzt bringen wir den Mucki heim und besorgen der Frau Baur ein paar Lebensmittel.«

ZWÖLF

Karim kam mit zwei großformatigen Briefen in der Hand durch den Flur zu mir in den Wintergarten. Unübersehbar war das keine Post von der Lottogesellschaft mit der Ankündigung eines Millionengewinns.

»Was zuerst?«, knurrte er, je einen Brief hochhaltend. »Teufel oder Beelzebub?«

»Beelzebub«, sagte ich, »der ist nur der Handlanger.«

»Das kommt noch auf.«

Er ließ sich auf einen der Gartenstühle fallen und riss den ersten Brief auf. Ich sah das Logo der Steuerkanzlei.

»Danke, Nina«, murmelte er, die Zeilen überfliegend, »super gemacht.« Er ließ den Brief sinken und schaute mich an. »Das Haus kann nicht mehr für die Einlage der GmbH herangezogen werden, weil es wertlos geworden ist und die Bank mir die Grundschuld kündigt. Da hat Nina mal wieder ganze Arbeit geleistet. Die kann einfach nicht ihr Maul halten.«

Mein Hirn ratterte ein paar Sekunden, bis mir klar wurde, was das genau bedeutete. Karim musste irgendwoher fünfundzwanzigtausend Euro bekommen.

»Meinst du wirklich, sie hat dem Steuerberater und der Bank mit Absicht erzählt, dass dein Haus abgerissen werden soll?«

Er zuckte die Schultern. »Woher sollte der das sonst wissen? Ich habe es nicht herumposaunt.«

»Gut. Es ist nur Geld. Das kriegen wir hin. Was ist mit dem anderen Brief?«

»Grundbuchamt der Stadt Füssen. Der Teufel.«

Trotzdem riss Karim den Brief auf. Sein Gesicht war seltsam hart, als er das mehrseitige Schreiben überflog. Dann schaute er mich verwirrt an. »Ich versteh da wahrscheinlich etwas total falsch, Chrissie. Lies mal.«

Er reichte mir die Blätter mit dem Wappen der Stadt Füssen im Briefkopf. Wieder eine Verfügung. Dieses Mal hieß es allerdings nicht, dass Karims Haus abgerissen werden sollte, sondern im Bestand geduldet würde, sofern die Auflagen zu Abwasserentsorgung und Naturschutz erfüllt würden. Diese Duldung sollte dann für die nächsten achtzehn Jahre gelten.

»Ist das Haus am Kanal angeschlossen, oder hat es eine vernünftige Sickergrube?« Ich schaute ihn hektisch blinzelnd an.

Er nickte. »Klar, wir haben eine vom TÜV abgenommene Sickergrube, die regelmäßig gewartet und geleert wird, ökologisch einwandfrei. – Also, habe ich das alles richtig verstanden? Kein Abriss?«

Ich nickte. »Kein Abriss, Karim. Der Teufel war doch nur der Beelzebub, und die Einlage ist kein Thema mehr.«

Er schnaufte und ließ sich demonstrativ im Stuhl nach unten gleiten. »Eigentlich bräuchte ich jetzt einen Schnaps.«

»Ruf Sebi und Franz an, dann säufst du wenigstens nicht allein.«

»Ich will gar nicht saufen. Jetzt kann der Simmerer uns ein gutes Angebot für das Haus machen, und ich bin Nina und die GmbH los. Das läuft ja fast perfekt.«

»Hoffen wir, dass es so bleibt.«

Karim grinste. »Klar bleibt das so, und wir suchen uns gemeinsam was Hübsches.«

»Eins nach dem anderen.«

»Genau, deswegen rufe ich jetzt den Simmerer an.«

Er zog tatsächlich sein Handy aus der Tasche und wählte Simmerers Nummer. Ich hörte eine Stimme, konnte aber nichts verstehen. Karim strahlte.

»Servus, Herr Simmerer«, er klang triumphierend, »hier ist Karim Miller. Haben S' kurz derweil für mich?«

Anscheinend hatte der Makler Zeit. Gemütlich rutschte Karim sich in seinem Stuhl zurecht. »Ich habe heute Post von der Stadt Füssen bekommen, und raten Sie mal, was mit meinem Haus passiert.«

Wieder murmelte Simmerers Stimme Unverständliches, wieder grinste Karim. »Falsch«, hörte ich ihn sagen und Sekunden später: »Noch mal falsch. Möchten Sie es wissen?«

Rätselraten unter Erwachsenen fand ich meistens ziemlich albern, dieses Gespräch war da keine Ausnahme, trotzdem freute ich mich an Karims Übermut.

»Na gut, Herr Simmerer.« Jetzt fing er an zu übertreiben, ich verdrehte die Augen. »Ich sag's Ihnen. Mein Haus bleibt geduldet im Bestand. Für die nächsten achtzehn Jahre. Wollen Sie es immer noch haben? Jetzt würde ich nämlich verkaufen.«

Der Tonfall im Handy änderte sich, und Karim schaffte es tatsächlich, noch breiter zu grinsen. »Gut, dann kommen wir morgen gegen elf zu Ihnen ins Büro. Servus, Herr Simmerer.«

Mit Siegerpose schepperte er sein Handy auf den Tisch. »So gut wie verkauft!«

»Ruhhhiggg.« Warum musste der Kerl dauernd übers Ziel hinausschießen? »Was will der Simmerer trotz Duldung mit diesem Haus?« Vieles an diesem Makler ging mir einfach nicht ein. Was hatte er mit den Häusern oder den Grundstücken vor?

»Mir egal! Und wenn er hier irgendwann meditativ Torf stechen möchte.« Behände sprang er auf. »Irgendwo im Kellerloch muss noch die Flasche Champagner liegen, die Nina ursprünglich zu meinem Heiratsantrag aufmachen wollte, der nie passiert ist.«

Ungläubig starrte ich ihm nach. Das war jetzt nicht sein Ernst?

»Wag es!«, brüllte ich ihm nach. »Musst du eigentlich jede Geschmacklosigkeit ausprobieren?«

Tatsächlich blieb er im Wohnzimmer stehen und drehte sich um. »Was? Champagner ist nicht geschmacklos, sondern total lecker.«

Erbarmen. Ich schlug demonstrativ die Hände vors Gesicht. »Es geht um den Grund für diesen Champagner«, stöhnte ich, »du kannst doch nicht mit mir euren Verlobungs-Champagner trinken.«

»Doch, klar kann ich das«, erwiderte er unbeeindruckt, »und jetzt erst recht, wo Nina mich erneut in die Pfanne hauen wollte.«

Okay, ein schwindliges Argument, aber müßig, darüber zu diskutieren. Vielleicht sollte man einfach nicht fragen, woher der Champagner stammte, sondern still genießen.

Triumphierend lächelnd tauchte Karim mit der Flasche und zwei langen Sektflöten in der Hand wieder auf. »Ein Piper-Heidsieck, das Mäuschen hat sich nicht lumpen lassen, und genau temperiert.«

»›Mäuschen‹ ist ein so verfehlter Kosename für Nina.« Skeptisch betrachtete ich die Flasche, die seit Mitte letzten Jahres im Keller auf glücklichere Zeiten gewartet hatte.

»Mag sein«, erwiderte er, am Verschluss der Flasche fummelnd.

»Sie schaut halt aus wie eine Spitzmaus und hat die Haarfarbe einer Spitzmaus. Das passt, und man konnte sich wenigstens für einen Moment einbilden, dass sie ein nettes Mädchen ist.«

Mausfarbene Haare? Irritiert ließ ich Ninas aparte goldblonde Erscheinung vor meinem inneren Auge herumtanzen. Mausig war da nichts. Hätte er »Gazelle« oder »Gepard« auf sie verwendet, wäre mir das wirklich eingegangen, aber keine Maus. Eine Maus war eher ich. Aber das würde ich ihm jetzt nicht sagen.

»Na ja, irgendwann hast du sie ja sicher mal für ein nettes Mädchen gehalten, sonst wäre das vermutlich nichts mit euch geworden, oder?«

»Nett fand ich sie nie«, erwiderte Karim ungerührt, während er den Korken lockerte, »ich fand sie immer nur rattenscharf, womit wir dann wieder bei den Nagetieren wären. Leider hat die Optik nie gehalten, was sie versprochen hat. Du hast wesentlich mehr Charisma und Ausstrahlung.«

Der Korken flog mit einem lauten »Plopp« halb über den Tisch, Schaum strömte sanft aus dem Flaschenhals. Karim leckte ihn ab und strahlte. Es war hoffnungslos. Allerdings hatte er in diesem Fall recht, rattenscharf war Nina wirklich. Dafür war unser Sex sehr erfüllend.

Karim schenkte ein, gleichzeitig klingelte sein Handy, das er wie immer in seiner Gesäßtasche stecken hatte. Er fluchte leise und schaute mich fragend an. Ich zuckte ergeben die Schultern. Ein Anruf konnte immer auch ein Auftrag sein.

Also stellte er die Flasche ab, grabbelte nach seinem Handy. »Servus, Franz«, sagte er unüberhörbar genervt, »was gibt's? Ich mache den Lautsprecher an, Chrissie und ich sitzen gerade gemütlich auf der Terrasse.«

Den Champagner ließ er weg, sonst hätten wir den Strohwitwer-Kommissar vielleicht recht bald zu Gast gehabt.

»Servus, Chrissie«, tönte es leicht blechern, »der Sebi hat mir eine komische Nachricht von euch auf den Schreibtisch gelegt. Es geht da um eine schwarze Wanne?«

Ich schmiss fast meine Sektflöte von mir, als ich die Worte hörte, Karim starrte mich überrascht an, dann prustete er. Nur gut, dass wir den Mund noch nicht voller Champagner hatten. Es wäre schade drum gewesen.

»Wie?«, japste Karim. »Was hat er aufgeschrieben?«

Schmiedeler schien verwirrt. »Na ja, er hat mir aufgeschrieben, dass du ihm auf seine Mailbox gesprochen hast, wo es um eine schwarze Wanne geht, und dass es etwas mit den Mordfällen zu tun haben könnte.«

Ich war fassungslos. Wenn es schiefläuft, dann richtig. Zuerst hatte keiner auf unsere Nachricht reagiert, und dann hatten sie es auch noch akustisch verbockt.

Karim atmete tief durch. »Ist jetzt nicht wahr, oder? Hey, Franz, das war eine wichtige Info.«

»Mei …«, das eine Wort reichte, um Schmiedelers Zerknirschung zum Ausdruck zu bringen, »… ich habe mich ja auch gewundert.«

Ich hob ergeben die Hände. Ermittlungspannen.

»Es sollte schwarzer Mann heißen, Franz«, erklärte ich trocken und stellte mein Glas weg. Für das Thema war der Champagner zu schade.

»Oh … und?«

»Ein Hinweis auf einen möglichen Verdächtigen wäre es auch gewesen«, fügte Karim hinzu.

Wieder kam nur Stille aus dem Handy. Auch Karim stellte sein Glas zurück auf den Tisch. »Ich erklär's dir aber trotzdem noch einmal, Franz. Wir wollen ja die Ermittlungen der Polizei nicht behindern.«

Den zweiten Satz hätte er sich sparen können, aber schaden tat er auch nicht. Sowohl Schmiedeler als auch Sebi waren derzeit irgendwie nicht so ganz bei der Sache.

»Dann schwätz halt endlich, Karim.« Schmiedeler hatte die Ansage also nicht gefallen.

»Als wir an dem Abend, wo ihr die Jungen am Lagerfeuer eingefangen habt, im Auto saßen, sprang uns ein schwarz vermummter Mann vor die Scheinwerfer. Der war ziemlich erschrocken, uns zu sehen. Wir dachten damals, dass es der Metzger gewesen sei. Dann sprach aber auch die alte Frau Baur, von der der Tipp mit den Jungs kam, von einem schwarzen Mann, der nächtens durchs Wasenmoos streunt. Er hat ihr versprochen zu helfen, damit der Simmerer ihr das Haus lässt. Wir vermuten nun, dass es da eine Verbindung zu den Drogen geben könnte. Demnach könnte der

Simmerer sehr wohl in den Handel verwickelt sein. Vielleicht ist aber auch der schwarz gekleidete Mann der Mörder oder einer der Dealer.«

Dieses Mal war die Stille im Handy eher genervt. Dann hörten wir einen Seufzer. »Ehrlich, Karim«, Schmiedeler klang müde, »du weißt, dass ich deine Intuition sehr schätze, aber ihr glaubt doch nicht im Ernst, dass wir jetzt nach einem nächtlichen Spaziergänger suchen? Der ominöse dritte Mann, der große Unbekannte. Bitte, Karim, verschone mich. Ich habe wirklich viel zu tun.«

»Dann halt nicht, Franz«, erwiderte Karim lässig, während ich doch etwas angefressen war. »Ihr werdet den Fall schon lösen. Servus dann.« Ohne eine Miene zu verziehen, wischte er über den Button »Beenden« und schob das Handy zur Seite.

»Wer nicht will, der hat schon.« Galant reichte er mir mein Glas. »Wir haben noch nicht, Chrissie, aber jetzt und ohne jeden Stress. Prost. Auf unsere Zukunft, mit der ich nie gerechnet hätte.«

Perfekt formuliert, dachte ich, denn Karim war so ungefähr das Letzte, was ich mir für die Zukunft vorgestellt hatte. Aber ich wollte keine Sekunde mehr ohne ihn sein.

»Prost. Auf uns.«

DREIZEHN

Champagner hat etwas extrem Erotisches an sich. Wir hatten einen phantastischen Abend und eine wunderbare Nacht. Selbst beim Frühstück am nächsten Morgen schwang noch etwas vom Verlobungsschampus in uns nach.

Gegen halb zehn fuhren wir gemütlich in die Stadt. Karim hatte alle Unterlagen des Hauses in seine Angebotsmappe gepackt, sich selbst schick in Schale geworfen. So schlenderten wir durch die Altstadt, starrten zum Hohen Schloss hinauf, der ehemaligen Residenz der Fürstbischöfe von Augsburg, machten Pläne für einen Besuch auf Neuschwanstein und Schloss Linderhof und hockten uns bei strahlendem Sonnenschein für eine gute halbe Stunde auf dem Marktplatz in ein Café in die Sonne. So fühlte sich Urlaub an.

Ich blinzelte in den Himmel, beschattete meine Augen zusätzlich mit meiner heilen Hand, was mich dann aber am Kaffeetrinken hinderte. Leicht angefiest erinnerte ich mich daran, dass ich mir trotz meiner wiederholten Besuche im Allgäu mit seiner starken Bergsonne immer noch keine vernünftige Sonnenbrille gekauft hatte.

Karims Blick unter seiner Sonnenbrille streifte mich von der Seite. Ich sah sein Grinsen, als er mit einer lässigen Bewegung die Brille von der Nase hob und mir reichte. »Ich will dich ja noch länger faltenfrei haben, Chrissie.«

Hastig griff ich sie mir, bevor er es sich anders überlegte. »Warum plötzlich so gütig, Karim?«

»Weil Nina da vorne über den Platz stakst und ich mir den Anblick gern ersparen möchte. Sonst vergesse ich womöglich meine gute Erziehung.«

Überrascht starrte ich in die Richtung, in die sein Zeigefinger winkte. Tatsächlich sah ich Nina wie immer mit unbeschreiblichem Sex-Appeal über den Marktplatz schlendern. Sogar Frauen drehten sich nach ihr um.

»Es wird Zeit, dass einer von uns beiden den Wohnort wechselt«, knurrte Karim weiter, »Füssen ist zu klein für uns beide. Lass uns gehen, Chrissie, mir wird sonst schlecht.«

Das klang ungewohnt böse. Karim war ja nie eine Ausgeburt an Takt gewesen, aber falls Nina tatsächlich dafür verantwortlich war, dass die Bank von der Abrissverfügung Wind bekommen hatte, dann konnte ich ihn sogar verstehen. Seufzend trank ich meinen Cappuccino aus, während Karim schon ungeduldig schnippend stand.

Ich reichte ihm seine Sonnenbrille. »Gehen wir.«

Ein paar Minuten zu früh erreichten wir das Büro von Joseph Simmerer. Er bemerkte uns durch das Schaufenster und winkte uns herein. Mit überschwänglich ausgebreiteten Armen öffnete er uns die Tür.

»Nur herein, ihr Glückspilze!«, rief er. »Da habt's ihr wohl den Großen Preis der Stadt Füssen gewonnen, wie?«

»So groß ist der sicher nicht«, entgegnete Karim und stellte damit klar, dass er Simmerers Show reichlich albern fand. »Es sei denn, Sie wollen mir richtig Geld für meine Hütte geben. Das wäre natürlich super, Herr Simmerer.«

Simmerer tat, als fände er das einen total guten Witz, schlug Karim lachend auf die Schulter. »Immer schlagfertig, der Herr Miller … oder darf ich Karim sagen?«

Karim verzog das Gesicht. »Geschäftlich immer per Sie, Herr Simmerer. Das macht es leichter.«

Schau her, dachte ich amüsiert. Sonst war Karim nicht so kleinlich.

»Natürlich, Herr Miller«, der Makler betonte den Namen überdeutlich, »nehmen S' doch bitte Platz. Kaffee, Saft, Wasser oder lieber etwas Stärkeres?«

Karim rückte mir einen Stuhl zurecht, auf den ich mich angespannt fallen ließ. Noch immer hatte ich versäumt, Karim von meinem ungeplanten Besuch beim Makler zu erzählen, und ich hoffte, dass der Mann so diskret war, ihn jetzt nicht zu erwähnen.

»Ein Wasser nehme ich gern«, hörte ich Karim sagen, und ein fragender Blick streifte mich. Ich bewegte ausweichend die Schultern. Eigentlich war mir nach nichts.

»Oh, die junge Dame schaut aus wie jemand, der heiße Schokolade liebt, nicht wahr, Frau Berg?«

Angespannt verzog ich das Gesicht zu etwas, was ein Lächeln

sein konnte. Ratte, dachte ich, wag es. »Nein, danke«, erwiderte ich dann eisig, »aber ein Wasser würde ich auch gern nehmen.«

Karims Augen wanderten verwundert zwischen uns hin und her, aber er sagte nichts.

»Wie Sie möchten«, Simmerer schmunzelte, »zwei Wasser. – Jakob!«

Der Name schepperte überlaut durch das Büro, ich zuckte unwillkürlich zusammen, auch Karim ruckte auf seinem Stuhl. Musste man so brüllen?

Lange, peinlich stille Sekunden geschah nichts.

»Jakob!«, herrschte Simmerer wieder und sprang halb zur hinteren Tür. »Ja, sitzt du wieder auf deinen Ohren?«

Fast prallte er mit einem jungen Mann zusammen, der eben um die Ecke geschossen kam. »Wie immer nicht, Vater.«

Etwas an der Gestalt kam mir unangenehm bekannt vor.

»Bring zwei Flaschen Wasser, Gläser und die Akte vom Geometerweg 60, Karim Miller.«

Fast lag mir ein »Zack, zack!« auf den Lippen. Der junge Mann drehte ohne eine Antwort ab und verschwand in den Tiefen des Hauses.

Karim blies die Wangen auf. Auch ich fühlte mich nicht so ganz wohl. Interessant, dass es bereits eine Akte zu dem Haus gab. Herr Simmerer plante seine Transaktionen offensichtlich sehr genau. Ob er so auch im Drogenhandel agierte, wenn er daran beteiligt war? In diesem Moment erschien mir das nicht mehr so abwegig. Der Kerl war gewieft wie ein Straßenköter.

Betont entspannt ließ Simmerer sich in seinen Bürostuhl fallen, der sich dabei leicht drehte. »Wirklich, Herr Miller«, der Makler verschränkte die Arme hinter seinem Kopf und lächelte uns anbiedernd zu, »ich freue mich sehr, dass wir doch noch ins Geschäft kommen. Ihr Häuschen ist ein Schmuckstück, und Sie werden es nicht bereuen, wenn Sie an mich verkaufen.«

Skeptisch schielte ich zu Karim. Wollte der Makler das Haus tatsächlich haben? Oder saß ich da mal wieder einer ausgebufften Strategie auf?

Karim wiederum übte sich in noch mehr Lässigkeit. »Wenn der Preis stimmt, verkaufe ich an jeden.« Das war dann auch ansatzweise unverschämt, aber Simmerer grinste unverdrossen.

»Aber, aber, Herr Miller«, erwiderte er mit einem flüchtigen Seitenblick zur hinteren Tür, »ich bin sicher, dass Sie das Haus Ihrer Großeltern nicht blind verhökern.«

Bevor Karim antworten konnte, erschien der junge Mann mit einem Tablett und den Getränken in der hinteren Tür.

»Na endlich, Jakob!« Simmerer schüttelte unwirsch den Kopf. »Stell's her. Wo ist die Akte?«

Wie in Zeitlupe sah ich Karim angestrengt Luft holen. Fahrig wischte er sich über die Stirn, während mein Blick überrascht an dem Mann hing.

Er war nicht so jung wie zuerst gedacht, sicher ging er stramm auf die dreißig zu, doch er war athletisch schlank und durchtrainiert. Gekleidet in schwarze Laufklamotten, mit silbernen Reflektoren bedruckt. Seine Laufjacke hatte eine Kapuze, seine Joggingschuhe waren schlammverkrustet. Und als er jetzt das Tablett auf den Schreibtisch stellte, sah ich, dass seine Handinnenflächen mit Pflastern bedeckt waren.

»Ich bringe die Akte sofort, Vater. Und dann muss ich zum Training.« Flüchtig schaute er uns an. Seine Augenbraue zuckte unkontrolliert.

Neben mir sog Karim nochmals scharf die Luft ein. Ich räusperte mich und suchte seinen Blick.

Der schwarze Mann.

In meinem Kopf rotierten die Bilder jener Nacht. Die großen, erschrockenen Augen, die schwarze Kapuze und die grellen Lichter der Scheinwerfer. Ein Schatten mit Augen, der für Bruchteile von Sekunden von uns ans Licht gezerrt worden war, bevor er von der Nacht wieder aufgesogen wurde.

»Mein Sohn Jakob«, erklärte Simmerer seltsam entschuldigend in die Stille hinein, während er uns Mineralwasser einschenkte. »Ein Nichtsnutz vor dem Herrn.«

Karim grunzte unbestimmt, ich griff nach dem Wasserglas.

»Rennt dauernd durch die Gegend, weil er trainieren muss, für was auch immer, oder hängt im Fitnessstudio herum.«

»Mei«, auch Karim angelte nach seinem Glas, »im Studio sind hübsche Mädchen, da kann ich Ihren Sohn schon verstehen.«

»Ach!« Simmerer wischte unwirsch durch die Luft. »Wenn das der Grund wäre, dann hätte ich auch Verständnis, aber er glaubt wirklich, dass er seinem Körper etwas Gutes tut, wenn er da herumturnt, anstatt zu arbeiten. Er schimpft sich Fitness- und Wellnesstrainer, aber ohne den Job hier im Büro könnte er sich seine schicke Wohnung in der Altstadt nicht leisten.«

Fitnesstrainer? Konnte man sich dabei die Hände so ramponieren? Blasen vom Gewichtheben? Immerhin war mir jetzt klar, warum er der Frau Baur erzählt hatte, er könne beim Makler ein gutes Wort für sie einlegen. Wenn ich die Familiensituation allerdings richtig interpretierte, dann war das eine böse Illusion von Simmerer junior.

»Und vor drei Tagen ist der Idiot beim Joggen in Scherben gefallen, hat sich die Hände aufgeschlitzt. Aber bitte«, Simmerer schaute fragend zwischen uns beiden hin und her, »wer ist denn auch so bescheuert und rennt nachts durch die Gegend?«

Hilflos zuckten wir die Schultern. Wir waren Jakob Simmerer sogar begegnet. Ob er häufig spätabends im Wasenmoos herumrannte? Mein Hirn eierte ängstlich um den letzten konsequenten Gedanken herum. Was machte er wirklich, wenn er vorgab, nachts zu joggen?

»Karim …« Mir brach der kalte Schweiß aus, und ich rieb mir über meine Augen, vor denen es unangenehm flackerte. »Es tut mir leid, aber könnten wir bitte gehen? Mir ist grad nicht gut. Entschuldigen Sie, Herr Simmerer.«

Ich sprang auf, ohne auf eine Antwort von Karim zu warten, und stand schon an der Tür, als er sich noch umständlich bei Simmerer entschuldigte und sich verabschiedete. Dann schob er mich aus dem Büro.

Draußen atmete ich tief durch und lehnte mich gegen die Hauswand.

»Soll ich einen Arzt rufen, Frau Berg?« Simmerer trat zu uns. Ich blinzelte. Er schien sich ernsthaft zu sorgen. Das tat mir leid. Etwas sagte mir, dass er nicht ahnte, in was sein Sohn verwickelt sein könnte.

Mühsam lächelnd winkte ich ab. »Geht schon, Herr Simmerer, danke.«

Karim packte mich am Arm und zog mich ein paar Schritte mit sich. »Wir kommen morgen wieder, Herr Simmerer, ich rufe vorher an.«

»Selbstverständlich, Karim … äh … Herr Miller!« Den musste er Karim noch geben.

»Glaubst du wirklich, dass der Kerl unser schwarzer Mann ist, Chrissie?«

Wir stolperten durch die engen Gassen zum Parkplatz. Mein Hirn entspannte sich langsam wieder, was auch meinem Blutdruck gut gefiel.

»Natürlich, keine Frage.« Ich gab Karim ein Zeichen und ließ mich auf eine der Bänke entlang des Fußweges fallen. »Du hast ihn doch auch sofort erkannt. Simmerers Sohn. Ist er der Kopf der Dealer?«

»Die Augen sind unverkennbar.« Karim ging vor mir in die Hocke. »Möglich, dass er der Kopf der Sache ist, denn ich glaube kaum, dass der Alte seinem Sohn ein so gutes Gehalt zahlt und man als Fitnesstrainer viel verdient. Die Tarnung ist fast ideal. Ein Jogger fällt nie auf, und wenn der Vater ein grenzübergreifendes Unternehmen hat, dann ist der Transportweg gesichert.«

»Also wäre er auch der mögliche Mörder.«

Der Satz vereiste alles. Aber ich musste ihn aussprechen.

Karim schwieg, dann hob er den Kopf. »Mit Schnittverletzungen an den Händen liegt auch das nahe. Ich rufe Schmiedeler an.«

Während ich noch darüber nachdachte, welche Lawine unsere Verdächtigungen lostreten würden, hatte Karim schon sein Handy in der Hand.

»Franz?« Karim schaute mich ganz bewusst an. »Wir haben euren großen Unbekannten gefunden.«

VIERZEHN

Die beiden Kommissare waren mit Blaulicht und Polizei-Eskorte in Joseph Simmerers Büro eingefallen. Jakob Simmerer hatte sich jedoch längst zum Joggen verabschiedet. Jetzt, am späten Nachmittag, wurde nach ihm gefahndet, und wie nicht anders zu erwarten, hockten Franz und Sebi bei uns in der Wohnstube. Dieses Mal allerdings ziemlich angespannt.

Am Tatort des zweiten Mordes waren Blutspuren eines weiteren Menschen gefunden worden, was die Pflaster auf Jakob Simmerers Händen erklärte. Ich fragte mich allerdings, warum er sie an den Handinnenflächen hatte, wenn er doch derjenige gewesen war, der zugestochen hatte. Was war da passiert? Und warum hatte er die Drogen nicht an sich genommen? Vor allem, wie hätte er das anstellen wollen? Simmerers Sohn war kein Metzger, der fachmännisch einen Bauch aufschneiden konnte.

Das Crystal stammte eindeutig aus derselben Giftküche wie die erste Lieferung. In Prag suchte die Drogenfahndung fieberhaft nach der Quelle, eine Hausdurchsuchung in den dortigen Büroräumen von Joseph Simmerer lief ebenfalls. Hier in Füssen hatte sie nichts erbracht. Die Durchsuchung von Jakob Simmerers Wohnung war noch im vollen Gange.

Simmerer selbst hatte wohl den Anschein erweckt, als wäre er aus allen Wolken gefallen. Sein Sohn und Drogen, das hielt er für völlig ausgeschlossen, noch absurder fand er den Verdacht auf Doppelmord und die Hausdurchsuchungen eine Schande.

»›Ein laufsüchtiger Schwachkopf‹«, zitierte Schmiedeler, »›aber völlig harmlos.‹ Und ihr seid's sicher, dass er der Mann ist, der euch vor das Auto gesprungen ist?«

Wir nickten einträchtig. Kein Zweifel.

Aus den Augenwinkeln sah ich Mucki durch unseren Garten streunen. Überrascht trat ich an die Tür des Wintergartens.

»Der Mucki schlunzt da herum, Karim. Ist der ausgerissen?«

Karim trat neben mich, sein Blick war besorgt. »Er rennt immer mal in der Nachbarschaft herum, aber heute schaut der irgendwie verstört aus.«

Ich hob die Hände. »Dann bringe ich ihn eben heim und schaue gleich mal nach der Frau Baur.« Die perfekte Gelegenheit, um den drei wartenden Männern zu entkommen.

»Nix da, Chrissie«, erwiderte Karim zu meiner Überraschung. »Du rennst mir nicht alleine da draußen rum, während wir den Drogen-Jogger suchen. Es wird bald dunkel.«

Mit meiner gesunden Hand winkte ich Entwarnung. »Hey, ich bin kein Drogenkurier, und ich laufe mit dem Hund nur zur Frau Baur rüber. Entspann dich, Karim.«

»Ich entspanne mich, wenn der Typ eingefangen ist«, meckerte er und öffnete die Tür zum Wintergarten, um nach dem Hund zu rufen. Mucki kam tatsächlich mit eingezogenem Schwanz in den Wintergarten geschlichen. Seltsam.

»Und wenn du etwas nachdenkst, meine Süße«, fuhr Karim an mich gewendet fort, »dann wird auch dir klar sein, dass Simmerer junior sich an allen zehn Fingern ausrechnen kann, wer ihm die Bullen auf den Hals gehetzt hat, sofern sein Papa ihn nicht längst telefonisch darüber informiert hat. Also hat der Mann sehr wohl ein Interesse, dir ein Messer in deinen hübschen Bauch zu rammen.«

Mir lief es kalt den Rücken hinunter, unwillkürlich legte ich mir meine gesunde Hand auf den Bauch.

»Du bist immer so erbarmungslos real, Karim.« Schmiedeler blitzte ihn ärgerlich an. »Wie kannst du denn die Chrissie so erschrecken? – Wir gehen alle zur Frau Baur, basta.«

Derweil verströmte Mucki schon seinen unverwechselbaren Hundeduft im Zimmer. Der Vorschlag war nicht das, was ich erreichen wollte, doch nach Karims Worten schien es mir nicht mehr sinnvoll, alleine durchs Wasenmoos zu stapfen.

»Okay«, antwortete ich entschlossen, »mit geballter männlicher Begleitung dürfte das ja kein Problem mehr sein. Gehen wir.«

Sebi war wenig begeistert, aber er steckte kommentarlos sein Handy weg. »Der Hund riecht ziemlich mies«, war alles, was er sagte, als wir im Flur standen.

Karim zuckte nur die Schultern.

Dann gingen wir schweigend die Straße hinauf. Der Hund schien immer noch seltsam verängstigt, drängte sich zwischen Karim und mich. Ich sah es schon kommen, dass wir ihn über kurz oder lang adoptieren mussten.

Die Haustür von Frau Baur stand offen. Nichts Ungewöhnliches, und trotzdem ging ein Zögern durch uns hindurch. In diesem Moment war ich froh, nicht alleine hier zu stehen. Es gab diverse unschöne Möglichkeiten, was uns im Innern des Hauses erwarten könnte. Darüber hatte ich zuerst nicht nachgedacht.

Ungläubig bemerkte ich, wie die beiden Polizisten an ihren Gürteln herumfummelten und mit einem Mal ihre Waffen in den Händen hielten. Wieso das?

»Ihr wartet hier«, erklärte Schmiedeler entschieden und gab Sebi ein Zeichen, das ihn hinter das Haus schickte. Dann schob er uns samt Hund zur Seite ins Gebüsch am Gartenzaun.

»Was soll das, Franz?« Karim trat ungehalten in den Matsch. »Die Frau Baur hat ihre Haustür immer offen. Spiel hier mal nicht Wildwest.«

»Instinkt, Karim.« Schmiedeler lächelte sogar leicht. »Wagt es, das Gebüsch zu verlassen, bevor ich es euch erlaube, und wir sind geschiedene Leute. Verstanden?«

Karim nickte. »Okay.«

Dass er sofort klein beigab, war ein untrügliches Zeichen, dass er die Lage ebenfalls anders einschätzte. Mir war nicht wohl zumute.

Schmiedeler huschte seitlich von Bäumen und Gebüsch verdeckt zum Haus. Er bewegte sich erstaunlich leichtfüßig für sein Alter und seine Figur.

Dann hörten wir einen hellen Pfiff.

»War das Sebi?« Karim packte den Hund fester am Halsband.

»Könnte sein«, antwortete ich, mein Herz klopfte zu hastig, »vielleicht ein Startzeichen?«

Karim schnaufte zustimmend. Gleichzeitig hörten wir Schmiedeler an der Haustür nach Frau Baur rufen und dass er jetzt hereinkommen würde. Trotz der möglichen Gefahr fand ich das doch etwas albern und fragte mich, ob die arme Frau angesichts der Pistole nicht einen Herzinfarkt bekommen würde.

In diesem Moment brach im Haus die Hölle los. Männer brüllten Befehle, mehrfach fiel das Wort »Polizei!«, dann ertönte das schrille Geschrei einer Frau, was Mucki mit wüstem Gebell beantwortete. Karim konnte den alten Hund nur mit Mühe bändigen. Ich wich zur Seite, landete mit einem Fuß tief im Matsch, der mir sofort in die Schuhe sickerte. Ganz toll. Ein lohnender Spaziergang.

Innerhalb von wenigen Sekunden war es wieder still. Karim linste zwischen den Büschen hindurch.

»Bleib bloß hier«, knurrte ich, »der Franz macht keine hohlen Witze, und sein Instinkt scheint ja irgendetwas gerochen zu haben.«

Karim prustete abfällig. »Ein Neffe von der Frau Baur taucht immer mal wieder auf. Vermutlich haben sie den erlegt oder jemanden vom Pflegedienst.«

»Erlegt« fand ich einen unangemessenen Ausdruck. Karim live.

Stille Minuten tropften dahin, bis Schmiedeler endlich in der Haustür erschien und winkte. Zögernd traten wir aus unserer Deckung. Karim hielt noch immer den Hund am Halsband, der stark zum Haus zog.

Schmiedeler kam uns ein paar Schritte entgegen. »Frau Baur geht es nicht gut«, erklärte er, ich sah Schweißperlen auf seiner Stirn, »der Notarzt ist unterwegs. Sieht nach einem Schwächeanfall aus. Bei ihr in der Küche war ein junger Mann, der vom Foto her unser Jogger sein könnte. Sebi hat ihn festgenommen.«

Meine Beine versagten abrupt den Dienst. »Was?«

Der Hauptkommissar zuckte die Schultern. »Mein Instinkt trügt mich selten. Karim, wirf doch einen vorsichtigen Blick durch das Wohnzimmerfenster und sag mir, ob das unser Mann ist.«

Karim nickte, drückte sich an die Hauswand und linste halb in das erleuchtete Zimmer. Er nickte. »Eindeutig. Das ist Jakob Simmerer.«

In meinem Kopf ratterten die Gedanken wirr durcheinander. Wie war der Mann hierhergekommen? Und warum? Was hatte er mit Frau Baur gemacht?

Notgedrungen folgte ich den Männern ins Haus. Die Tür zum Wohnzimmer war verschlossen, doch dahinter hörte ich Jakob Simmerer aufgeregt reden. Leider konnte ich nicht viel verstehen, zumal Karim mich in die Küche zog, wo Frau Baur auf dem Boden lag, die Füße hochgelagert. Ich ging neben der alten Frau in die Hocke, streichelte ihre eingefallenen Wangen. Sie war sehr blass, starrte mich fragend an.

»Ich bin Chrissie«, erklärte ich sanft, »Karims Freundin. Wir bringen den Mucki heim.«

Sie nickte langsam, aber ohne Verständnis. Erst als Karim in ihr Blickfeld trat, entspannte sie sich merklich, lächelte. Er ging mit einem Glas Wasser neben ihr in die Knie. »Gleich kommt der Arzt, Frau Baur, alles ist gut.« Sie trank in kleinen Schlucken, während Schmiedeler in der geöffneten Wohnzimmertür stand.

»Ich habe der Frau nichts getan!«, rief Simmerer junior von drinnen reichlich verzweifelt. »Ich bin öfter hier und helfe der Frau Baur.«

Aufmerksam schaute ich über die Schulter zum Wohnzimmer. Das konnte schon stimmen, immerhin wusste Frau Baur vom schwarzen Mann, auch wenn sie sich vielleicht nicht immer an ihn erinnerte oder tatsächlich nicht wusste, wer er wirklich war. Hatte er sich in ihrem Haus vor der Polizei verstecken wollen, wohl wissend, dass Frau Baur unter Umständen vergaß, dass er anwesend war? Erklärte das den verstörten Hund?

»Ich weiß nichts von Drogen!« Dieses Mal klang die Stimme des Mannes gereizt. »Ich trainiere im Wasenmoos für den Ironman nächstes Jahr. Drogen sind da nicht besonders gern gesehen.«

Jetzt, wo das Gespräch spannend wurde, raste unüberhörbar der Krankenwagen heran. Blaulicht, Martinshorn, das volle Programm. Karim seufzte und ging zur Haustür. Sekunden später tauchten die Sanitäter auf. Frau Baur fing an zu wimmern, was mir schier das Herz brach.

»Alles ist gut, Frau Baur«, wiederholte ich Karims Worte. »Der Mucki bleibt bei uns, und Sie erholen sich im Krankenhaus.«

Noch bevor die Sanitäter Frau Baur abtransportierten, donnerten drei Streifenwagen heran. Das war grenzwertig für meine Nerven. Auch Karim zog sich in den hintersten Teil der Küche zurück, lehnte angespannt am Schrank.

Schmiedeler trat zu uns. »Wir bringen den Simmerer jetzt in die JVA nach Kempten, Untersuchungshaft. Euch will ich morgen in Kempten im Präsidium sehen für eine Aussage. Am besten gleich früh am Vormittag, der Staatsanwalt macht mir Druck wegen der Morde.«

Wir nickten schweigend. Wie schafften wir es eigentlich immer wieder in diese Situation?

FÜNFZEHN

Wir schlossen die Haustür ab. Niemand war mehr da. Ich empfand das als bedrückend. Auch Mucki schien zu verstehen, dass sich sein Leben vielleicht gerade änderte. Karim hatte seine Leine in einer Kommode im Flur gefunden, und so schlichen wir drei die dunkle Straße hinunter nach Hause.

»Ich bade den gleich«, erklärte Karim, als er seine Haustür aufschloss. »Rufst du den Pizzaservice an? Ich brauche heute Fast Food.«

Mit der Arbeitsteilung war ich einverstanden. Erschöpft stellte ich die Dose Hundefutter, die ich mitgenommen hatte, auf die Arbeitsplatte und ging zurück in Karims Büro, um das Telefon zu holen. Derweil hörte ich schon Muckis jämmerliches Gefiepe und Karims Fluchen, als er den zappelnden Hund in die Dusche schob.

Ohne großartig auszuwählen, rief ich den Pizzaservice an, bestellte zweimal Pizza Salami, einen großen Salat und Rotwein.

Ich hatte Kopfweh. Wieder einmal hatten sich die Ereignisse irgendwie überschlagen. Keine Chance, da mitzukommen, geschweige denn, etwas wirklich zu verstehen.

Würde Joseph Simmerer noch das Haus desjenigen kaufen, der seinen Sohn an die Polizei verraten hatte? Vermutlich nicht. Also musste Karim bleiben, mindestens achtzehn Jahre, wenn wir keine andere Lösung fanden. Soeben platzte unser Luftschloss von der gemeinsamen Wohnung in Bonn.

Aus dem Bad hörte ich Karims genervt-beruhigende Stimme und Pfoten, die rutschend über den Fliesenboden kratzten.

Tja, und was würde aus Frau Baur werden? Was aus Mucki?

Was, wenn Jakob Simmerer nicht der gesuchte Mann war?

»Hast du Kopfschmerztabletten, Karim?«

Ein nasser Hund und ein nasser Mann stolperten aus dem Badezimmer, fehlte nur, dass sie sich synchron schüttelten. Doch das tat nur Mucki. Sofort roch alles nach nassem Hund. Nicht besser als der Mief davor, aber hoffentlich flüchtiger.

Karim wandte sich umgehend wieder ab, ich hörte ihn im Schrank kruschteln.

»Hier!« Er warf mir ein Päckchen Aspirin zu, das ich einhändig schnappte. Karim nickte anerkennend. »Wo Frauen doch eigentlich weder werfen noch fangen können. Respekt, Chrissie. Aber nur eine nehmen. Wann kommt die Pizza?«

»Viertelstunde.« Ich füllte ein Glas mit Leitungswasser und spülte die Tablette hinunter. Besser. Allein der Gedanke an ein Schmerzmittel half.

»Meinst du, dass Jakob Simmerer der Mörder ist?« Durstig trank ich ein weiteres Glas Wasser.

Die Schultern zuckend setzte Karim sich auf den Stuhl beim Ofen. »Weiß nicht. Dem würde ich Drogenhandel zutrauen, aber nicht unbedingt einen brutalen Mord. Der ist nicht so der Typ, der sich die Finger schmutzig macht, keiner fürs Grobe. Es wäre wohl interessant zu wissen, ob er auch der schwarze Mann ist, von dem Frau Baur sprach. Aber das werden Franz und Sebi schon abklären. Wir hängen da schon wieder viel zu tief mit drin.«

»Mein Reden von Anfang an, aber du wolltest ja die ganze Zeit fröhlich den Ermittlungs-Hiwi spielen.«

Ein undefinierbares Schnaufen kam aus ihm heraus. »Immerhin haben wir der Polizei bereits zwei Mörder geliefert und einen mutmaßlichen. Das ist doch eine gute Quote für einen Hiwi.«

»Das ändert aber nichts an der Tatsache, dass wir dadurch dauernd in unschöne Situationen kommen. Das heute hätte ich mir auch wieder sparen können. Der junge Simmerer hat uns bestimmt erkannt. Viel Vergnügen.«

Draußen klingelte es an der Tür. Karim seufzte und stand auf. Mucki hatte anscheinend nichts gehört oder war zu erschöpft, um noch Wachhund zu sein. Egal, ich holte Teller aus dem Schrank und Besteck. Unter meinem Gips juckte es höllisch.

Wir hatten gerade mit Essen angefangen, als das Telefon klingelte. Ergeben stand Karim wieder auf. Das Krankenhaus. Frau Baur ging es nicht gut. Wir sollten am nächsten Morgen gleich frische Wäsche und Waschzeug bringen.

»Ganz phantastisch«, knurrte Karim und warf das Telefon auf den Tisch, »das artet morgen dann ja richtig in Stress aus.«

Ich verzog das Gesicht. Stimmt, den Termin bei Schmiedeler hatte ich schon fast wieder verdrängt.

SECHZEHN

Gegen acht am nächsten Morgen brachten wir die Sachen für Frau Baur ins Krankenhaus. Sie schlief so tief, dass wir beide im ersten Moment angestrengt die Bettdecke anstarrten. Sie hob und senkte sich kaum merklich, aber immerhin. Karim strich ihr scheu über die Wange.

Dann fuhren wir mit dem noch immer müffelnden Mucki auf der Rücksitzbank auf die A 7 Richtung Kempten, wo Karim den Wagen ungeniert auf den Polizeiparkplatz stellte. Das letzte Mal waren wir im Dezember des vergangenen Jahres hier gewesen. Damals waren wir noch kein Paar gewesen, weil ich ein paar Sachen total missverstanden hatte. Vielleicht hatte ich sie auch nicht verstehen wollen.

Der wachhabende Polizist an der Pforte meldete uns bei Schmiedeler an, der uns nur wenige Minuten später abholte.

»Servus, ihr zwei. Schön, dass ihr so früh da seid. Der Simmerer junior wird eine harte Nuss.«

»Wieso das?« Karim latschte wie selbstverständlich neben dem Hauptkommissar durch die Gänge des Polizeipräsidiums, während ich es vorzog, dezent hinterherzutippeln. Eigentlich war es doch wohl zu erwarten, dass ein Mann, der unter Umständen mit Drogen handelte und verdächtigt wurde, zwei Morde begangen zu haben, nicht sofort mit einem Geständnis zur Hand war. Egal, ich hoffte auf einen guten Kaffee und ein kurzes Zeugenprotokoll.

Schmiedeler öffnete die Tür zu seinem Büro und ließ uns eintreten. Sebi kam uns freudig entgegen. »Griaßt's euch. – Kaffee?«

Ich grinste. »Gern, Sebi.«

Recht zwanglos hockten wir uns um Schmiedelers Schreibtisch. Seine Schreibkraft, die Karim im Dezember noch schöne Augen gemacht hatte, war zum Glück nicht anwesend. Dieses Mal hätte ich nicht schweigend zugeschaut, auch wenn Karim der Ansicht war, dass man sich draußen durchaus Appetit holen durfte, aber daheim zu futtern hatte.

»Also, was ist mit dem jungen Simmerer?« Karim war beharrlich, wenn er Antworten wollte.

Sebi schaute demonstrativ zur Decke, ich grinste, während Schmiedeler konzentriert an einem PC-Dokument herumklickte.

»Der Simmerer hat kein Alibi, weder für den ersten noch für den zweiten Mord«, schnaubte er, ohne uns anzuschauen. Sebi ließ ergeben die Schultern sacken.

»Aber das ist doch gut.« Karim schaute fragend. Ich rührte nur in meinem Kaffee.

»Ja, schon«, erwiderte der Hauptkommissar, »aber sehr viel weiter sind wir noch nicht. In seiner Wohnung haben wir in der Waschmaschine blutige Sportsachen gefunden, seine Laufschuhe sind schlammig, und die Pathologie gleicht die Schnitte an seinen Händen mit denen der Opfer ab. Die KTU wiederum untersucht den Schlamm, ob der zu den Tatorten passt. Das dauert halt alles.«

Überrascht schaute ich auf. Einen Mörder, der seine blutigen Klamotten in die Waschmaschine steckte, fand ich seltsam. Warum entsorgte er sie nicht in einem Container am anderen Ende der Stadt? Oder verbrannte sie?

»Habt ihr mal überlegt«, mein Mund redete, bevor mein Hirn sein Okay gegeben hatte, »warum der Mann Schnitte an den Handinnenflächen hat? Dort hat man die doch eher, wenn man sich wehrt, oder?«

»Kluges Mädel«, lobte Schmiedeler und strahlte mich an, was mich tatsächlich erröten ließ. »Wir haben nämlich auch Blutspuren an dem Toten, die wir bisher nicht zuordnen konnten. Die könnten zum Simmerer passen.«

Langsam griff Karim nach seiner Kaffeetasse und schlürfte geräuschvoll einen Schluck. »Und wenn es noch einen weiteren Unbekannten gibt?«

»Wie jetzt?« Sebi hob fragend die Hände. »Seid's ihr euch nicht sicher mit dem Simmerer?«

»Doch, doch …« Karim genoss die Aufmerksamkeit seiner Zuhörerschaft. »Aber wenn die Schnitte an der falschen Stelle sind«, bezeichnend hielt er seine Handflächen hoch, »dann heißt das doch, dass da ein anderer sein Messer gebraucht hat, oder?«

»Unter Umständen ja.« Schmiedeler schloss kurz die Augen. Er wirkte müde. »Aber das möchte ich dem Staatsanwalt und der Presse derzeit noch nicht erklären. Also halt die Klappe, Karim.«

Karim schnaufte. »Dann präsentiert ihr jetzt erst einmal, um

Zeit zu schinden, den Simmerer als Täter, und ermittelt in Ruhe weiter.«

»Tatverdächtigen«, korrigierte Sebi. »So ungefähr haben wir das vor. Sicher ist meiner Meinung nach aber, dass der Jakob etwas mit den Drogen zu tun hat.«

»Wofür es auch noch keine Beweise gibt.« Karim feixte triumphierend.

»Machen wir jetzt endlich das Protokoll?«, mischte ich mich ein, bevor Karim im Ermittlerwahn versank.

Schmiedeler nickte erleichtert. »Machen wir. Um elf ist Pressekonferenz.«

SIEBZEHN

Karim hätte sich zu gern bei der Pressekonferenz dazwischengeschmuggelt, doch Schmiedeler begleitete uns bis zum Auto, da gab es kein Umkehren mehr. Leise grummelnd rollten wir vom Polizeiparkplatz. Doch anstatt über den Ring Richtung Berliner Platz und Autobahn zu fahren, bog Karim links zur Innenstadt ab. Ich sagte dazu nichts.

Im Auto roch es streng nach Mucki. Für den Geruch musste ich mir wirklich eine Lösung überlegen, unter Umständen einen Tierarzt aufsuchen, Futter umstellen. Da musste es einfach Möglichkeiten geben, so war das kein Zustand. Ich ließ das Seitenfenster heruntersurren und atmete tief durch.

Karim kurvte durch ein paar Gassen mit teils leer stehenden Geschäften, holperte über Kopfsteinpflaster zu einem Parkhaus, wo er den Wagen abstellte.

»Wir trinken auf dem Marktplatz einen Cappuccino. Ich mag noch nicht nach Hause.«

Nickend gab ich meine Zustimmung und fischte Muckis Leine aus dem Fußraum. Schweigend latschten wir durch die verkehrsberuhigte Zone zum Marktplatz hinüber, der sich überraschend stimmungsvoll in der Frühlingssonne präsentierte. Karim steuerte zielstrebig auf ein Café am hinteren Ende des großen Platzes zu, wo wir uns in die Sonne setzten. Karim seufzte laut, während ich zwei Kakao bestellte, mit viel Sahne. Besser, als weiter Koffein in uns hineinzuschütten. Dann fasste ich nach Karims Hand, die schlaff über der Armlehne baumelte.

»Spuck's aus. Was drückt dich?«

Er legte den Kopf in den Nacken und schloss demonstrativ die Augen, also wartete ich brav, kraulte nebenher auch noch Muckis halbwegs saubere Ohren. Als unser Kakao kam, rührte sich Karim, lächelte die Bedienung freundlich an. Dann fummelte er seine Sonnenbrille aus der Brusttasche.

»Mir geht das alles unbeschreiblich auf die Nerven«, pöbelte er, lässig an einem Löffel Sahne schleckend. »Nichts geht wirklich voran, überall schmeißt man mir Steine in den Weg, dann diese

Morde, die mir auch noch den Hausverkauf platzen lassen. Daran bin ich sogar noch selber schuld. Nina nervt schon seit Tagen mit SMS wegen einer Auflistung der Büromöbel und Inventarlisten. So absurd.«

Dazu fiel mir nichts Deeskalierendes ein. Also schlürfte ich heißen Kakao durch kühle Sahne. Das war jede Kalorie wert.

»Wenn wir Pech haben, und davon gehe ich aus«, fuhr Karim fort, »dann sind wir jetzt auch Hundebesitzer. Die Baur wird nicht mehr, das war bei meiner Oma nicht anders. Ich bräuchte auch dringend einen Auftrag oder einen Job, sonst bin ich pleite.«

Derlei Ängste konnte ich gut verstehen. Die berufliche Existenz war grundlegend. Ich stellte die Tasse auf den Tisch und rieb mir müde die Stirn. »Pleite bist du nicht«, erwiderte ich zu meiner eigenen Verwunderung, »immerhin habe ich ein geregeltes Einkommen. Dich und Mucki kann ich schon eine Weile durchfüttern. Der Rest ist jetzt zwar nervig, aber wird sich Problem um Problem reduzieren. Wichtig wäre, dass du das Haus verkaufst oder dir ohne Nina eine neue Existenz aufbaust und im Haus bleibst.«

»Ich will aber weg«, murrte er wie ein bockiges Kind und rutschte im Stuhl nach unten. »Mir reicht das alles hier.«

Eine seltsame Erleichterung blubberte durch mich hindurch. Sicherlich hätten wir noch eine gute Weile mit einer Distanzbeziehung leben können, aber andererseits hatten wir uns beide mit dem Gedanken an ein gemeinsames Leben angefreundet. So verrückt das für mich war, aber ich wollte gern mit ihm leben. Karim war ein nerviger Mensch, aber auch ein wunderbarer Freund und passionierter Liebhaber. Langweilig war es mit ihm jedenfalls nicht.

»Dann müssen wir das Haus irgendwie loswerden, verkaufen, vermieten. Das dürfte doch machbar sein.«

Er nickte langsam und schob die Sonnenbrille auf die Stirn. »Und Mucki behalten wir, oder?«

Ich zuckte die Schultern. »Ja klar, was sonst?«

»Tierheim?«

Ungläubig tippte ich mir an die Stirn. »Spinnst du?«

»Ein Hund macht Arbeit, riecht, macht Dreck, muss auch bei miesem Wetter zum Bieseln raus und bleibt ungern allein daheim.«

Lachend griff ich wieder nach meiner Tasse. »Du klingst wie

eine Mutter, die ihrem Kind das Haustier madig machen will. Hat aber noch nie funktioniert. Wirkt bei mir auch nicht. Nee, der Mucki ist alt, soll er bei uns noch ein paar schöne Jahre haben. Das kriegen wir schon hin.«

Er seufzte ausweichend, aber es schien mir doch so, als sei er erleichtert, dass ich den Hund nicht abgeben wollte. Die Sonnenbrille fluppte jedenfalls wieder auf seine Nase. »Vermieten wäre eine gute Idee. So gut, dass ich jetzt nach Hause will und eine Anzeige aufsetzen. Trink aus, mein Superbrain.«

ACHTZEHN

Die Idee mit der Anzeige hatte Karim kurioserweise so motiviert, dass er gleich die gewünschten Inventarlisten aktualisierte und Nina mit einer – für meine Begriffe unnötig polemischen – Ansage per Mail zuschickte.

Am späten Nachmittag hatte ich genug von meiner eigenen PC-Arbeit, da kam mir der Hund gerade recht. Karim wiederum war noch exzessiv beschäftigt, also gingen wir allein den Geometerweg hinauf, wie immer. Auch wenn die Wege jenseits der Autobahn sehr schön wurden, der Forggensee in Radelnähe, so hatten wir diesseits nicht sehr viel von der Ostallgäuer Idylle.

Leichter Nebel zog über die Sumpfwiesen, rosig angeleuchtet von der untergehenden Sonne. Über dem Tegelberg ging der Mond auf, und der westliche Himmel färbte sich in einem sanften Lila. Ein wunderbar stiller, heiterer Frühlingsabend, der mich vergessen ließ, was seit zwei Wochen in diesen Wäldchen vor sich ging. Für ein paar betörend schöne Augenblicke wusste ich, dass alles gut werden würde, auch wenn Mucki eben in seinem alten Garten verschwand, um kurz darauf wie eine Statue auf der Treppe zum Haus zu sitzen. Ich seufzte, dachte an den armen Hund und sein noch ärmeres Frauchen und sah aus den Augenwinkeln verschwommen von rechts einen Menschen aus dem Gebüsch auf mich zukommen. Etwas an seinen Bewegungen irritierte mich, ich blinzelte und drehte mich zu ihm um. Gleichzeitig flutete mich ein instinktives Gefühl von Gefahr, denn der Mann hastete gebeugt und stolpernd auf mich zu, stürzte, rappelte sich mit verstörenden Schmerzlauten wieder auf die Beine. Dann sah ich das Blut. Viel Blut. Der Mann presste seine Hände auf den Bauch, unsagbares Grauen in seinen Augen, Todesangst. Unwillkürlich taumelte ich ein paar Schritte zurück, schrie nach Karim. Mein Schrei gellte durch den stillen Abend, füllte mein Hirn bis in den letzten Winkel. Keine zwei Meter vor mir ging er zu Boden. Ich hörte meinen Atem, hechelnd, hörte das Stöhnen des Mannes und die beängstigend normalen Klackergeräusche von Laufstöcken auf Asphalt. Von der Autobahn her kam ein Nordic Walker auf uns zu.

»Hilfe!«, brüllte ich und riss meinen einen Arm hoch, während ich gleichzeitig neben dem verletzten Mann auf die Knie fiel. »Hilfe! Rufen Sie den Notarzt, schnell! – Karim!«

Ich spürte den rauen Asphalt unter meinen Knien, riss mir meinen Baumwollschal vom Hals und presste ihn auf das Loch im Bauch des Mannes, aus dem entsetzlich viel Blut herausquoll. Krampfhaft schluckte ich. Mein erster und einziger Erste-Hilfe-Kurs lag Jahrzehnte zurück, eine fatale Nachlässigkeit, wie ich jetzt erkennen musste. Hilflos schaute ich dem Mann ins Gesicht. In seinen Augen flackerte namenlose Angst und auch etwas wie Überraschung. Ich lächelte mit verkrampften Lippen. »Alles ist gut, Sie müssen nur durchhalten. Der Arzt ist schon unterwegs.«

Sein Atem ging flach, seine Lider flatterten. Blut rann mir warm und klebrig über die Hände, mein Schal war längst durchweicht. Wie viel Blut war in einem Menschen, und wie viel durfte er davon verlieren?

»Alles ist gut!«, flüsterte ich immer wieder vor mich hin. »Alles super. Gleich kommt Hilfe.«

Für einen kurzen Augenblick blickte er mich direkt an und lächelte. Ich keuchte. Dann war der Walker neben mir, redete aufgeregt auf uns ein, aber ich verstand nur, dass der Notarzt unterwegs sei.

»Super«, haspelte ich wieder und presste meinen Schal auf das Loch, »ganz super.«

Der Walker, ein älterer Mann, wie ich jetzt erkannte, klopfte mir auf die Schulter und lupfte kniend die Beine des Verletzten an, der langsam das Bewusstsein zu verlieren schien.

Schnelle Schritte näherten sich, Karim kam die Straße heraufgerannt. Endlich. Ein Wunder, dass er mich gehört hatte. Auch er hockte sich neben den Mann, sein Blick hastete zwischen uns hin und her. »Bist du verletzt, Chrissie?«

Ich schüttelte den Kopf. »Ein Arbeiter vom Simmerer«, erklärte ich mit einer Kopfbewegung auf das Firmenlogo an der blauen Jacke des Mannes, und in diesem Moment wurde mir klar, dass dieser Mann das dritte Opfer war und womöglich nur wenige Schritte von uns entfernt im Gebüsch ein Mörder hockte. »Er kam hinter dem Garten der Frau Baur aus dem Wäldchen.«

»Stimmt«, erklärte der Walker. »Der kam direkt auf die junge Frau zu und fiel dann um.«

Karim nickte angespannt, sein Blick huschte unwillkürlich zum Rand des Wäldchens, dann holte er tief Luft. »Auf offener Straße wird uns hoffentlich niemand angreifen, wir sind zu dritt. – Hörst du? Der Notarzt kommt.«

Tatsächlich wehte der Abendwind ein Martinshorn zu uns herüber. Wer hätte gedacht, dass ich dieses Geräusch jemals mit Erleichterung hören würde? Kurz darauf raste der Krankenwagen heran, gefolgt von einem Notarzt und einem Polizeiauto. Die Männer sprangen aus den Autos und liefen auf uns zu. Karim wich zurück, damit der Arzt Platz hatte. Die zwei Polizisten postierten sich um uns.

»Vermutlich eine Stichwunde«, erklärte Karim. »Es könnte sein, dass der Mann Drogenpakete im Magen hat. Ein Bodypacker.«

Der Arzt wackelte nur kurz verwirrt mit dem Kopf, dann nickte er und nahm behutsam meine Hände samt blutigem Schal von der Wunde. Routiniert bellte er ein paar Kommandos zu den Sanitätern hinüber. Ich robbte etwas zur Seite, wollte aber den Verletzten aus einem seltsamen Gefühl von Verantwortung heraus nicht ganz alleine lassen.

»Sofort Not-OP vorbereiten und Blutplasma bereitstellen lassen.«

Innerhalb von wenigen Minuten hatten sie den Mann auf eine Bahre geschnallt und schoben ihn in den Krankenwagen. Ich hockte noch immer in einer Blutlache am Boden, den blutigen Schal in den Händen. Alles war rot und roch entsetzlich. Nie hätte ich gedacht, dass Angst und Blut so riechen könnten. Karims Hand lag auf meiner Schulter, während er den Abtransport beobachtete und die beiden Polizisten respektvoll näher kamen. Ich seufzte ohne Erleichterung.

»Wir bräuchten bitte Ihre Personalien«, der Ältere der beiden lächelte beruhigend in die Runde, »und eine Schilderung des Herganges. Wer hat den Mann gefunden?«

Unsicher zuckte ich die Schultern und wechselte einen Blick mit dem Walker.

»Gefunden hat ihn keiner«, versuchte ich zu erklären. »Der Mann kam von dort drüben«, ich zeigte seitlich auf das Wäldchen neben Frau Baurs Haus, »aus dem Gebüsch auf mich zu und fiel dann hier vor mir auf die Straße. Ich war mit dem Hund spazieren.«

»Apropos Hund …«, Karims Blick glitt suchend umher. »Wo ist Mucki?«

»Der hockt vor der Tür.« Erschöpft zeigte ich zum Haus. Was für eine schizophrene Situation.

»Wann war das, Frau …?« Der ältere Polizist ging neben mir in die Hocke, ich walkte den blutigen Schal in meiner Hand.

»Berg … Christiane Berg.« Langsam wurde mir etwas flau, und der Krankenwagen raste mit Martinshorn und Blaulicht davon. Hoffentlich hatte der Mann eine Chance.

»Das ist sicher keine halbe Stunde her«, mutmaßte ich und schaute wieder zu dem Walker hinüber. »Was meinen Sie?«

Der Mann nickte souverän, was ich bewundernswert fand. »Eher weniger. Heribert Wagner ist mein Name. Es ist so, wie Frau Berg sagte. Ich kam aus Richtung Autobahn, das hier ist meine Walkingrunde. Der Mann stolperte aus dem Wäldchen da.«

»Und ich bin Karim Miller«, ergänzte Karim, als der Polizist sich an ihn wendete. »Ich wohne in dem Haus dort drüben, Geometerweg 60, bin der Lebensgefährte von Frau Berg. Ich kam dazu, als sie um Hilfe schrie. – Hier sind zwei Arbeiter von Joseph Simmerer ermordet worden, die als Drogenkuriere unterwegs waren. Der Verletzte ist auch von der Firma. Hauptkommissar Franz Schmiedeler leitet die Ermittlungen.«

Die Polizisten nickten überrascht, aber vermutlich war es vernünftig, dass Karim das ansprach. Sehr wahrscheinlich würde besagter Hauptkommissar noch heute Abend bei uns in der Stube sitzen. Während ich da so blutbesudelt in einer Blutlache auf dem dreckigen Asphalt hockte, war ich mir nicht sicher, ob ich darauf so richtig Lust hatte. Eigentlich wäre ich gern für immer hier hocken geblieben. Doch Karim packte mich sanft bei den Schultern.

»Steh auf, Chrissie, komm.«

Ziemlich wackelig kam ich auf die Beine, Karim nahm mir mit spitzen Fingern den tropfenden Schal ab.

»Sie brauchen uns nicht mehr, oder?«, fragte er, halb zu den

Polizisten gewendet. »Ansonsten können wir gern morgen weiterreden, aber jetzt muss ich mich um meine Freundin kümmern.«

Die beiden nickten notgedrungen, und der Ältere schob den anderen zum Auto. »Ich rufe Kommissar Schmiedeler gleich an. Alles Gute dann.«

Karim nickte. »Er wird sich dann sicher bei uns melden oder vorbeikommen. – Bleib stehen, Chrissie, ich hole nur den Hund.«

Heribert Wagner wartete bei uns darauf, dass seine Frau ihn abholte. Verständlicherweise hatte er nach diesem Vorfall keinen erhöhten Bedarf mehr, durchs dunkle Wasenmoos zu walken. Karim war sogar der Meinung, dass wir unter Polizeischutz gestellt werden sollten. Immerhin waren wir unfreiwillig in ein Gewaltverbrechen hineingezogen worden, und der Täter hatte uns womöglich gesehen und lief frei herum.

Das waren die Worte, die mir den Rest gaben.

»Schließ bitte alle Türen ab, Karim!« Ich hörte selbst, dass ich latent hysterisch klang, denn in diesem Moment bog ein Auto in die Einfahrt. Selbst mein eingegipster Arm zitterte. Doch es war Frau Wagner, die ihren Mann abholte und völlig aufgelöst davon redete, dass sie ihn sofort ins Krankenhaus bringen würde, weil sein Herz ja so schwach sei, der Bluthochdruck und überhaupt. Mein Hirn blendete sich aus, meine Ohren stellten sich ab. Nur mein Herz klopfte zappelig in mir herum und machte mir das Atmen schwer. Auch dieses Zittern fand ich nervtötend. Aber Nerven hatte ich ja eigentlich keine mehr. Die letzten waren dort bei dem Verletzten auf der Straße verreckt. Definitiv, jetzt, endgültig war ich ein Fall für den Polizeipsychologen geworden.

Karim schloss die Tür ab, nachdem die beiden sicher den Geometerweg erreicht hatten. Nebenbei warf er meinen Schal in die Mülltonne. Mir wurde schlecht. Aber dieses Mal würde ich Karim das nicht erzählen. Der trat erst einmal zu seiner Spirituosenecke, wo er Whisky in zwei Gläser kippte. Eines davon reichte er mir.

»Das entspannt. Wie geht es dir?«

Ohne nachzudenken, schluckte ich den Whisky hinunter. »Schlecht.«

»Krankenhaus?«

»Mach’s nicht noch schlimmer, Karim. Whisky hilft vielleicht auch.«

»Vielleicht. Ich rufe Schmiedeler an, denn den beiden Dorfpolizisten traue ich nicht zu, dass sie geschnallt haben, was da passiert ist.«

»Was ja unter Umständen die gesündere Variante ist.«

Karim seufzte und strich mir über den Rücken, während er sein Handy zückte.

»Servus, Franz!«

Ich schloss die Augen in der Hoffnung, dass der derzeitige Film meines Lebens eine kurze Pause einlegen würde. Aber das tat er natürlich nicht, im Gegenteil sogar, denn er baute ungut vertraute Sequenzen aus Oberstdorf ein, ein bisschen Trieblings, dazu den grobschlächtigen Hünen vom Simmerer. Warum der jetzt durch meine Erinnerungen turnte, war mir allerdings schleierhaft. Ein unangenehmer Mensch, aber er hatte nur einen Stein nach uns geworfen. Das war im Vergleich zu den anderen Geschichten eine erfrischende Kleinigkeit.

Während ich mein leeres Whiskyglas unter Karims argwöhnischem Blick erneut füllte, erklärte er Schmiedeler, dass mir auf der Straße ein angestochener Mann vor die Füße gefallen sei. So konnte man das auch beschreiben. Der Whisky wärmte und dämpfte Schmiedelers unüberhörbar aufgebrachte Entgegnung.

Mit dem Rücken zu Karim, dem Telefon und der breiten Glasfront des Wintergartens nippte ich an meinem dritten Whisky. Diese Nacht würde nicht nett werden. Wie es dem Verletzten wohl ging? Hatte er bis jetzt überlebt? Flickten die Ärzte im OP des Füssener Krankenhauses gerade seinen Bauch zusammen? Und hatten sie Drogen in seinem Magen gefunden? Wusste Joseph Simmerer bereits von seinem dritten Arbeitsausfall? Wirre Gedanken, die der Whisky nicht besser machte, so wie er auch meine unterschwellige Panik nicht wirklich in den Griff bekam. Die Dunkelheit hinter der Glasfassade war unerträglich. Da draußen war ein brutaler Messerstecher unterwegs.

Womit mir plötzlich klar wurde, dass Jakob Simmerer diesbezüglich unschuldig war. Er war nicht der böse schwarze Mann, vor dem wir Angst haben mussten. Aber wer war es dann? Wer wagte es, am helllichten Tag einen Menschen niederzustechen?

Eine weitere Welle von Panik schwappte durch mich hindurch, ich rieb mir mit der gesunden Hand mein Gesicht, roch noch immer den metallischen Geruch von Blut und erinnerte mich daran, dass ich mich tatsächlich noch nicht gewaschen hatte. Bestürzt schaute ich an mir herunter. Jeans und Pullover waren voller dunkler Flecken, von meiner Hand rieselte getrocknetes Blut, sogar mein Gips war befleckt. Ich stank wie ein Schlachthof. Würgend rannte ich ins Bad, spuckte den Whisky und mein Gebäckteilchen vom Nachmittag in die Toilettenschüssel.

Minutenlang blieb ich einfach auf dem Fliesenboden sitzen, bis Karim ins Bad kam.

»Duschen, Chrissie.«

Er fasste mich am Ellenbogen und zog mich hoch. »Schmiedeler kommt in einer halben Stunde, er ist total ausgeflippt. – Komm, ich helfe dir, dich auszuziehen.«

Sanft zog er mir mein langärmeliges T-Shirt über den Kopf, knöpfte meine Jeans auf und schob sie mir über die Hüften. Eigentlich liebte ich die Erotik seiner Bewegungen, wenn er mich auszog, doch heute zitterte alles an mir.

»Du hast einen Schock, Chrissie«, erklärte Karim ehrlich überrascht.

Ich verdrehte die Augen. »Ach nee.«

»Du hättest gleich beim Notarzt mitfahren müssen. Warum hast du nichts gesagt?«

Ich zuckte die Schultern, zitterte gleich noch mehr, weil ich fröstelte. »War mir in dem Moment nicht klar. Es geht schon. Nachher noch einen Whisky und einen kitschigen Film im Fernsehen, und morgen ist die Welt wieder in Ordnung.«

Energisch wickelte ich mir meine Plastiktüte um den befleckten Gips und das dicke Gummiband darüber. Ohne Karim anzuschauen, stieß ich die Tür der Dusche auf, wo ich erleichtert den Wasserhahn aufdrehte. Heiß! Viel!

Nur flüchtig beachtete ich die roten Schlieren auf dem weißen Emailboden der Wanne, die zum Abfluss strömten.

»Alles okay, Chrissie?« Karims besorgter Blick war von Wassertropfen und Dampf verschleiert.

Ich nickte. »Besser.«

Minutenlang ließ ich das heiße Wasser über mich plätschern,

meine Haut fing an zu glühen, wohlige Wärme. Auch eine dumpfe Entspannung machte sich in mir breit. Das tat gut.

Einhändig trocknete ich mich ab, fischte zwischen anderen Klamotten meine Jogginghose und ein Sweatshirt heraus, die ich alleine anziehen konnte.

Müde schlurfte ich ins Wohnzimmer zurück, wo Karim netterweise die Rollos an der Fensterfront heruntergelassen hatte. Außerdem roch es nach Milchreis mit Zimt und nach Pfefferminztee. Eine gemütliche Kombination. Ich lächelte, als Karim mir eine Schale mit Milchreis reichte. »Das beruhigt«, erklärte er und küsste mich sanft.

Der Duft von Vanille und Zimt übertünchte sogar den Blutgeruch, den ich trotz Duschgel und viel Wasser noch immer in der Nase hatte. Seufzend hockte ich mich an den großen Tisch und fing an, meinen Milchreis zu löffeln. Im selben Moment fuhr erneut ein Wagen die Auffahrt hoch, mein Herz ruckte verunsichert.

»Das wird der Franz sein.« Karim lächelte leicht und ging in den Flur.

Unentschlossen stellte ich die Schale auf den Tisch. Sollte ich zur Tür schauen, auf die Gefahr hin, dass der Messerstecher seine Zeugen ausschalten wollte? Meine Hände wurden schlagartig kalt und klamm. Unübersehbar war der Schock noch ganz in der Nähe, weder in den Abfluss gespült noch im Zimtduft aufgelöst.

Langsam stand ich auf, eine Autotür schlug zu, und kalte Luft strömte ins Zimmer, weil Karim die Haustür aufgemacht hatte. Das sprach weniger für den Messerstecher als für Schmiedeler. Trotzdem wollten meine Füße nur zögernd vorwärts.

Schon vom Flur aus hörte ich Schmiedeler herumbrüllen. Das schien mir ungewöhnlich. Scheu trat ich neben Karim, der am Türrahmen lehnte und lachte, während draußen Schmiedeler mit dem Rücken zu uns am Auto stand, in sein Handy brüllte und dabei gleichzeitig mit der freien Hand auf das Autodach hämmerte. Im Gegenlicht schien es so, als wäre das Dach bereits eingedellt. Seltsam.

»Herrgottsakra!«, fluchte er ein übers andere Mal. »Ich fass es nicht! Wieso sind die beiden Kollegen, die am Tatort waren, schon im Feierabend? Wieso hat niemand den Tatort gesichert, nach der Tatwaffe, noch besser nach dem Täter gesucht? Ihr wollt mir doch nicht wirklich erklären, dass da niemand dran gedacht hat? Was?«

Der Mensch am anderen Ende der Verbindung hatte wenig Gelegenheit zu einer deeskalierenden Erklärung. Schmiedeler fluchte gleich weiter. »Unglaublich! Jetzt wundert es mich nicht mehr, dass der neue Staatsanwalt uns Provinzbullen schimpft. Ihr habt keine Fahndung eingeleitet? Ich fass es nicht.«

Der letzte Satz klang bereits ansatzweise resigniert, die linke Hand lag nur noch flach auf dem Dach des Audis. Dann drehte sich Schmiedeler zu uns um. Selbst im diffusen Licht der Außenleuchte sah er erschöpft aus.

»Okay«, er lächelte gequält zu uns hinüber, »ich will sofort eine Suchmannschaft hier im Geometerweg haben, einen Hundeführer dazu und …« Erneut starrte er sprachlos ins Nichts, bevor er platzte. »Dann holt den Hundeführer und seinen Köter vom Sofa! Was heißt hier, der ist auch im Feierabend? Macht's bloß zu, sonst werde ich wirklich ungemütlich.« Tief einatmend kam er auf uns zu. »Und dann will ich noch je zwei Kollegen zum Schutz der Zeugen abgestellt haben. Ich bin im Moment bei den Zeugen Christiane Berg und Karim Miller. Der andere heißt Wagner. Die Kollegen sollen sich anmelden, nicht, dass die Leute noch die Polizei rufen, weil da fremde Kerle vor ihrem Haus herumlungern. Und wenn der Verletzte vernehmungsfähig ist, dann will ich das sofort wissen. Traut's euch, weiter so zu schlampern.«

Mit einem letzten Fluch ließ er sein Handy in die Jackentasche plumpsen.

»Servus, ihr zwei.« Linkisch stand der böse Kommissar vor uns. »Entschuldigt den Auftritt, aber ich bin's wirklich leid.«

»Passt scho, Herr Hauptkommissar«, Karim grinste, »komm rein. Die beiden Polizisten vorhin waren zwar sehr höflich, aber total überfordert.«

Schmiedeler brummte nur.

»Wie geht es dir, Chrissie? Schaust müde aus.« Fürsorglich streichelte er mir den Nacken, was mich an den Rand der Tränen brachte. Ich schluckte krampfhaft und wand mich so höflich wie möglich aus seiner Hand.

»Alles gut, Franz«, meine Stimme kippte ein wenig. »War nicht so prickelnd, aber wenn der Mann überlebt, dann will ich gerne für den Rest meines Lebens kein Blut mehr sehen können.«

Schmiedeler lachte leise, während Karim uns beide ins Haus schob.

»Du kannst Milchreis haben, Franz, oder Brotzeit.«

»Brotzeit, Karim. Ich futtere mich dauernd bei euch durch.«

Während Karim den Tisch deckte und ich an meinem Milchreis löffelte, erzählte Schmiedeler, dass der Verletzte noch operiert wurde, leider nicht außer Lebensgefahr war. Man hatte in seinem Magen ein paar Päckchen Crystal Meth gefunden. Vermutlich das gleiche wie in den beiden Männern davor.

»Der Arzt, mit dem ich gesprochen habe«, Schmiedeler schnupperte skeptisch an der Teetasse, die Karim vor ihn hingestellt hatte, »hat dich und diesen Herrn Wagner übrigens sehr gelobt. Ihr habt alles richtig gemacht. Wunde zugepresst und Beine hoch. Das hat dem Mann vermutlich das Leben gerettet, sonst wäre er auf der Straße verblutet oder kollabiert.«

Ich stutzte kurz. »Aber das ist doch selbstverständlich, Franz.«

Er wackelte leicht mit dem Kopf. »Leider nicht. – Wie auch immer, ohne seine Aussage tappen wir mit dem Täter völlig im Dunkeln.«

»Wohl wahr«, Karim reichte Brot, »denn der junge Simmerer kann es dieses Mal nicht gewesen sein.«

»Nein, der muss zwar laut KTU am zweiten Tatort dabei gewesen sein, pocht aber dauernd auf seine Unschuld. Den kriegen wir im Moment nur wegen Drogenhandel dran. Das aber nicht zu knapp. Die Kollegen in Prag haben die versteckte Drogenküche in Simmerers Lagerhalle gefunden, mit klaren Spuren von Jakob Simmerer. – Ich frage mich grad, ob es in dem Zusammenhang nicht eine vernünftige Idee wäre, euch für ein paar Tage in einer Polizeiwohnung unterzubringen. Da wärt ihr sicher.«

Vor Schreck fiel mir der Löffel aus der Hand, prallte kurz an der Tischkante ab, um klirrend auf dem Fliesenboden zu landen. Die beiden Männer schauten mich überrascht an.

»Wieso sicher?«, war alles, was ich haspeln konnte.

Noch auf der Fahrt nach Kempten in Schmiedelers Auto, mit Zivilstreife im Schlepp, versuchte Karim, mich zu beruhigen. Er war stocksauer auf Schmiedeler und seine unsensible Art, laut zu denken. Dem wiederum tat es unendlich leid, dass er mich so verschreckt hatte. Der Ärmste konnte ja nicht ahnen, dass ich nach dem Blutbad ein bisschen arg labil reagierte. Wenn es nach ihm gegangen wäre, hätte ich vom Polizeiarzt erst einmal einen guten Schuss Valium bekommen, aber das lehnte ich strikt ab. Noch mehr Drogen konnte ich nicht aushalten, dann lieber die blutrot durcheinandergewürfelten Bilder der diversen Kapitalverbrechen in meinem Leben. Ich wollte mir nur noch irgendwo eine Decke über den Kopf ziehen. Meinetwegen auch in einer angeblich sicheren Polizeiwohnung.

Da ich bisher nur wenige Male in Kempten gewesen war, hatte ich keine Ahnung, wohin uns Schmiedeler bringen würde. Er hielt vor einem niedrigen Hochhaus in einem Stadtteil mit älteren Reihenhäusern und kleineren Handwerksbetrieben. Es wirkte im Dunkeln alles etwas heruntergekommen. Wir durften erst aussteigen, als die beiden Zivilpolizisten an unseren Autotüren standen. Das kam mir dann doch sehr albern vor. Zu fünft betraten wir das Hochhaus, drängten uns in den mit Graffiti beschmierten Aufzug, wo Schmiedeler auf den Knopf des obersten Stockwerkes drückte. Hoch hinaus.

Wir schwiegen seltsam befangen, einer der Polizisten rümpfte etwas die Nase, denn Mucki müffelte den Aufzug voll. Das war der erste Moment seit Stunden, wo mir nach einem Grinsen zumute war.

Immer noch schweigend stapften wir dann einen langen Flur entlang, an dessen rechtem Ende Schmiedeler umständlich eine Wohnungstür aufschloss. Halbherzig lächelnd schob er uns hinein. »Willkommen im sichersten Nest von Kempten.«

Unsicher schlich ich hinter Karim in die Wohnung. Ein großer Wohnraum, von dem eine Tür abging, vermutlich ins Schlafzimmer, Küche und Bad. Die Front war verglast und ging auf einen Balkon hinaus. Komplett möbliert, einfach, aber auf den ersten Blick sehr sauber. Ich atmete tief durch, spürte eine verwirrende Erleichterung in mir. Hinter diesen Fenstern konnte kein Messerstecher lauern, und an der Tür würde ein bewaffneter Polizist wachen.

Völlig unkontrolliert spürte ich Tränen aufsteigen. Shit, dachte ich, mich zum Balkon schiebend, jetzt nicht heulen, nicht vor den Männern. Möglichst unauffällig wischte ich über meine Augen, starrte das müde Gesicht in der spiegelnden Glasfläche an. Das war ich, oder zumindest die Reste von mir. Wochen hatte ich nach der Sache in Oberstdorf gebraucht, um wieder halbwegs unbefangen durch mein Leben zu laufen. Dieses Mal würde es sicher nicht besser werden. Wenigstens hatte ich meine Tränendrüsen so weit wieder unter Kontrolle, dass ich mich umdrehen konnte. Karim stellte gerade unsere Reisetaschen neben das Sofa, er lächelte mich angespannt an. Auch er trug die Spuren der letzten Ereignisse im Gesicht. Schmiedeler gab derweil seinen Kollegen letzte Anweisungen. Dann kam er zu mir herüber.

»Falls du doch noch einen Arzt brauchst, Chrissie«, er musterte mich mit zerknirschtem Dackelblick, »dann ruf an. Ich kümmere mich auch die nächsten Tage um Termine beim Psychologen für euch beide. Jetzt müsst ihr aber erst einmal hierbleiben. Ich bin sicher, wir sind dem Mörder dicht auf den Fersen. Hab keine Angst. Ich fahre dann auch gleich wieder nach Füssen. Wer weiß, ob mir die Kollegen gerade einen Tatort zertrampeln.«

Ich nickte stumm. Mehr war nicht drin, zumal meiner Meinung nach »dicht auf den Fersen« eine grandiose Übertreibung war, und im Moment war es mir auch schnurzegal, was Schmiedelers Kollegen im Wasenmoos finden könnten.

Er klopfte Karim leicht auf die Schulter und verließ mit einem letzten Gruß die Wohnung.

Da standen wir nun in einer fremden Wohnung mit zwei fremden Männern, von denen wir nur wussten, dass sie Max und Peter hießen und Polizisten waren. Erschöpft ließ ich mich auf einen Polsterhocker neben dem Sofa fallen. Das fühlte sich zwar sicher, aber nicht gemütlich an.

Einer der Männer räusperte sich. »Max und ich werden abwechselnd wachen, uns um die Verpflegung kümmern und euch begleiten, falls ihr die Wohnung verlassen wollt. Max macht die erste Wache.«

Wir nickten verwirrt, während besagter Max eine Tür neben der Wohnungstür aufmachte, die ich bisher nicht bemerkt hatte. Dahinter schien sich ein weiteres Zimmer zu befinden. Das alles war so skurril.

»Danke«, murmelte Karim, während mir mein Anstand irgendwie abhandengekommen war. »Wir gehen jetzt auch schlafen.«

Als sei das Max' Kommando gewesen, verdrückte er sich in die Küche, Peter verschwand im angrenzenden Zimmer. Wir waren so gut wie allein.

Karim kam auf mich zu und ging vor mir in die Hocke. »Geht's?«

Mit einem Nicken legte ich meine Stirn auf seine Schulter.

»Wenn wir das hier mal wieder hinter uns haben, Karim«, ich schaute ihm in sein Gesicht, das dem meinen so nah war, dass es vor meinen Augen verschwamm, »dann will ich endgültig nichts mehr mit Gewaltverbrechen zu tun haben. Kein Tatort im Fernsehen, kein Bestsellerkrimi auf dem Klo und schon gar nicht wir live dabei. Kannst du mir das versprechen?«

Er seufzte leise, schüttelte dann den Kopf mit einem halben Grinsen. »Nein, das kann ich dir nicht versprechen, aber wir können es wenigstens mal versuchen. – Lass uns schlafen gehen, Chrissie.«

Das Bettzeug roch frisch gewaschen und fühlte sich abweisend kalt an, als ich mit T-Shirt und Socken unter die Decke schlüpfte. Neben mir wand sich Karim unwirsch knurrend. Die Laken waren noch kälter.

»Wir hätten unser Bettzeug mitnehmen sollen«, murrte er, knipste die Lampe auf dem abgeschabten Furniernachttisch aus. Das Halbdunkel fiel unschön über mich, und es war mir unangenehm, dass wir die Vorhänge nicht vor die Finsternis des Fensters gezogen hatten. Was wenn unser möglicher Verfolger das Licht von draußen sah? Kurz schwankte ich, ob es notwendig war, das nachzuholen, und stand wieder auf. Karim verdrehte die Augen, ich sah es genau, aber es musste sein. Mit einem Ruck war die Gefahr von außen gebannt.

»Wir hätten auch diverse andere wichtige Sachen mitnehmen können«, erwiderte ich, unter die Decke rutschend. »War alles ein bisschen überstürzt.«

Er brummte und schaute kurz nach meiner Lampe. »Wird ja hoffentlich nicht lange dauern. – Machst du das Licht endlich aus?«

Wieder zögerte ich, schüttelte dann den Kopf, rutschte langsam in die Kissen. »Nein, das bleibt an. Ich mag's nicht dunkel.«

»Beim Sex finde ich die Einstellung super«, erwiderte Karim, ganz er selbst, »aber jetzt würde ich gern schlafen.«

»Dann schlaf.«

Da würde es keinen Kompromiss geben. Noch immer hatte ich den Geruch von Blut in der Nase, fühlte die zäh gerinnende Flüssigkeit auf meinen Händen, sah, wie sich mein Schal rot färbte, sah die Angst in den Augen des Mannes. Die Ruhe des Zimmers, die Anonymität der Situation verstärkten die Bilder in meinem Hirn. Ich presste die Augen zu. Unter der Bettdecke streckte Karim seine Hand nach mir aus. Wider Willen musste ich schniefen, rollte gleichzeitig zu ihm hinüber.

»Ich will jetzt keinen Sex«, schluchzte ich.

Er lachte, was mich an seiner Brust durchschüttelte. »Schade. Sex ist ein super Mittel zum Trösten.«

»Ich will auch keinen Trost.« Ich zog die Nase hoch, überlegte, ob ich ein weiteres Mal aufstehen sollte, um mir ein Taschentuch zu holen, doch neben Karim wurde mir langsam warm.

»Maoam habe ich keins, Chrissie.« Wieder lachte er leise und küsste mich auf die Stirn. Eine seltsam fürsorgliche Geste. »Aber ich höre dir zu, wenn du mit mir reden möchtest.«

Wollte ich reden? Und wenn ja, über was? Lange Momente hörte ich nur unseren Atem und die entfernten Geräusche einer nächtlichen Stadt. Max ging leise in der Küche umher.

»Kennst du das Spiel ›Wer hat Angst vorm schwarzen Mann‹?«

Karim bewegte die Schultern. »Nö, sollte ich?«

»Eigentlich schon, es ist ein Kinderspiel, das wir früher viel gespielt haben.«

Er seufzte und rückte mich an seiner Schulter zurecht. »Bis ich mit anderen gespielt habe, hieß das dann Petting.«

Okay, bei Karim endete so gut wie alles in der Sackgasse namens Sex. War ja klar. Aber da ich jetzt nicht mit ihm über seine verkorkste Migrantenkindheit sprechen wollte, ging ich darauf nicht ein.

»›Wer hat Angst vorm schwarzen Mann‹ ist ein Spiel, bei dem man gefangen werden muss. Am Ende bleibt einer alleine übrig.«

»Wie im wahren Leben«, erwiderte Karim trocken. »Und? Was

hat das mit diesem Tag und der bisher ziemlich miserablen Nacht zu tun?«

In meinem Kopf liefen diverse Filme gleichzeitig ab, alles rotierte durcheinander, und mir fiel es zunehmend schwer, mich zu konzentrieren, aber müde war ich noch immer nicht.

»Alles hat damit zu tun«, knurrte ich und rieb mir die Augen. Selbst im schwachen Licht der Nachttischlampe bemerkte ich, dass ich noch immer dunkle Ränder von geronnenem Blut unter den Fingernägeln hatte. Angewidert schob ich meine Hände unter die Decke. »Von Anfang an konnte ich mir nicht vorstellen, dass Jakob Simmerer der Mann ist, von dem Frau Baur gesprochen hat. Der Simmerer ist kein wirklich finsteres Geschöpf.«

»Äußerlich nicht, aber wer mit Drogen handelt, ist alles andere als ein Menschenfreund.«

»Ja, schon.« Irgendetwas wollte mein Kopf denken, aber ich konnte es nicht fassen. Finster … was sollte mir dieses Wort sagen?

»Der Vorarbeiter vom Simmerer senior ist dagegen optisch superfinster«, redete Karim weiter. »Wenn ich mir so überlege, wie der mit seinem fetten Messer den Spind vom Kostka aufgehebelt hat …« Er machte ein gruseliges Geräusch, während meine Nackenhaare schneller standen, als ich seine Worte verarbeiten konnte.

»Was?«

»Ja, Franz hat mich doch mit dem Kerl ins Haus geschickt, Kostkas Klamotten holen. Und da wir keinen Schlüssel zum Spind hatten, hat der ein Messer wie eine Machete aus seinem Arbeitsstiefel gezogen und hat das Ding aufgehebelt. Wie im Krimi.«

Vor meinem inneren Auge blitzte ein Messer auf. Jiri, der Hüne. Er wohnte im Wasenmoos, er kannte sich garantiert in den kleinen Wäldchen aus. Er war der Prototyp eines schwarzen Mannes. Trotz der Blutränder unter meinen Nägeln musste ich mir noch einmal die Augen reiben, aber die Bilder dahinter wollten nicht verschwinden.

»Tja«, Karim kuschelte sich tiefer in die Decken und zog mich an sich, »der Kerl schaut aus wie ein Killer, aber er hat kein Motiv.«

Seufzend drehte ich mich in seinen Armen auf die Seite. Zumindest kein Motiv, das für uns nachvollziehbar war.

»Trotzdem hätten wir uns nicht so auf den Jakob einschießen

dürfen«, murmelte ich, »das war ein Fehler. Der hätte fast einen weiteren Menschen das Leben gekostet.«

Karims tiefer Atem neben mir machte deutlich, dass er meine Worte schon nicht mehr gehört hatte. Männer und ihr gesegneter Schlaf. Mit brennenden Augen starrte ich zur Zimmerdecke, die dringend einen neuen Anstrich brauchte. Ja, ein böser Fehler war das gewesen, denn er hatte auch uns in Gefahr gebracht.

NEUNZEHN

Gegen zehn am nächsten Morgen tauchten Schmiedeler und Sebi mit einer Tüte Butterbrezen bei uns auf. Den Schatten nach, die unter ihren Augen hingen, hatten sie in der vergangenen Nacht keinen Schlaf gefunden. Na ja, dachte ich ergeben, warum sollte es den beiden besser ergehen als mir.

Nachdem Karim für mein Empfinden schamlos selig eingeschlafen war, mein Hirn aber nach wie vor der Meinung gewesen war, nutzlose Klimmzüge veranstalten zu müssen, war ich aufgestanden und zu Max in die Küche gegangen.

Der hatte mir, ganz der schweigende Gentleman, eine Tasse Milch in die Mikrowelle gestellt, verständnisvoll lächelnd Honig hineingerührt und die Nacht mit mir und seinen Kreuzworträtseln verbracht.

Jetzt schlief er noch, der Glückliche.

Die beiden Polizisten erwiesen sich als überraschend angenehme Mitbewohner. Sie waren zurückhaltend, witzig und sehr wachsam. Ich fühlte mich erstaunlich sicher mit ihnen.

Schmiedeler ließ die Tüte mit den Brezen einfach auf den Tisch fallen und sich daneben auf einen der Sessel. Peter, der die Tagwache hatte, brachte zwei weitere Tassen und frischen Kaffee, während Sebi tatsächlich sein Handy ausschaltete und in seine Hosentasche steckte. Das hatten wir noch nicht erlebt. Karims Blick war skeptisch.

»Hast du schlafen können, Chrissie?«, fragte Schmiedeler mit der ersten Breze im Mund. Einen Moment lang zögerte ich, ob eine höfliche Lüge angemessen wäre, doch dann schüttelte ich den Kopf. »Ein anderes Mal wieder, Franz. Gestern war's zu wild in mir drin.«

Er nickte wissend. »Das ist manchmal so. Hier …«, er schob mir eine Packung Tabletten hin, »… vom Polizeiarzt mit den besten Grüßen. Das Zeug nehmen die Kollegen, die unschöne Einsätze hatten. Soll super helfen.«

Eigentlich wollte ich dankend ablehnen und die Packung zurückschieben, doch Karim griff danach und schickte einen warnenden Blick über den Tisch zu mir herüber. »Tu nicht so, Chrissie.«

Ich schnitt ihm eine Grimasse. Auf eine Diskussion würde ich mich vor den anderen Männern nicht mit ihm einlassen. Angespannte Augenblicke lang herrschte Stille am Tisch, dann griff Karim über den Tisch hinweg nach meiner Hand, von der ich nach einer weiteren sehr ausgiebigen Dusche endlich alle Blutreste abgeschrubbt hatte.

»Okay, Franz«, er lächelte, »dann bring uns mal auf den neuesten Stand unserer Sicherheit. Was hat die Fahndung ergeben?«

»Ja, nix«, brummte er, nach seiner Kaffeetasse greifend. »Nehmt's euch Brezen. Wenn man schon nicht schläft, dann muss man wenigstens essen.«

Essen? Ich zog die Augenbrauen hoch, aber mein Magen knurrte. Also nahm ich mir mit reichlich gemischten Gefühlen eine Breze. Das erste Essen seit dem hastigen Milchreis. Probehalber biss ich hinein, schmeckte warme Butter, Salz. Das fühlte sich überraschend gut an. Ich seufzte wider Willen, was Franz ein Lächeln abrang.

»Siehst, Chrissie, hör halt mal auf mich.«

»Wieso hat die Fahndung nichts gebracht?«, hakte Karim rigoros nach. Sebi starrte unwillig zur Zimmerdecke.

»Warum wohl? Weil die cleveren Kollegen gestern zwar freundlich zu euch waren, aber leider nicht weiter als bis zu ihrem Schichtende gedacht haben. Als wir dann endlich über alles informiert waren und die Kollegen der Nachtschicht aktiviert hatten, war nicht mehr zu finden als ein paar Blutspuren und zertrampelte Erde in der Schonung neben dem Garten der Frau Baur.«

»Dafür habt ihr aber nicht die ganze Nacht im Wasenmoos Räuber und Gendarm gespielt, oder?«

Sebis überraschend offene Erklärungen schienen Karim ehrlich zu verärgern. Was hatte er erwartet?

»Ha, ha«, äffte Sebi, »dich geht das eigentlich eh nichts an, was nörgelst du herum? Hast es hier doch nett und warm auf Staatskosten.«

Oha. Schmiedeler und ich wechselten einen überraschten Blick. Kochten hier Stress, Angst und Übermüdung ein aggressives Süppchen?

»Sapperlot, Jungs, geht's no?« Karim griff sich eine Breze und biss ruppig hinein, während Sebi sein Handy hervorholte.

»Ist doch wahr«, zankte er.

Da hatte Sebi nicht einmal unrecht, eigentlich ging uns das alles gar nichts an, und ich für meinen Teil hätte gut auf einen Haufen unappetitlicher Details verzichten können. Inklusive des Vorfalls von gestern.

»Wie geht es dem Mann?«

Schmiedeler räusperte sich. »Unverändert, Chrissie, er ist noch nicht bei Bewusstsein, aber so weit stabil. Der Mann ist wie zu erwarten Tscheche, stammt aus Prag und wurde von Joseph Simmerer erst für den Job hier in Deutschland eingestellt.«

Karim richtete sich interessiert auf, doch Sebi kam seiner Frage zuvor. »Ja, bevor du wieder Fragen stellst, die du nicht stellen solltest, Jakob Simmerer hat heute Nacht gestanden, dass er versucht hat, einen Drogenhandel aufzubauen. Mit dem Jakob haben wir uns übrigens die Nacht um die Ohren geschlagen.«

Vorsichtshalber rutschte ich auf meinem Sessel etwas aus der Streitlinie. Eigentlich verstanden sich Karim und Sebi sehr gut.

»Das ist doch schon mal etwas.« Karim hob wider Erwarten die Hand zum Peace-Zeichen. »Blieb ihm wahrscheinlich auch nicht sehr viel anderes übrig, oder? Für die Morde könnt ihr ihn ja leider nicht mehr rankriegen.«

»Nein«, Schmiedeler seufzte, »dafür nicht. Er wollte die Firma seines Vaters für eine sichere Botenkette nutzen, die Arbeiter waren gern bereit, ihr Gehalt damit aufzubessern. Das Gleiche wollte Jakob übrigens auch. Mehr Geld, um seinem Vater vorzulügen, dass er mit Sport richtig Kohle machen könnte. Eigentlich ein bedauernswerter Kerl.«

Eigentlich. Ich schüttelte den Kopf. »Schwache Idee. Ist ja auch nicht so ganz aufgegangen. Hat er einen Verdacht, wer seine Boten auf dem Gewissen hat? Und hat er den Mann erkannt, der ihm mit dem Messer die Hände aufgeschlitzt hat?«

Die beiden Kommissare schwiegen. Ob das an meiner Frage lag oder der Breze, die im Mund gekaut werden wollte, war mir nicht ganz klar.

»Nix hat er erkannt«, Schmiedeler schluckte, »behauptet er wenigstens. Der Messermann hat in dieser Nacht in der Röhre des Baches gelauert, kam dann wohl blitzschnell hervor, als die beiden die Übergabe einleiten wollten. Er hat erst den Tschechen erstochen, dann hat er Jakob Simmerer angegriffen. Der hat sich mit den Händen gewehrt und ist dann geflüchtet. Meinte, so schnell sei er noch nie gerannt.«

Karim und ich wechselten einen kurzen Blick.

»Jetzt mal im Ernst, Franz«, Karim beugte sich zu Schmiedeler hinüber, »glaubst du wirklich, dass der Mörder den Jakob einfach so laufen gelassen hat? Ein Typ, der alles und jeden rigoros absticht? Noch dazu mit dem Überraschungseffekt auf seiner Seite. – Komm, das passt nie und nimmer.«

Schmiedeler verzog das Gesicht, während Sebi grinste.

»Karim«, Sebi wedelte mit seiner angebissenen Breze über den Tisch, »du gehst mir grad mal wieder krass auf die Nerven, aber wo du recht hast, hast du recht. Wer sein Messer so rigoros benutzt, der nutzt auch die Schockstarre seiner Opfer … Nur der Herr Hauptkommissar will's mal wieder nicht glauben.«

Ich popelte nachdenklich an dem groben Salz auf meiner Breze herum. »Das würde aber bedeuten«, sagte ich in die Runde, »dass der Mörder Jakob bewusst verschont hat. Ihn womöglich kennt?«

Karim nickte. »Und ihm mit den kleinen, ungefährlichen Stichen einen Denkzettel geben wollte. Dann würde die Theorie passen, dass der Mörder den Drogenhandel zerschlagen will.«

»Kruzifix, nein!« Schmiedeler schob verärgert seine Tasse über den Tisch. »Ihr wollt mir doch nicht ernsthaft erzählen, dass man mordet, um einen Drogenhandel zu verhindern?«

»Doch, wollen wir.« Sebi schaute seinen Chef triumphierend an. »Jetzt müssen wir nur den unbekannten schwarzen Mann finden, der Jakob Simmerer und vermutlich auch seinen Vater kennt.«

»Chrissie tippt auf den Vorarbeiter vom Simmerer.« Karim konnte nicht minder triumphierend schauen.

Sebi nickte anerkennend. »Der ist mir auch schon öfter durch den Kopf geschossen. Schwarz genug ist der ja, und er scheint durchaus gewaltbereit zu sein. Laut den tschechischen Kollegen ist er wegen schwerer Körperverletzung vorbestraft.«

»Bingo.« Karim griff sich eine weitere Breze, während mir gerade mal wieder die Bissen im Mund vertrockneten. »Außerdem hat er ein richtig fettes Messer in seinem Arbeitsstiefel stecken.«

Schmiedeler stöhnte nur. »Und wo ist das Motiv von diesem Vorarbeiter? Warum sollte er morden?«

Oder versuchen zu morden, dachte ich leicht angegruselt. Beim dritten Mal stand ich wahrscheinlich sogar fast daneben.

Aber Franz hatte recht. Selbst wenn Jiri Jakobs Drogenhandel verhindern wollte, war das kein massiv persönlicher Grund für Mord. Gut, dem konnte man entgegenhalten, dass schon aus anderen Nichtigkeiten jemand zur Keule gegriffen hatte. Das passte alles hinten und vorne nicht.

»Irgendetwas fehlt an der Geschichte«, erwiderte ich, »wir übersehen etwas.«

»Und was, Chrissie Superhirn?«

»Weiß ich nicht, Karim, sonst würde ich es dir sicher sofort sagen. – Wie lange müssen wir hierbleiben, Franz?«

»So lange, bis wir den Mörder haben.« Schmiedeler stand entschlossen auf. »Und das sollte schnell gehen, denn der Staatsanwalt macht uns argen Druck. Sebi, wir fahren jetzt nach Füssen und schauen uns die Tschechenhütte im Wasenmoos samt Vorarbeiter noch einmal genau an. Ich will nicht, dass es heißt, ich nähme deine Ermittlungsansätze nicht ernst.«

ZWANZIG

Wieder blieb Karim angefiest zurück. Zu gern wäre er mit ins Wasenmoos gefahren, doch Schmiedeler hatte kategorisch abgelehnt. Zum Glück. Ich hätte sie weder begleiten wollen noch alleine hierbleiben.

So langweilten wir uns jetzt wieder zu dritt. Max schlief noch immer. Karim zappte durch die vormittäglich sinnlosen Fernsehprogramme, während ich versuchte, am Laptop zu arbeiten. Damit ging es mir immerhin besser, die Bilder des schwer verletzten Mannes verblassten hinter den Zahlenkolonnen der Bibliotheksbestände.

Draußen regnete es in Strömen. Das war nicht das beste Wetter für eine Hausdurchsuchung im Wasenmoos.

Alle drei Stunden führte Peter den Hund aus, dessen Pelz bei Nässe schier unerträglich roch.

Karim bereitete uns ein Mittagessen. Der Tag zog sich wie frischer Kaugummi, und die Dämmerung kam früh.

Ein weiterer Abend und eine halbwegs durchschlafene Nacht folgten.

Von Sebi und Franz hörten wir nichts, was Karim total aufbrachte. Auch dieses Mal war mir das nur recht. Meinetwegen brauchten sie sich erst wieder zu melden, wenn der Mörder gefasst war und wir nach Hause durften. Wie lange war die Polizei wohl gewillt, uns im Zeugenschutz zu behalten?

Am späten Mittag des dritten Tages klingelte Karims Handy.

»Servus, Herr Simmerer«, grüßte Karim, während ich vor Überraschung fast meine Teetasse in die Tastatur meines Laptops leerte. Mit dem hatten wir beide nicht mehr gerechnet, nachdem unser Tipp seinen Sohn hinter Gitter gebracht hatte.

»Ach, das tut mir jetzt echt leid«, hörte ich Karim sagen, »wir sind nicht daheim. Was für ein Angebot?«

Ich lauschte aufmerksam, konnte aber nur Simmerers Geschnatter hören, ohne ein Wort zu verstehen. Energisch gab ich Karim ein Zeichen, den Lautsprecher anzumachen, doch er schüttelte den Kopf.

»Okay …«, dehnte er. Mit großen Augen starrte er mich an, ich hob fragend die Hand. »Im Ernst jetzt, Herr Simmerer? … Gut, ich klär eben mal ab, wie wir bei Ihnen vorbeikommen können, und rufe Sie dann gleich zurück.«

Fassungslos starrte er mich an. »Der will mein Haus noch immer kaufen. Er ist uns dankbar, dass wir seinen Sohn aus dem Drogenverkehr gezogen haben. Beim Bauamt hat man ihm außerdem bestätigt, dass mein Haus im Bestand geduldet bleibt. Wir sollen bei ihm vorbeikommen, damit er mir das Angebot geben kann. Hey, Chrissie, ich glaub, ich träume.«

»Ruhhhiggg …« So einfach war ich nicht zu beeindrucken. »Was genau hat er gesagt? Nur, damit wir da keine Missverständnisse produzieren.«

»Er hat wortwörtlich gesagt, dass er mein Haus schon immer haben wollte, Oma ja nie verkauft hat, und jetzt muss es sein. Er macht dieses Angebot nur ein Mal, und wir sollen vorbeikommen, damit er mit uns darüber reden kann. Schnellstmöglich.«

»Wir sind hier aber mehr oder weniger in Sicherungsverwahrung«, erwiderte ich. Mein Herz klopfte aufgeregt, ob vor Freude oder Skepsis, war mir allerdings nicht klar.

»Egal«, Karim stand auf, »dann müssen die beiden halt draußen auf uns aufpassen. Ich lasse mir deswegen nicht einen Haufen Geld durch die Lappen gehen. – Peter!«

Es war Max, der müde aus der Küche blinzelte. »Peter schläft. Was ist los, muss der Fiffi wieder raus?«

»Nein«, Karim grinste, »wir müssen raus, und zwar dringend!«

EINUNDZWANZIG

Keine Stunde später waren wir mit Schmiedelers widerwilligem Segen, Mucki und den beiden Polizisten auf dem Weg nach Füssen.

Peter kämpfte auf dem Beifahrersitz noch gegen den Schlaf an. Mir taten die beiden leid. Diese Nachtwachen waren eine Form von Selbstmord, und auch wenn wir nicht in akuter Gefahr schwebten, so hatten sie doch die Verantwortung für uns, und ein Fehler konnte Leben kosten.

Karim und ich hockten auf dem Rücksitz, den allmählich weniger müffelnden Mucki zwischen uns. Wir waren so aufgeregt. Mal davon abgesehen, dass wir einen Verkauf an Simmerer komplett abgehakt hatten, fehlte uns jede Vorstellung, wie ein gutes Angebot seinerseits aussehen könnte. Ich wagte es nicht, mir irgendeine Zahl vorzustellen, aber alles würde uns einen Neustart erleichtern.

Max stellte den Wagen auf dem Parkplatz der Klinik ab, weil er meinte, das sei unauffällig. Ganz erschloss sich mir die Begründung nicht, doch es war zu Fuß entlang des Franziskanerklosters nicht weit zu Simmerers Büro an der alten Stadtmauer. So kam Mucki noch in den Genuss eines Spazierganges. Fast hätten wir noch Frau Baur besuchen können oder Simmerers dritten Mann, der noch immer im Koma lag, aber das wollte ich in diesem Moment nicht vorschlagen.

Schweigend bewegten wir uns mit zügigen Schritten und meinerseits deutlichem Unwohlsein durch die engen Gassen der Altstadt. Füssen war eigentlich wunderschön. Aber seit den letzten Geschehnissen wurde ich das Gefühl der unterschwelligen Bedrohung nicht mehr los.

Durch das Schaufenster sahen wir Simmerer an seinem Schreibtisch sitzen, er winkte uns zu. Zu viert traten wir ein, Simmerers Blick zuckte kurz, als er Frau Baurs Hund erkannte, aber er sagte nichts, sondern eilte lächelnd um den Schreibtisch herum auf uns zu.

»Frau Berg, Herr Miller«, er schüttelte uns die Hände, »schön, dass Sie so schnell kommen konnten.«

Karim nickte steif, auch mir kam diese Begrüßung etwas übertrieben daher. »Danke, Herr Simmerer«, erwiderte Karim und entzog dem Makler seine Hand. »Ich hoffe, es ist in Ordnung, dass unsere Bekannten aufgrund der spontanen Änderung unserer Tagesplanung mit dabei sind?«

»Ja, selbstverständlich, Herr Miller.« Simmerer schüttelte auch den Polizisten die Hände. Sie lächelten reserviert. »Nehmen Sie doch bitte Platz.« Er rotierte einmal um die eigene Achse. »Ach, Stühle … – Jiri! Bring zwei Stühle ins Büro!«

Na, perfekt, dachte ich und wechselte einen bestürzten Blick mit Karim. Die Polizisten rückten näher an uns heran. Jiri! Unser Verdächtiger Nummer eins. Den hätte es hier nicht gebraucht. Meine Hände wurden klamm. Wir Idioten hätten aber damit rechnen müssen, dass der Vorarbeiter im Büro des Chefs sein könnte.

Während wir steif herumstanden und auf die Stühle warteten, tanzte Simmerer zur Kaffeemaschine, wo er uns halb italienisch palavernd Espresso braute und mir, mit einem Blinzeln, einen Kakao. Dann wuchtete Jiri tatsächlich zwei Stühle ins Büro. Seine schwarzen Augen streiften Karim und mich, was mir eine Gänsehaut über den Rücken jagte. Unwillkürlich schaute ich auf seine Arbeitsstiefel. Wie Karim es gesagt hatte, ragte aus dem rechten ein Messerschaft heraus. Ich schluckte angestrengt. Hatte dieses Messer drei Menschen verletzt und getötet?

Warum hatte Schmiedeler ihn noch nicht zur Vernehmung gerufen? Warum das Messer nicht von der KTU untersuchen lassen? Durfte man so etwas einfach mit sich herumschleppen? Was hatten sie im Haus am Geometerweg gefunden? Die Ermittlungen in diesem Fall schienen mir wenig effizient. Und für uns gefährlich. Aber vielleicht hatte Jiri auch irgendetwas vorzuweisen, was seine Unschuld bewies. Zum ersten Mal hätte ich gern mehr Informationen gehabt.

Angestrengt rieb ich mir die Stirn und setzte mich neben Karim an den Schreibtisch. Für einen Moment herrschte Stille im Büro, nur die Tassen klapperten, und Jiri verschwand wieder durch die Seitentür.

»Ja …«, seufzte Simmerer und lächelte uns an, »… wer hätte gedacht, dass die Stadt Füssen noch einmal ein Einsehen hat, was, Herr Miller?«

Karim bewegte ausweichend die Schultern. »Wer weiß, wie lange dieses Einsehen anhält. Deswegen wäre es mir recht, wenn wir ganz schnell ins Geschäft kämen, Herr Simmerer.«

»Nur net huadla«, Simmerer grinste jovial, »so sagt man doch hier im Allgäu, oder?

Wieder zuckte Karim die Schultern. »Irgendwie so, ja.«

»Nun, Herr Miller«, der Makler zog lässig eine Aktenmappe aus einem Stapel zu sich heran, »wissen S', ich bin Ihnen sehr dankbar dafür, dass Sie meinem Sohn auf die Spur gekommen sind.«

Die gewollte Pause machte seine Worte noch eindrucksvoller. Ich fixierte einen Fleck auf dem Schreibtisch. Irgendwie war mir das alles peinlich.

»Ja, wirklich«, bekräftigte er, »dieser Dummkopf von Sohn hat mit seinem schrecklichen Drogenhandel nicht nur meiner Firma und unserem Ruf geschadet, sondern vor allem moralisch extrem verwerflich gehandelt. Dass Sie geholfen haben, ihn zu überführen, hat vermutlich Menschenleben gerettet. Dafür bin ich Ihnen sehr dankbar, Herr Miller und Frau Berg.«

Was für eine Ansage! Alles, was ich bisher über diesen Mann gedacht hatte, war irgendwie total falsch gewesen. Betreten wechselten Karim und ich einen schiefen Blick, auch die beiden Polizisten wirkten überrascht. Karim räusperte sich.

»Das ist ziemlich nobel von Ihnen, Herr Simmerer. Damit hätten wir nicht gerechnet.«

Simmerer lächelte und fummelte ein Blatt aus der Mappe, das er Karim zuschob. »Rechnen Sie damit, Herr Miller. Mein Angebot für Ihr Haus, inklusive eines Dankeschöns für Ihren Einsatz gegen Drogenhandel.«

Ich wagte nicht, auf das Blatt zu schauen, doch Karim zog es zu sich heran. Seine Augen wanderten hastig über die Zahlenreihen zu der fett gedruckten Zahl rechts unten. Sein Adamsapfel zuckte, als er krampfhaft schluckte.

Simmerer lächelte weiter. »Und, Herr Miller? Was sagen Sie dazu?«

»Nix mehr.« Karim schob das Blatt zu mir herüber. »So viel ist das Haus nicht wert, Herr Simmerer, aber ich sage natürlich nicht Nein, wenn Sie so viel bezahlen wollen.«

»Ich will!«

Das war fast unheimlich. Vor zwei Wochen hätte Karims Haus noch Abbruchkosten verursacht, jetzt sollte es ihm mehr als zweihunderttausend Euro bringen? Mechanisch rieb ich meine klammen Finger an meiner Jeans trocken, während sich die Zahl in mein Hirn brannte. Mit der Summe hätten wir mehr als ausreichend Kapital für einen Neustart. Damit konnte Karim es wagen, selbstständig zu bleiben. Sollten wir so viel Glück haben?

»Wo ist der Haken, Herr Simmerer?« Die Frage war raus, bevor ich überdenken konnte, ob sie taktisch geschickt war. Karims zuckenden Lidern nach war sie sehr ungeschickt. Ich senkte kurz den Blick. Doch Simmerer lachte laut auf, dieses aufgesetzte Klinkenputzerlachen. Notgedrungen verzog ich den Mund, vielleicht sah es nach einem Lächeln aus.

»Eine starke Frau haben Sie da, Herr Miller, die sagt, was sie denkt. Toll.«

Ob Karim das immer so toll fand, war fraglich. In diesem Moment hätte er mich sicher lieber stark und schweigend gehabt.

»Ja, ganz toll«, brummte Karim, und sein Blick war ein Tritt gegen mein Schienbein. Ich blinzelte entschuldigend.

»Nun, Frau Berg«, Simmerer beugte sich etwas zu mir über den Schreibtisch, »einen Haken gibt es …«, er lachte, »… aber nur einen winzigen.«

»Und der wäre?« Unsicher rutschte ich auf meinem Stuhl herum.

»Ach, alles easy.« Professionell schlug er die Mappe auf und zog ein weiteres Blatt heraus, das er Karim hinschob. »Reine Formalität. Ich brauche nur Ihre Unterschrift, Herr Miller, dass Sie Ihr Haus an mich verkaufen.«

Karim zögerte, auch mir war der Haken zu schwach, um harmlos zu sein, zumal wir beide wussten, dass er mehrere Eigentümer von Häusern im Wasenmoos mit scheinbar lukrativen Angeboten gnadenlos über den Tisch gezogen hatte. Frau Baur war eines seiner Opfer.

»Was hat das für Konsequenzen für mich?« Karim richtete seinen Blick direkt und klar auf den Makler. Der lächelte verbindlich. »Nichts, außer dass Sie an mich verkaufen müssen. Wenn Sie das unterschreiben, kann Ihnen jemand das Doppelte bieten, aber Sie dürfen nicht annehmen.«

»Eher unwahrscheinlich, oder?«

»Ja, eher unwahrscheinlich.« Wie beiläufig schob der Makler den Wisch noch etwas näher zu Karim, einen Kugelschreiber gleich dazu. Unentschlossen rollte Karim den Kugelschreiber zwischen seinen Fingern und las erneut die wenigen Zeilen auf dem Blatt. Eigentlich klang das harmlos.

»Wissen S' was, Herr Miller?« Simmerer zuppelte sehr geschäftsmäßig das Blatt wieder zu sich zurück. »Ich brauche eh heute noch ein paar Unterlagen über das Haus, Grundbuchauszug, Erbschein und so weiter. Die werden Sie vermutlich jetzt nicht dabeihaben. Machen wir also einfach eine kurze Denkpause, in der Sie heimfahren und die Papiere heraussuchen und überlegen, ob Sie das so wollen. Wenn ja, dann unterschreiben Sie, und ich sorge dafür, dass wir Ende nächster Woche spätestens einen Termin beim Notar haben.«

Karim nickte langsam und holte tief Luft. »So machen wir das, Herr Simmerer. Was genau brauchen Sie?«

Ein paar Minuten später eilten wir vier und der Hund zum Parkplatz am Krankenhaus zurück. Die Polizisten meldeten Schmiedeler umgehend, dass sie uns jetzt ins Wasenmoos begleiten würden. Schmiedeler war nicht erfreut. Ich auch nicht. Nur zu gut erinnerte ich mich an diese unterschwellige Bedrohung, die ich in den letzten Stunden in Oberstdorf empfunden hatte, als wir schon ahnten, wer gemordet hatte. Genau das spürte ich bei dem Gedanken an Karims Haus im Wasenmoos. Aber das konnte ich den Männern schlecht sagen, ohne übermäßig mädchenhaft zu wirken. Also zog ich die Schultern hoch und war gewillt, mich selbst nicht allzu ernst zu nehmen.

Max steuerte den Wagen vom Parkplatz Richtung Kemptener Straße stadtauswärts. Karim neben mir fummelte angespannt an Muckis Ohren herum.

»Dieser Schrieb passt mir nicht«, knurrte er.

»Der würde mir auch nicht passen«, erwiderte Peter auf dem Beifahrersitz und grinste halb über die Schulter. »Ich würde auf jeden Fall den abgesprochenen Kaufpreis eintragen lassen, sonst kommt der morgen mit fünf Euro und will dein Haus kaufen, Karim.«

»Gute Idee, Peter«, Karim holte erleichtert Luft, »da wäre ich vor lauter Ahnungslosigkeit nicht drauf gekommen.«

»Kein Ding«, Peter grinste noch einmal, »ich habe gerade erst ein Haus gekauft und mein Lehrgeld gezahlt.«

Max bog zügig auf die Bundesstraße ein und dann in den Geometerweg. Karim kramte seine Hausschlüssel aus der Tasche.

»Kann eine Weile dauern, bis ich alle Papiere gefunden habe.«

Die Polizisten wechselten einen kurzen Blick, dann stoppte Max das Auto vor unserer Haustür. »Macht nix, aber Peter sichert erst das Gebäude, bevor ihr hineingeht. Ich warte hier im Auto.«

Meine Nackenhaare kribbelten. »Ist das nicht etwas übertrieben?«, fragte ich trotzdem. »Falls da jemand eingestiegen ist, hat der sicher längst gemerkt, dass wir nicht daheim sind, und wird wohl kaum seit drei Tagen auf uns warten, oder?«

»Reine Routine«, brummte Peter, die Beifahrertür öffnend, »das ist Vorschrift.«

Na gut. Ich lehnte mich zurück, musterte die vertraute und wenig bedrohliche Front von Karims Haus. Bald würde es Simmerers Haus sein. Nachdenklich lauschte ich in mich hinein, spürte den Worten in mir nach. Definitiv, es fühlte sich gut an. Mich hielt nicht viel hier, auch wenn ich das Allgäu wider jede Vernunft sehr gern mochte. Wären die Morde nicht hier passiert, dann hätte Füssen meine Heimat werden können.

Peter umrundete das Haus, spähte ins Gebüsch, trat unter die Bäume, drückte gegen die Fensterscheiben und rüttelte an den Türen. Das alles mit der Waffe in der Hand. Eigentlich unglaublich albern.

Dann kam er hinter dem Wintergarten wieder zum Auto zurück. »Alles sauber«, erklärte er ernst. »Wir gehen jetzt rein.«

Schweigend stiegen Karim und ich aus dem Auto. Mucki blieb bei Max, auch wenn das beide nicht glücklich machte. Karim schloss die Haustür auf, Peter trat an ihm vorbei in den Gang, dann folgten wir.

Wie zu erwarten, war im Haus alles vollkommen in Ordnung.

»Die Heinzelmännchen hätten wenigstens unser Geschirr wegräumen können«, seufzte ich und öffnete die Spülmaschine, aus der es nicht besonders gut roch. Wir hätten sie anstellen sollen, bevor wir weggingen. Aber da hatte niemand dran gedacht.

Karim riss die Tür vom Wintergarten auf, frische Luft strömte herein.

»So einen Gestank kann ich ja gar nicht haben!«

Peter seufzte genervt. »Personenschutz und offene Türen passen nicht so wahnsinnig gut zusammen, Karim.«

Karim tippte sich nur an die Stirn und ging ins Büro, um die Unterlagen herauszusuchen. Peter folgte ihm nach einem skeptischen Blick in den Garten.

Ich hörte, wie Karim sein Durcheinander verfluchte und schwere Ordner auf den Schreibtisch knallten. Ich verdrehte die Augen. Manchmal wunderte es mich nicht, dass Nina an ihm verzweifelt war.

Nachdenklich betrachtete ich die Spülmaschine. Sollte ich das gesamte Geschirr abwaschen? Oder einfach Klappe zu und alles still vor sich hingammeln lassen, bis wir nach Hause kamen? Lang sollte das nicht mehr dauern.

Aus den Augenwinkeln bemerkte ich einen Schatten, instinktiv fuhr ich herum und starrte direkt in die Mündung einer Pistole. Eine behandschuhte Hand auf meinem Mund erstickte meinen Schrei.

»Ein Wort, und du bist tot.«

Meine Lider flatterten verstört. Vor mir stand Joseph Simmerer. Babyblauer Strickpullover mit V-Ausschnitt und Logo seiner Firma. Darunter ein schlecht gebügeltes Polohemd. Jeans. Der Mann, der uns vorhin noch Kaffee zum Kaufangebot serviert hatte. Nur sein anbiederndes Lächeln fehlte.

Ich roch das Waffenöl der Pistole, ein erschreckender Geruch, kalt und gefährlich. Nebenan hörte ich Karim und Peter miteinander reden. Mein Kopf versuchte zu verstehen, was mir gerade passierte, aber das passte alles nicht zusammen.

»Umdrehen!«, flüsterte Simmerer, die Pistole wedelte bezeichnend. Aber ich stand wie gelähmt. Das war nicht möglich.

»Mach schon!«

Er packte mich an den Haaren, drückte mir gleichzeitig die Pistole in den Mund. Ich würgte panisch, ging vor Schmerz in die Knie. Noch immer hörte ich Karim und Peter nebenan miteinander reden. Wenn ich jetzt einen Fehler machte, dann erschoss er uns alle. Aber vielleicht hatte er das so oder so vor. Nur warum?

Warum Simmerer? War das die Rache für die Anzeige gegen seinen Sohn?

»Hände auf den Rücken!«, kommandierte er wieder. Ich gehorchte dieses Mal, obwohl ich dafür meinen Gips schmerzhaft verdrehen musste, und Handschellen legten sich um meine Handgelenke, der Gips bröselte. Dann bohrte er mir die Pistole in den Nacken.

»Ein Laut, und ich bringe dich um.«

Entsetzt starrte ich zu ihm hoch, er grinste. Trat dann leise in den Flur, an die Tür zum Büro. Hatten Karim und Peter eine Chance, wenn ich sie jetzt warnte? Möglich, Peter war immerhin Polizist, war zudem bewaffnet. Hektisch holte ich Luft, aber nichts als ein jämmerlicher Flüsterlaut kam aus meinem Mund heraus. Der Alptraum.

In der nächsten Sekunde war es auch schon zu spät. Simmerer entwaffnete den Polizisten und drängte die beiden überrumpelten Männer zu mir in die Küche. Jetzt richtete er zwei Pistolen auf uns. Karim war kreidebleich, Peter wirkte professionell gefasst, während ich spürte, wie mich ein unkontrolliertes Zittern erfasste.

»Was wird das, wenn es fertig ist, Herr Simmerer?«, fragte Peter. Tatsächlich klang es irgendwie überheblich. Karim rückte vorsichtig zu mir herüber, ich versuchte mich an einem erwürgten Lächeln.

»Sie glauben doch nicht wirklich, dass Sie mit dieser Aktion durchkommen?«

Simmerer kicherte nur. Mir lief es kalt über den Rücken.

Karim kniete sich neben mich. »Bist du okay, Chrissie?«

Ich nickte. »Geht schon. Und du?«

»Ganz sicher komme ich damit durch, nur damit«, konterte Simmerer trocken, »aber ihr werdet nicht durchkommen und mir meine Geschäfte kaputt machen.«

Meine Sinne erfassten mit stechender Schärfe die Situation, und mein Hirn verarbeitete Simmerers Worte zu einer klaren Aussage. Vor meinen Augen fing es an zu flimmern. Ich roch Karims Parfüm und meine Angst, hörte draußen die Vögel zwitschern, meine panischen Atemzüge. Wir mussten uns wehren, sonst würden wir nicht überleben. Nur wie?

Ich blinzelte das Flackern weg, bloß nicht umkippen, und

musterte unter meinen Wimpern hindurch Simmerer und seine Pistolen. Was tun?

»Womit haben wir Ihnen das Geschäft kaputt gemacht?« Auch Karims Stimme war erstaunlich beherrscht, für meine hätte ich nicht garantiert.

Simmerers Blick bohrte sich kalt in Karims Gesicht, mich schauderte.

»Ja, womit wohl, Karim? Jetzt darf ich dich doch Karim nennen, oder?«

Karim schluckte angespannt. »Begeistert bin ich nicht, aber derzeit gibt die Situation keine Widerworte her.«

Simmerer lachte, was ihn verstörend freundlich wirken ließ. »Gut erkannt.«

Wie beiläufig machte er einen Schritt zwischen Karim und mich, ohne dabei Peter aus den Augen zu lassen, steckte eine der Pistolen in seine Jackentasche, aus der er im Austausch einen Gegenstand herausholte, der merkwürdig aggressiv aussah, ein bisschen wie ein Tacker. Karim zuckte sofort zurück, während mir nur langsam dämmerte, was Simmerer da in der Hand hatte. Ein kleiner Knall, ein fieses Knistern, und Karim lag bewusstlos am Boden. Ich schrie auf, robbte zu ihm, doch Simmerer gab mir einen Tritt, der mich, ohne meine Arme als Stütze, einfach umwarf. Ich fiel ungebremst auf meinen eingegipsten Arm, und Schmerz explodierte in mir. Wieder schrie ich auf.

Keinen Atemzug später ging auch Peter von einem Stromstoß betäubt zu Boden. Was ich vorher nur rational gewusst hatte, fraß sich jetzt als Todesangst durch mich hindurch. Er meinte es ernst.

Unterdessen fesselte Simmerer Karim und Peter in aller Seelenruhe mit dicken Baumwollseilen. Dann trat er zu mir und wuchtete mich auf die Knie. In meinem gebrochenen Arm raste der Schmerz, der mir wider Willen die Tränen in die Augen trieb. Völlig ungerührt zerrte er an meinen Handgelenken, fesselte sie ebenfalls mit Baumwollseil. Wozu? Ich trug doch schon Handschellen. Mir brach der kalte Schweiß aus. Aber ich war die Einzige, die jetzt noch etwas tun konnte. Ich hätte mich sofort zur Wehr setzen sollen, statt wie ein Kaninchen in der Ackerfurche zu hocken. Panisch und doch seltsam klar holte ich Luft, denn Simmerer öffnete meine Handschellen. Dafür musste er die

Waffen weglegen. Jetzt, dachte ich, egal, wie unsinnig es war, jetzt musste ich handeln! Mit aller Kraft sprang ich halb auf und warf mich nach hinten. Hart prallte ich gegen Simmerers Beine, fühlte, wie er wankte und stürzte. Er fluchte laut. Hastig versuchte ich, auf die Beine zu kommen, mein Blutdruck schlingerte, trotzdem rannte ich blindlings auf die offene Tür vom Wintergarten zu. Raus! Draußen saß Max im Auto. Draußen gab es Hilfe.

Simmerer brachte mich mit einem Stoß zu Fall. Hart schlug ich auf die alten Dielenbretter auf und blieb benommen liegen. Schmerz dröhnte dumpf, als Simmerer mich umdrehte. Ich starrte ihn an. »Warum?«, krächzte ich. »Was wollen Sie von uns?«

Wortlos zog er mich an den Füßen zu Karim zurück. Aus dem Augenwinkel sah ich, dass Peter wieder bei Bewusstsein war. Auch Karim blinzelte. An seinem Hals war eine rote Brandwunde.

»Ich will nichts von euch«, antwortete Simmerer kalt, »aber ihr kommt mir mit eurer Neugier in die Quere. Das dulden meine Auftraggeber nicht. Also muss ich euch aus dem Weg schaffen.«

Verständnislos rollte mein Blick durch die Wohnküche. Über mir die alten Kassettenschnitzereien von Karims Großvater, darunter die moderne Einbauküche. Was faselte Simmerer da?

»Wo sind wir Ihnen in die Quere gekommen?« Ich suchte seinen Blick in der Hoffnung auf irgendeine versöhnliche Regung. »Welche Auftraggeber?«

»Siehst du, süße Chrissie«, grinsend hockte er sich neben mich, »genau diese Neugier meine ich. So etwas kann tödlich sein.«

Mir wurde kalt. Karim rappelte sich halb auf.

»Finger weg von ihr, Simmerer!«

»Ach …«, sein Grinsen vertiefte sich, und er stand auf, um sich entspannt an den Esstisch zu lehnen. »So ein Held, der Karim. Das heiße Beduinenblut, was?«

Der Mann spielte mit uns. Keine Katze konnte mit ihrer Beute mehr Vergnügen haben als er.

Karim schwieg. Auch Peter starrte nur vor sich hin.

»Ich will es euch sagen, denn sehr viel mehr werdet ihr in dieser Welt nicht mehr zu hören bekommen. Eure Neugier hat euch auch sofort in mein Büro springen lassen, wo ich schon befürchtet hatte, ihr wärt mir durch die Lappen gegangen, als ihr drei Tage verschwunden wart. Aber ein Anruf genügte …«

Die Kälte in mir wurde eisig. Mein Hirn wollte es nicht glauben, doch alles andere an mir verstand Simmerers Worte sehr genau. Unwillkürlich robbte ich näher zu Karim und er zu mir. Das war seltsam tröstlich.

»Eigentlich ist mein idiotischer, ahnungsloser Sohn an allem schuld«, erklärte Simmerer, die Pistole in seinen Händen drehend. »Was muss der einen auf Dealer machen? Eigentlich sollte der mir nur mit seiner nächtlichen Joggerei in schwarzen Klamotten die Bewohner vom Wasenmoos aufscheuchen. Das hat mir die Kaufverhandlungen meistens erleichtert.«

Darauf hatten wir keine Antwort.

»Meine Firma dient seit Jahren nur dem Zweck, Gelder zu waschen. Gelder aus dem Waffenhandel mit Nahost. Ich verdiene gut daran, besser, als ich mit Immobilienhandel oder Sanierung je verdienen könnte. Und da kommt mein Sohn und funkt mir mit seinem Drogenhandel in meine Geschäfte. Das haben meine Auftraggeber nicht gern gesehen. Also habe ich versucht, ihm den Spaß zu verderben, und seine unprofessionellen Boten ausgeschaltet. Leider kamen mir diese besoffenen Kids und ihr dazwischen. Das ist alles etwas aus dem Ruder gelaufen. Und dass der Letzte sich nicht abstechen lassen wollte, war einfach zu viel. Das fanden meine Auftraggeber nicht gut.« Er seufzte theatralisch, während ich mich mit jedem Atemzug mehr fragte, in welchem Alptraum ich gelandet war. Das war schizophren. So etwas gab es nicht. Waffenhandel? Geldwäscherei? Und wir irgendwie mittendrin? Unmöglich.

»Na ja«, wieder seufzte Simmerer, »diese Drecksarbeit liegt mir auch nicht. An euch werde ich mir jedenfalls nicht die Finger schmutzig machen, und den Kerl in der Klinik erledige ich leicht.«

Peter räusperte sich. »Was soll das denn werden, Herr Simmerer?«

Tatsächlich drehte sich Simmerer um. Sollten wir versuchen, Zeit zu schinden, bis Max sich draußen fragte, was wir so lange trieben? Eine Chance. Fieberhaft überlegte ich mir Fragen, die Simmerer hinhalten könnten.

Simmerer zuckte die Schultern. »Euer Tod wird das, was sonst?«

Panik schleuderte durch mich hindurch. Unser Tod. Aber wenn er uns erschoss, dann würde das noch mehr Ermittlungen nach sich ziehen. Davon abgesehen hatte er einen Haufen Spuren in dieser Küche und an uns hinterlassen. Entsetzt registrierte ich die nüchterne Arbeit meines Hirns.

»Mensch, Simmerer«, Peter richtete sich in eine sitzende Stellung auf, »wenn Sie uns erschießen, wird es nur noch schlimmer. Draußen sitzt mein Kollege im Auto. Der ist nicht taub.«

»Dein Kollege scheint keine Ausgeburt an Polizeiinstinkt.« Simmerer lachte. »Keine Sorge, ich erschieße euch nicht. Ich deponiere jetzt ein bisschen von Jakobs Crystal Meth in Karims Kühlschrank, lasse das Messer, mit dem ich die Tschechen abgestochen habe, in Karims Büro liegen und verteile dann ein paar unauffällige Brandbeschleuniger in dieser gemütlichen Küche und fackel euch einfach ab. Damit ist klar, dass ihr die Drogenhändler seid, die Tatwaffe wird gefunden, und keiner wird den armseligen Makler Joseph Simmerer fragen, ob er ein Alibi hat. Keiner weiß, dass ich mein Büro verlassen habe, wo ich doch auch einen Termin mit Karim Miller in meinem Kalender stehen habe. Mein Sohn kann es auch nicht gewesen sein, denn der sitzt noch in Untersuchungshaft. Wir sind da raus.«

Ungläubig beobachtete ich, wie Simmerer seine Worte in die Tat umsetzte, ein Paket in Karims Kühlschrank legte. Mit einem verstörend befriedigten Gesichtsausdruck zog er ein großes, breites Messer aus einem Halfter an seinem Bein und ging damit ins Büro. Es war so still in der Küche, dass wir das Klirren hörten, als er es auf Karims Schreibtisch legte.

»Wir sind gefesselt«, warf Karim ein, als Simmerer in die Küche zurückkehrte und die Zimmertür zum Flur hinter sich schloss. »Das wird kein Brandermittler übersehen.«

»Baumwolle verbrennt, ich weiß schon, was ich mache.« Simmerer trat zum Esstisch. »Genug geschwätzt. Ist nur schade um deine Hütte, Karim, die hätte mir wirklich gefallen.«

Er wollte uns verbrennen? Ich warf mich herum und versuchte abermals, auf die Beine zu kommen. Wir mussten raus hier. Doch Simmerer gab mir nur einen lässigen Stoß, und ich kippte auf Karim drauf. Simmerer lachte, trat in den Wintergarten, zerrte den Heizstrahler in die Küche.

»Perfekt, so schaut es aus, als wärt ihr im Drogenrausch miteinander gestorben. Wie tragisch. – Aber jetzt wird es Zeit. Dein

Kollege ist zwar ein Idiot, aber ewig wird er draußen nicht mehr auf euch warten.«

Karims Lippen streiften mich. »Simmerer, die Story hinkt an allen Ecken. Wieso sollte die Bude brennen? Keiner wird glauben, dass wir Drogen genommen haben oder die Tschechen abgestochen. Die ermittelnden Kommissare kennen uns gut. Hör auf damit. Außerdem wird schnell herauskommen, dass wir hier nur kurz die Unterlagen holen wollten. Also keine Zeit für Drogen.«

»Indizien, Karim. Da kommen sogar die beiden Clowns aus Kempten nicht dran vorbei.« Gelassen schob Simmerer den Strahler samt Gaskartusche unter den Holzträger und zündete ihn an. Mein Herz setzte schlagweise aus, während ich krampfhaft versuchte, meine Hände aus den Baumwollstricken zu winden. Doch sie schnitten immer nur tiefer ein, mein Gips brach endgültig durch.

Schlagartig schien es im Zimmer heiß zu werden. Karim und Peter rissen wie ich an ihren Fesseln. Wieder lachte Simmerer.

»Gebt euch keine Mühe. Ich kann knoten.« Mit seltsam präzisen Bewegungen brannte er kleine Anzünder an, die er überall an Gardinen, beim Feuerholz und in Schränken verteilte. Innerhalb von Sekunden brannte es an mehreren Stellen. Ich schrie, haltlos und panisch. Vielleicht würde Max mich hören.

Zuletzt legte Simmerer mehrere Anzünder um uns herum. Wir wanden uns, so gut es ging, aus den Flammen. Zu brennen erschien mir unfassbar entsetzlich. Auch Karim verlor die Nerven und schrie, Peter robbte wild zum Wintergarten.

Simmerers böses Lachen übertönte die Flammen und unsere Angstschreie. Im Vorbeigehen gab er Peter einen Tritt, dann war er im Wintergarten und schloss die Tür hinter sich. Er winkte kurz und verschwand.

Rauch wallte durch den Raum, wir husteten, meine Augen schienen zu verglühen, und wir versuchte, die kleinen Brände um uns herum auszutreten. Die Hitze war entsetzlich. Flammen loderten. Es war nur eine Frage von Minuten, bis der Heizstrahler samt Gasflasche explodieren würde. Ich rempelte Karim mit aller Kraft an und versuchte, zum Wintergarten zu kriechen. Karim tat es mir nach, und auch Peter kroch mit panischen Schlangenbewegungen vorwärts. Vielleicht platzten die Scheiben in der Hitze.

Doch Karim blieb liegen. Hustend wand ich mich zu ihm um. Im selben Moment wurde mir schwarz vor Augen. Krampfhaft versuchte ich zu atmen, aber da waren nur Rauch und Feuer und dieser Schmerz in meiner Lunge, überall. Mit aller verbleibenden Kraft rollte ich mich an Karim heran. Wenn ich schon sterben musste, dann wollte ich bei ihm sein.

Dann packte mich jemand an den Schultern. Meine Augen brannten so sehr, dass ich nichts erkennen konnte. Es war auch egal, denn vielleicht waren wir schon tot. Meine Beine schleiften über den Boden, ich glaubte, auch Stimmen zu hören. Sie klangen aufgeregt. Ich lag im Gras, der Himmel hatte eine Wiese. Aber im Himmel würde keiner versuchen, mich wiederzubeleben. Jemand blies Luft in meine verbrannten Lungen. Ich hustete, würgte. Ein dunkler Schemen beugte sich über mich.

»Gut«, sagte der Schatten, »alles gut.«

Die Stimme erinnerte mich an jemanden, keine angenehme Erinnerung. Aber zu mehr reichte es in meinem verrauchten Hirn nicht. Wo war Karim? Mühsam versuchte ich, etwas zu erkennen.

»Chrissie?« Das war Max. Ein Krächzen kam aus meinem Hals, der scheußlich wehtat. Eine Hand legte sich auf meine Stirn. »Alles okay, Chrissie. Ich glaube, ihr seid nicht gefährlich verletzt. Der Krankenwagen ist unterwegs, Feuerwehr auch. Bleib nur ruhig.«

Ich wollte nach Karim und Peter fragen, aber mein Hals brachte keinen verständlichen Ton zustande. Von ferne erklangen jetzt Martinshörner, dazwischen tosten die Flammen, deren Hitze mich noch immer erreichte, und unvermittelt erschütterte der Knall einer Explosion den Boden. Die Druckwelle warf Max und mich zur Seite. Wieder hörte ich Menschen schreien, instinktiv rollte ich mich zusammen, während die Reste von Karims Haus auf mich niederprasselten.

ZWEIUNDZWANZIG

Rauchvergiftung, Prellungen, bei mir ein erneut gebrochener Bruch und diverse Brandverletzungen dritten Grades waren das Fazit des schlimmsten Tages meines Lebens. Da war der Showdown in Oberstdorf noch fast ein Spaziergang gewesen.

Aber wir hatten überlebt, irgendwie.

Ich erwachte Stunden später im Krankenhaus, zugedröhnt mit Schmerzmitteln, umwickelt mit Verbänden und Karim im Bett neben meinem. Er schien zu schlafen.

In meinem Kopf stapelten sich die Fragen. Wer hatte uns im letzten Moment aus dem brennenden Haus gezogen? Was war mit Joseph Simmerer? Lief er noch frei herum, oder hatten Karim oder Peter noch etwas zum wahren Täter sagen können? Was, wenn er noch frei herumlief? Waren wir weiterhin in Gefahr? Wurden wir womöglich in der Weise verdächtigt, wie Simmerer das geplant hatte? Automatisch angelte ich mit meinem halbwegs gesunden Arm nach der Klingel.

Sofort erschien eine Schwester, und typischerweise erwachte Karim. »Ich bin im Paradies«, flüsterte er heiser und griente, »zwei Frauen an meinem Bett!«

Seufzend schaute ich der Schwester entgegen, die Karim professionell ignorierte. Karims Ego war selbst in der angeblich reinigenden Flamme nicht zu läutern. Kein Wunder, dass die Inquisition versagt hatte.

Egal.

»Schön, dass Sie wach sind, Frau Berg«, begrüßte mich die Schwester, »ich bin Schwester Klara. Wie geht es Ihnen?«

Bei »Schwester Klara« wackelte unwillkürlich Heidi durch mein verkokeltes Hirn, obwohl mir im nächsten Moment einfiel, dass Klara eine Freundin aus der großen Stadt gewesen war. Verwirrt wanderten meine gereizten Augen durch das Zimmer.

»Gut geht es mir.« Ich räusperte mich, mein Hals fühlte sich wund an. Unsicher horchte ich in mich hinein, doch da war alles nur seltsam dumpf. »… eigentlich ganz gut. Ich muss nur wissen, was geschehen ist.«

»Ja«, stimmte Karim zu, »das möchte ich auch gern wissen. Überleben wir?«

Die Schwester blickte etwas genervt über die Schulter. »Sieht so aus«, entgegnete sie. »Kommissar Schmiedeler hat ausdrücklich angeordnet, dass wir ihn rufen, sobald Sie ansprechbar sind. Ich weiß nicht sehr viel über den Brand.«

Karim und ich wechselten einen kurzen Blick. War das jetzt gut oder schlecht, dass Franz uns sofort sprechen wollte?

»Okay.« Karim lächelte so gewinnend, wie es mit einem versengten und verpflasterten Gesicht möglich war. »Rufen Sie ihn an, wir warten.«

Tatsächlich ging keine Stunde später die Zimmertür nach einem leisen Klopfen auf, und Franz und Sebi traten ein.

»Servus, ihr beiden«, grüßte der Kommissar, und sein Blick huschte prüfend zwischen uns hin und her. »Wie geht es euch?«

»Na ja«, krächzte Karim, »wir lassen wie immer nichts anbrennen.«

Schmiedeler verzog nur das Gesicht, während Sebi sich an den Kopf tippte. »Der Typ macht mich manchmal echt aggressiv, Chef.«

Mich auch, dachte ich.

»Mach hier nicht den Helden, Karim«, erklärte Schmiedeler, während er sich einen Stuhl zwischen unsere Betten zog. Es quietschte auf dem Linoleum. »Ich hätte euch nicht aus der Wohnung lassen dürfen. Was passiert ist, ist ganz allein meine Schuld.«

Verdutzt starrte ich den alternden Kommissar an.

Sebi hockte sich auf den Tisch unter dem Fernseher. »Chef, hör auf mit der sinnlosen Selbstgeißelung. Ist ja alles noch einmal gut gegangen, und wie wir sehen, hat es Karim nicht weiter geschadet, er ist immer noch ein Idiot.«

Da hatte Sebi recht. Mein Gesicht wollte lächeln, doch das tat extrem weh, also erstarrte ich in der Bewegung.

»Keiner konnte ahnen, dass Simmerer der Mörder ist«, flüsterte ich. »Habt ihr ihn?«

In dem Moment, wo ich die Worte aussprach, spürte ich, wie die Angst zurückkam. Hastig atmete ich tief ein, was einen massiven Hustenanfall verursachte. Der lenkte mich dann irgendwie ab.

Schmiedeler tätschelte mir sanft meinen neu eingegipsten

Arm. »Ja mei, klar haben wir ihn. Oder vielmehr brauchten wir ihn nur noch einpacken. Der Jiri, sein Vorarbeiter, hat ihn festgesetzt.«

In meinem Kopf summte es wild durcheinander. Jiri? Der Vorarbeiter hatte seinen Chef gefangen genommen? Dunkel meinte ich mich an eine kantige Stimme zu erinnern, als ich auf der Wiese vor Karims brennendem Haus lag.

»Habt ihr auch die Drogen und das Messer? Oder ist alles in die Luft geflogen?« Karim setzte sich stöhnend etwas auf, während ich mich liebend gern tiefer in die Decke vergraben hätte. Aber bewegen tat trotz der diversen Flüssigkeiten, die aus den Flaschen an meinem Galgen tropften, schrecklich weh.

»Ich erzähl euch einfach alles der Reihe nach.« Schmiedeler lächelte. »So viel Zeit muss sein. Auch wenn ich daheim noch aufräumen muss. Meine Frau kommt morgen aus der Kur zurück.«

»Na, dann ist sie ja wieder fit für den Haushalt.« Karim versuchte sich an einem Zwinkern, während Sebi und ich nur betreten zur Decke starrten. Was ging nur in dem Mann vor, dass er zeitweise über jedes verbale Ziel hinausschoss, wo er doch meistens wirklich ein einnehmender Kerl war?

»Deine Sprüche waren schon besser, Karim«, erwiderte Schmiedeler deutlich ungehalten. »Also, wollt's ihr jetzt das Ende des Falles hören, oder soll ich gleich putzen gehen?«

»Das Ende des Falles«, hauchte ich in der Hoffnung, dass es mich irgendwie innerlich erleichtern würde.

»Na denn. Als Max und Peter, der übrigens auch außer Lebensgefahr ist, mir telefonisch mitgeteilt hatten, dass ihr zum Haus fahrt, waren Sebi und ich bereits unterwegs hierher ins Krankenhaus, weil unser dritter Mann aufgewacht war und vernehmungsfähig.«

Das freute mich wirklich. Vielleicht lag der Mann gar nicht weit von uns entfernt?

»Deswegen waren wir auch so schnell vor Ort, zumal wir uns eigentlich den Jiri noch einmal vorknöpfen wollten. Der hatte euch bei Simmerer im Büro gesehen und gehört, dass Simmerer euch ins Haus schickte, um irgendwelche Unterlagen zu holen. Jiri hatte seinen Chef wohl schon länger im Verdacht, illegale Geschäfte mit seiner Maklerfirma zu decken. Es geht um Geldwäsche im großen Stil. Die Kollegen sind dank Jiri einem Waffenhändlerring auf der Spur. Als dann Simmerer kurz nach euch das Büro verließ, ist er ihm mit dem Fahrrad gefolgt. Simmerer ist direkt ins Wasenmoos gefahren, hat seinen BMW hinter dem Haus der Frau Baur geparkt und ist der Spurenlage nach durchs Gebüsch zu euch rüber. Jiri kam ein paar Minuten später an. Da war Simmerer aber schon im Haus und ihr gefesselt am Boden.«

Der Bericht des Kommissars lief wie ein Film in meinem Kopf. Ein realer Film. Ich sah uns liegen, um unser Leben reden, fühlte die Fesseln an Händen und Füßen. Angestrengt versuchte ich zu atmen, aber der Rauch verätzte mir die Lungen.

Schmiedeler holte auch Luft und musterte mich nachdenklich. »Ihr sitzt dieses Mal alle beim Psychologen, Chrissie, dafür sorge ich.«

Ich nickte ausweichend. Das kam alles noch. Schmiedeler zögerte kurz, dann sprach er weiter.

»Jiri hat sich sofort wieder zurückgezogen, wusste ja nicht, dass vor dem Haus im Auto ein weiterer Polizist saß, und rief seinerseits die Polizei. Bis der Notruf bei uns landete, verging leider viel zu viel Zeit, in der Simmerer den Brand legte. Jiri macht sich riesige Vorwürfe, dass er nicht sofort eingegriffen hat. Mord hat er Simmerer nicht zugetraut. Also hat er ihn erst an seinem Auto überwältigt und ans Lenkrad gefesselt, ist hernach zurück zum Haus, das bereits lichterloh brannte. Max versuchte, Peter aus den Flammen zu ziehen, euch hat er nicht sofort gefunden. Jiri ist sofort rein, hat euch hinter dem Tisch liegen sehen, rausgezogen und wiederbelebt. Ihr verdankt ihm euer Leben.«

Jiri, der Hüne. Der Mann, der mit Steinen nach mir und dem Hund geworfen hatte. Der so sehr dem Bild eines schwarzen Mannes entsprochen hatte, dass wir ihn verdächtigt hatten, zwei Morde und einen Mordversuch verübt zu haben. Stattdessen rettete er uns das Leben.

»Wer hätte das gedacht«, murmelte Karim und sah ehrlich betroffen aus. »Ich hielt ihn für den schwarzen Mann und Mörder. Ich hoffe, er ist unverletzt.«

Sebi nickte. »Keiner hätte das gedacht. Er war auch unser Hauptverdächtiger. Passte ja alles ins Bild. Es geht ihm gut. Leichte Rauchvergiftung und ein paar Kratzer durch Glassplitter der Explosion. Die war eigentlich das Krasseste an allem.«

Nur dumpf erinnerte ich mich an die bebende Erde, den Schlag, den es getan hatte. Karim hustete. »Simmerer hat den Heizstrahler des Wintergartens samt Gasflasche unter die hölzerne Kassettendecke gestellt. Die Flasche muss irgendwann in der Hitze explodiert sein. – Wahrscheinlich steht kein Stein mehr auf dem anderen, oder?«

Der Hauptkommissar schaute betreten zur Seite, Sebi seufzte. »Die Brandermittler sind vor Ort. Viele Steinwände hat dein Haus ja eh nicht gehabt, Karim. Aber die eine aus Bruchsteinen zwischen Küche und Büro steht noch. Mehr können wir derzeit noch nicht sagen, aber meiner Einschätzung nach ist das Haus abbruchreif.«

Mein Kreislauf fand diese Worte ziemlich niederdrückend. Mir wurde schwindelig. Angestrengt schaute ich auf das Fußende des Bettes, griff blind nach dem Wasserglas auf meinem Nachttisch. Nicht vor den Männern umkippen. Das Wasser brannte mir die Kehle hinunter, was mir Schmerzen bereitete und meinem Kreislauf einen Schubs gab.

»Dabei war die Abrissverfügung gerade vom Tisch.« Vermutlich wollte Karim witzig klingen, aber der Versuch scheiterte kläglich.

»Aber du bist bestimmt versichert, oder?« Sebis Blick war trotz seiner Worte skeptisch.

»Ja, schon …« Karim atmete schwer. »Wir werden sehen. – Hat Peter euch schon von Simmerers Geständnis erzählen können?«

Die Kommissare schüttelten einträchtig die Köpfe. »Nein, bisher nicht«, erwiderte Schmiedeler, »aber wir sind ganz Ohr.«

Karim und ich wechselten einen langen Blick. Wer von uns beiden würde die Kraft besitzen, von diesen lebensverändernden Minuten zu reden? Ich nickte leicht, und er lächelte. Wir würden das gemeinsam schaffen.

»Okay«, Karim blies ein wenig die Wangen auf, »dann versuche ich es mal … Simmerer hat mir ein unschlagbares Angebot für das Haus gemacht. Klar, ich habe sofort angebissen, besser konnte es nicht werden. Jetzt weiß ich ja auch, warum. Er musste uns mit allen Mitteln an diesem Tag ins Haus locken. Sein Plan war, uns die Morde und den Mordversuch in die Schuhe zu schieben, wenn möglich den Drogenhandel noch dazu.«

Hustend griff Karim nach seinem Wasserglas und hob entschuldigend die Hand. Unsere Kehlen waren im Moment nicht besonders gesprächig.

Ich nickte zustimmend. »Simmerer musste von seinen eigentlichen Geschäften ablenken. Er sprach von seinen Auftraggebern, die darauf drängten, dass er die Situation wieder in den Griff bekam. Also hat er in Karims Kühlschrank ein Paket mit Crystal aus Jakobs Beständen deponiert, und im Büro muss irgendwo die Tatwaffe liegen. Vielleicht ist aber auch alles in die Luft geflogen? Den Brand sollten wir im Drogenrausch selbst verschuldet haben. Er ging davon aus, dass von uns nicht mehr genug übrig bleiben würde, um sicher Drogenkonsum nachzuweisen. Er hat uns mit Baumwollstricken gefesselt, die restlos verbrennen sollten, und kleine Anzünder überall verteilt. Es ging alles so schnell.«

Einen Moment lang war es still im Zimmer. Schmiedeler und Thannheimer wirkten überrascht.

»Das hört sich alles ziemlich fadenscheinig an«, brummte Schmiedeler. »Der wusste doch, dass wir uns gut kennen. Außerdem hattet ihr für alle Tatzeiten ein Alibi.«

Sebi zuckte die Schultern und nickte seinem Chef zu. »Klingt nach einer rechten Kurzschlussaktion. Vielleicht steht eine größere Geldtransaktion an, und er musste schnellstmöglich die Morde aus der Welt schaffen. – Hat er die selbst verübt?«

Dieses Mal nickte ich, denn Karim wurde zunehmend blasser. Auch ich fühlte mich schrecklich erschöpft.

»Ja, er hat die beiden Männer erstochen. Insgesamt scheinen seine Aktionen nicht besonders gut durchdacht.«

»Aber dann hat er ja auch seinen eigenen Sohn verletzt!«

Karim hob ergeben die Hände. »Simmerer liegt ja auch offensichtlich nicht viel an Jakob.«

»Gut.« Entschlossen stand Schmiedeler auf. »Danke für eure Informationen. Damit kriegen wir den Simmerer auf jeden Fall. – Sebi, wir müssen sofort dieser Geldwäscherei nachgehen. Und ich will eine Wache vor Peters Zimmertür und hier haben.«

Flüchtig tätschelte mir Franz den gegipsten Arm, nickte Karim zu und war mit einem gemurmelten »Servus« verschwunden.

Sebi seufzte ergeben und zückte sein Handy. »Manchmal habe ich genug davon, Schmiedelers Dödel zu sein.«

EPILOG

Drei Wochen später trugen wir die letzten Kisten aus den Resten von Karims Haus in den gemieteten Lieferwagen. Alles stank nach erkaltetem Rauch, wir inklusive, und die beiden Feuerwehrmänner musterten mit Argusaugen jeden rußigen Fetzen Tapete, während wir angespannt ins Büro huschten, um es auszuräumen, bevor am nächsten Tag der Abrissbagger anrücken würde. Das wollten wir nicht miterleben. Im Prinzip war das Büro der einzige Raum, der dank der Bruchsteinwand nicht vollständig ausgebrannt war. Karims Vermessungsgeräte hatte es allerdings durch die Hitze geschrottet. Ein Teil seiner Unterlagen war verkohlt. Aber die Tatwaffe hatte die Spurensicherung tatsächlich auf dem Schreibtisch gefunden.

Drei Wochen waren seit unserer Rettung in letzter Minute vergangen. Mir kam es wie eine halbe Ewigkeit vor, der Schrecken fühlte sich allerdings an, als sei er eben über mich hergefallen, da hatten auch erste Gespräche mit einem Psychologen nicht viel geholfen. Jiri war ein paar Tage nach dem Brand zu uns ins Krankenhaus gekommen. Wir hatten ihm so gut es ging gedankt. Aber für ein Leben gab es keine passenden Worte. Vor unserer Tür wachten wechselnde Polizisten. Das tat unseren Nerven gut – und dass Jakob und Joseph Simmerer sicher in Untersuchungshaft saßen. Ich hoffte inständig, dass wir sie nie wiedersehen mussten. Das alles war ein Teufelskreis aus grundlosen Motiven gewesen.

Die Brandwunden heilten, mit den Narben versuchten wir uns zu arrangieren. Meine Karriere war aufgrund meines erneuten Ausfalls erst einmal geplatzt. Karims Haus wurde abgerissen, die GmbH stand vor der Auflösung, der Bolide war verkauft. Mucki wartete auf dem Rücksitz meines Autos auf den Beginn unserer Reise, während Frau Baur bereits in eine sogenannte Seniorenresidenz umgezogen war. Immerhin würde Karim von der Versicherung einen vernünftigen Zeitwert für das Haus, das Inventar und seine Geräte bekommen. Man sagte ja, dass in allem Schlechten auch ein Gutes steckte, nichts ohne Grund geschah, wobei sich mir in diesem Fall der Sinn noch nicht so ganz erschloss. Vielleicht reichte es, dass Karim und ich überlebt hatten und mehr denn je wussten, dass wir vorerst mal zusammenbleiben und in Bonn neu anfangen wollten.

Karim schlug die Hecktüren des Transporters zu und lächelte mich an.

»Lass uns fahren, Chrissie.«

Susanne Wiegleb
TOD IM ALPSEE
Broschur, 176 Seiten
ISBN 978-3-89705-821-7

»Gekonnt kontrastiert Wiegleb die Lebenswelten der beiden Urlauber mit der der Alteingesessenen und entwickelt einen spannungsreichen Fall. Die Region ist überaus plastisch, reizvoll und authentisch in Szene gesetzt.« Willkommen im Allgäu

»Alte Familienfehden, mysteriöse Sagen und zwei Fremde, die sich einmischen und an der Dorfidylle kratzen. Ein leicht zu lesender Sommerspaß, der oft zum Schmunzeln anregt.« Das schöne Allgäu

Susanne Wiegleb
GEWILDERT
Broschur, 208 Seiten
ISBN 978-3-95451-032-0

»Auch im zweiten Fall nach ›Tod im Alpsee‹ bietet gut recherchiertes Lokalkolorit einen stimmigen Hintergrund für den spannenden Mordfall.« Bayern im Buch

www.emons-verlag.de